A fonte do amor eterno

GABRIELI NEJELISKI

A fonte do amor eterno

partners coerência

DIREÇÃO EDITORIAL
Lilian Vaccaro

ASSISTÊNCIA EDITORIAL
Raquel Escobar

PRODUÇÃO GRÁFICA
Giovanna Vaccaro

CAPA
Sarah Libna

DIAGRAMAÇÃO
Michael Vasconcelos

Dados Internacionais de Catalogação na Publicação (CIP)

Nejeliski, Gabrieli
A Fonte do Amor Eterno / Gabrieli Nejeliski – 1ª edição – São Paulo: Coerência, 2023

ISBN: 978-65-89850-74-8

CDD: 869.3

Índices para catálogo sistemático:
1. Ficção brasileira 2. Romance 3. Fantasia I. Título

Grupo Editorial coerência   partners coerência

Rua Coronel Leme, 43 | Centro
Bragança Paulista | SP | 12.900-340
www.editoracoerencia.com.br
Tel.: (11) 9.8020-0810

Dedico este livro a todos os leitores apaixonados. Àquelas pessoas que acreditam que o amor verdadeiro existe e que amar é o maior presente que recebemos de Deus.

AGRADECIMENTOS

Gostaria de deixar registrado meu agradecimento profundo a Deus, que me concedeu o dom da escrita, por sempre olhar pela minha família e jamais ignorar meu chamado quando uso a fé inabalável que existe em meu coração.

Quero agradecer aos meus pais, ao meu irmão e à minha cunhada pelo apoio incondicional que recebo todos os dias. Eles adoram ouvir as histórias que conto e as ideias que surgem ao longo do caminho.

Tenho um carinho enorme pelas pessoas que sempre me acompanham nas redes sociais. Obrigada a todos os leitores que esperam ansiosos por uma nova obra. Direciono um grande beijo às minhas avós, aos parentes, amigos e conhecidos que se empolgam junto comigo. Também agradeço a todos os professores que passaram pela minha formação, desde o jardim de infância até a faculdade.

Expresso minha felicidade em fazer parte da família Coerência, sou muito realizada por estar nesta casa editorial.

Obrigada aos colegas escritores e toda a equipe, que se dedica todos os dias para tornar nossos livros um sucesso.

PLAYLIST

Supermarket flowers – Ed Sheeran
Lovely – Billie Eilish, Khalid
Perfect – Camila Cabello
Without me – Halsey
Middle of the night – Elley Duhé
Lie to me – Tate McRae, Ali Gatie
Impossible – James Arthur
Penhasco – Luisa Sonza
You broke me first – Tate McRae
Half Light – Banners
Tears of Gold – Faouzia
Depois do universo – Giulia Be
Halo - Beyoncé
Diamonds – Rihanna
Love in the dark – Adele
Empire – Ella Henderson

CAPÍTULO UM

Eu conseguia sentir a emoção, um misto de pavor e ansiedade, tão real e vívida que não se parecia com um sonho qualquer.

A verdade era que aquele tormento continuava me perseguindo sem parar, noite após noite, dia após dia. Via-me montada em minha égua branca, Tordilha, preparada para a rodada de saltos que teríamos de executar. Sabia das expectativas que todos depositavam em mim, tendo plena consciência do quanto precisava ser sempre perfeita. Não importava o que acontecesse.

O problema era que eu estava com o coração partido, literalmente em pedaços. Não me sentia pronta para competir, muito menos para fazer uma apresentação importante como aquela.

Ocorria em quase todos os sonhos. Com este não seria diferente, as imagens se modificavam e eu me via caindo da égua que esteve comigo desde a pré-adolescência. A dor que sentia ao tocar o chão, decorrente da queda, sempre se alastrava pelo meu corpo. E, em um instante, não conseguia mover as pernas.

Minha mente entrava em conflito, fazendo-me lutar conta aquela lembrança. Sonhos ruins que manipulam seu próprio corpo, mantendo-o longe de nosso domínio. Não consigo acordar.

Transtornada pela cena, desperto ao som de um grito que deixo escapar.

— Não!

Sento-me em um gesto brusco na cama, recebendo as garras afiadas de Hórus, meu gato amarelo. Baixo o olhar para ele, para vê-lo fixar seus olhinhos verdes sobre mim, incomodado com minha agitação.

Com o corpo todo enrolado em meu colo, ele parece uma grande bola de pelos. Este felino é meu companheiro há vários anos, e ele sempre sabe quando meus sonhos são ruins.

Logo suas unhas compridas suavizam em meu braço, passando a espreguiçar seu corpinho rechonchudo. Não demora para que ele comece a lamber meus dedos, como se fosse uma forma eficaz de tentar me alegrar.

Acaricio sua cabeça, perdendo-os de vista em seu pelo longo e denso. Seus olhos atentos brilham em sinal de aprovação. Hórus gosta de atenção; é arisco com pessoas estanhas e vive em meu encalço para qualquer lugar que eu vá. Eu o encontrei pela propriedade, perto da estrada, abandonado dentro de uma caixinha junto de mais três filhotes.

Levo as mãos ao peito, na falsa tentativa de acariciar meu coração, buscando me acalmar. O ronronar do gato me ajuda a colocar os pensamentos no lugar. E aos poucos vou me desprendendo das emoções que sinto toda vez que tenho sonhos como este.

Não o bastante, o sonho se mostrou mais intenso e real do que as outras vezes, tornando-se apenas um dos milhares de sonhos ruins que tenho com frequência. Lembrar-me do passado me faz começar o dia com o pé esquerdo.

Perder minha mãe não foi fácil. Na verdade, esta é a parte mais cruel da vida: perder quem amamos. Estava sozinha, abalada e confusa com a direção que tive de tomar em seguida.

Duas semanas depois de seu enterro, recebi sua coroa e seu título real de princesa. Na época, quase oito anos antes, visitei meus avós maternos e revi parte da família. Contudo, ficou claro para mim que, apesar de desaprovarem meu pai e se oporem ao casamento deles, sofriam com a perda precoce da filha.

Após me despedir de mamãe para sempre, tudo desabou. Tornei-me fraca e com o emocional desequilibrado. Não sabia mais o que fazer da própria vida. Com isso veio o acidente com Tordilha e o adeus à dádiva de poder andar. Com sorte, recuperei parte da locomoção, graças à insistência de papai e de Nora em me fazer frequentar a fisioterapia e o pilates.

Nesse ínterim, também perdi o homem que amava. *Ele* destroçou o meu coração da pior forma possível. Ter um coração partido significa que não há remédio que o possa curar. Com essa crença em mente, fechei-me para o amor, certa de que não o viveria outra vez.

Muitas coisas aconteceram de uma só vez, e não fui poupada.

Uma batida na porta é ouvida.

— Senhorita? — É Nora. — Já está acordada?

Nora é a instrutora que o palácio real de Sassari me designou após a partida precoce de mamãe. Em suas horas vagas, também faz o papel de dama de companhia. E sem dúvida alguma acabou se tornando uma amiga inseparável para mim e Elena, minha doce irmã.

— Estou acordada — respondo com a voz arrastada de sono.

Não há motivos para enrolação, o sono não retornará nem que eu insista. As noites em que esse mesmo sonho se faz presente acabam sendo mais curtas, e eu logo trato de começar os afazeres do dia.

Olho mais uma vez para meu gato, que agora me encara de forma estranha. Ele adora me julgar — até parece conhecer cada pensamento que passa pela minha cabeça.

— Não me olhe desse jeito, eu não tenho culpa de nada — defendo-me.

Nora adentra o quarto com um sorriso radiante, brilhante até demais para o meu gosto. Sua tia, Justina, é a governanta do castelo. Conseguiu o emprego por intermédio de minha mãe, a princesa real de uma pequena ilha chamada Sardenha. Margareth, minha mãe, foi instruída por Justina desde pequena, e a mulher passou a ensinar todos os passos para a sobrinha. Nora, inteligente e atenta, tornou-me excepcional no que faz.

— O dia está tão lindo lá fora, alteza.

Atravessando o quarto, começa a abrir as cortinas brancas da janela. A luz do sol preenche a escuridão do cômodo, de forma que é quase impossível evitar cobrir o rosto com as mãos. Odeio esse costume delas, principalmente quando acordo de mau humor.

— Vá com calma, por favor. — Trato de deixar evidente como me sinto nesta manhã.

Espreguiçando o corpo, puxo a coberta para o lado.

Nora termina de prender as cortinas nos cantos da janela e aumenta um pouco mais a potência do aquecedor. Então, sua atenção recai sobre mim, como se estivesse inspecionando meu estado de espírito. Embora tenha quase a mesma idade que meu pai, há ainda fagulhas de jovialidade em seus traços singelos e bonitos. Nesta manhã, seus cabelos castanhos estão presos em um coque baixo e bem penteado, combinando com o batom rosado em seus lábios.

— Teve uma noite difícil, não é? — pergunta. Seus olhos cor de amêndoas estão cheios de preocupação. — Essa angústia irá passar, princesa. Verá que logo não pensará mais sobre isso.

Esboço um sorriso desanimado enquanto ela procura pela cadeira de rodas. Não quero ser ríspida logo cedo, contudo é quase impossível me esquecer dos fatos quando tenho uma cadeira de rodas e um par de muletas para me lembrar.

Impeço-a de trazer a cadeira pesada para perto de mim.

— Hoje quero tentar com as muletas, está bem?

Ela sorri docemente ao que suas mãos alcançam as muletas. Eu as pego e permito que Nora me ajude a sentar na beirada da cama.

— Fico feliz que esteja se esforçando, logo conseguirá andar sem ajuda alguma.

Solto um suspiro suave antes de fazer o maior esforço do dia: dar o primeiro passo para recomeçar. Não é fácil. Quem sabe em algum momento as coisas possam voltar a ser como antes, com a diferença de que não existiria Heitor para me fazer sofrer.

Nem mesmo a lembrança da morte de mamãe.

Nesta manhã, o sol está mais brilhante do que nos dias anteriores. A janela da sala de refeições do palácio é meu lugar preferido para aguardar pelo nascer do dia.

Apesar de passar das sete e meia, os raios ainda estão fracos e se expandem aos poucos, fazendo com que os campos verdes cintilem sob o orvalho. A natureza é vasta por aqui, viçosa e cheira tão bem que chega a purificar os pulmões.

Apesar de toda a beleza, o frio predomina devido ao inverno. O ar está a ponto de congelar os ossos — algo que se tornaria realidade se abrissem a janela neste exato momento. Ainda que traga consigo motivos plausíveis para repudiar a estação mais fria do ano, continua sendo a minha preferida.

Gramado se transforma por completo neste período, aguardando pela neve e pelos turistas, parecendo ser feita para suportar o frio, ficando ainda mais encantadora do que nos dias de verão, que continuam absolutamente incríveis. Sempre há algo a ser feito pela cidade.

Baixo os olhos para o jornal disposto em minhas mãos. Bebo um gole do chocolate quente que Justina fez, aquecendo meu corpo. A governanta adora me agradar, um hábito que se tornou mais recorrente desde que fiquei com as pernas paralisadas.

Apesar de tudo o que me aconteceu, ainda me vejo ocupada com meus afazes dentro da realeza italiana, embora resida no Brasil há quase vinte anos. Represento minha linhagem por ser a filha única da princesa herdeira do trono. *Mesmo que eu nunca seja a rainha.*

Não que eu queira assumir o trono de meu avô. Minha imagem pública seria manchada pela forma que vivo e isso limita até onde posso chegar. Os problemas que enfrento me deixam de cabelos em pé. Ser uma monarca, liderar uma nação, ser a responsável por meu povo... Isso transformaria minha vida para sempre.

A verdade é que esta história se refere ao amor de meus pais. Não sou apta a reinar, porque mamãe abdicou da coroa real para se casar com ele, com o homem que amava e desejava ter ao seu lado. A coroa desaprovava o seu pretendente, mas a princesa Margareth não estava disposta a abrir mão de sua felicidade. Papai era um homem divorciado e, mesmo que sua primeira esposa fosse falecida, as leis da Sardenha impediam o matrimônio de se concretizar

Mamãe também não poderia se casar com um homem que tinha uma filha de outro relacionamento. Essa pequena menina era minha meia-irmã mais velha, Elena. Então nosso primo de primeiro grau assumiu seu posto na coroa, ocupando o lugar até os dias atuais. Por sorte, ele tem cinco filhos e o destino da realeza está a salvo.

Meus avós deixaram claro o desgosto e a insatisfação. Porém, logo após a morte de sua única filha, apaziguaram a mágoa que sentiam. E, por insistência de vovó Ana, passaram a aceitar melhor a família que meus pais constituíram juntos.

Respiro fundo ao pensar sobre isso e bebo mais um gole do chocolate quente. O período mais tranquilo que poderia ter era exatamente este, resumido ao tempo que tirava para colocar a cabeça no lugar e pensar sobre os afazeres do dia. Ainda que eu não esteja na Itália, meus avós fazem questão de que eu continue a par de tudo o que ocorre por lá. Por conta de minhas condições, reduzi as constantes viagens e as aparições em diversos eventos.

— Posso fazer mais alguma coisa pela senhorita?

Abro um sorriso gentil para a governanta.

Justina me viu crescer e cuidou de mim antes mesmo de eu aprender a andar. O carinho que carrega em seu coração sempre foi fácil de se ver. Parte disso se dá pelo fato de que ela não teve filhos e perdeu o marido quando tinha apenas vinte anos. Agora, quase uma senhora, está prestes a se aposentar.

— Não, obrigada. Estou satisfeita.

Um simples aceno de cabeça costuma ser sua deixa. Justina tenta disfarçar, mas nunca foi boa nisso. Seu corpo já está inclinado em direção ao jornal em minhas mãos.

Seus olhinhos pequenos por trás dos óculos redondos estão afiadíssimos sobre o texto que devora em silêncio. Enquanto isso, eu a observo com um riso contido. Sei que logo dirá o que tiver a dizer.

E é exatamente o que acontece.

— O prefeito da cidade estará hoje à noite no jantar que sua irmã organizou na fazenda — disse ela, sem desgrudar os olhos do jornal. — Tenho certeza de que ele irá comentar sobre isso.

Franzo o cenho em resposta e mergulho na leitura, buscando entender o texto, quando encontro a menção de meu nome, deixando o suspense de fato interessante.

Não pode ser!

Ao revistar as primeiras páginas do jornal, penso que seria como todos os outros dias: uma simples e entediante leitura. Porém, na página cinco, deparo-me com algo inusitado, com o qual não recordo concordar.

A cidade vai reviver as festividades de inverno. Ao que tudo indica, desta vez o dia dos namorados terá uma programação diferente, abordando grandes temáticas e atividades que serão planejadas pela cidade, firmando a idealização e incentivando o amor puro e verdadeiro entre um casal.

Sei muito bem como funciona. Quando mamãe e papai estavam no auge de seu casamento, morando havia pouco tempo na cidade, a princesa organizava bailes privados para eventos como esse. Na época, achava tudo isso algo mágico e lindo. Além disso, Gramado sempre foi a cidade do amor.

Acreditei no amor até o dia em que tive o meu coração partido por alguém. Ou até perder mamãe para sempre. Depois disso foi como se as pessoas não fossem verdadeiras o suficiente para merecer um sentimento como esse. Para mim o encanto havia se quebrado.

Os eventos menores sempre foram abertos ao público, porém os realmente especiais exigiam um convite. O problema é que, desde que mamãe se foi, a coroa e o título de princesa real foram passados para mim. Eu seria a responsável por tudo o que um dia Margareth Isabel havia sido.

Um dos principais requisitos exigia que os convidados possuíssem um par ou que o encontrassem no próprio evento. Ainda que goste das comemorações, que nos levam facilmente para dentro de um conto de fadas, estou presa a algumas imposições. Limitações, pelas quais devo prezar.

Não aguentaria muito tempo em pé, não conseguiria dançar, nem mesmo participar das atividades. Seria um desastre total. Continuo lendo a matéria em que o prefeito se encontra deveras empolgado, pois há muitos anos que as festividades não ocorrem. Sei que boa parte disso também é minha culpa, pois não os incentivo.

Mamãe criara atividades e bailes esplendorosos para os seus convidados escolhidos a dedo pelo conselho da cidade. Depois de sua partida, fiz questão de que isso acabasse, pois aquelas haviam sido noites gloriosas, belas e boas de se guardar no coração. Nosso luto teve um período longo. Mas não seria contra se parte desses eventos retornassem, ainda mais depois da grande pandemia que tivemos dois anos antes.

Deparo-me com o último parágrafo, no qual está escrito com todas as letras o anúncio de minha participação.

— Acha que ele me forçará a participar? — pergunto, fechando o jornal e o dobrando ao meio, indignada. — Não entendo. Por que agora?

— Porque está na hora de voltar à ativa, Louise. — Ouço a voz autoritária de papai soar às costas de Justina, que dá um pulo, assustada com a chegada inusitada de seu patrão.

— Senhor. — Ela abre espaço para que eu possa vê-lo, calando-se.

A governanta nutre um respeito pelo coronel que jamais entenderei. Vejo medo em seus olhos, mas não consigo compreender de onde vem tanta admiração e vontade de mostrar serviço. Afinal, papai é um homem exigente e preza por ordem em nosso lar, tornando Justina seu soldado leal.

— Não consigo compreender... — Tento expressar minha confusão. — Não sei se isso é necessário. Sabe que não gosto de ser o centro das atenções, ainda mais quando escrevem sobre mim. Eles não têm piedade.

Seu rosto está um tanto abatido. É raro vê-lo pelo palácio, tornando nosso encontro logo cedo inusitado. Observando-o à minha frente, não é de hoje que percebo que a idade chega para todos e que, apesar de seus sessenta anos, ainda está muito bem conservado.

Seus olhos azuis carregam uma dureza que só o exército poderia trazer a eles. Sempre foi um homem de pulso firme, ainda que nunca tenha deixado de ser um pai amoroso e presente na vida das filhas, desejando apenas o nosso bem, deixando-me ciente do quanto o meu estado o preocupa.

— Está na hora de deixar estas paredes para trás, querida. Você é jovem e deve cumprir com os deveres de princesa, sua mãe lhe pediria isso se estivesse aqui.

Sua fala me desarma por completo. Ele finalmente tomou coragem para estabelecer que eu deveria intuir. O problema é que Giuseppe Fronatelli está coberto de razão ao me pressionar.

CAPÍTULO DOIS

A fazenda onde minha irmã mais velha mora é um lugar encantador. Mesmo que o sol já esteja quase se escondendo atrás das montanhas e da mata densa, a beleza do lugar continua nítida. O verde da grama, que corre ao longo da estrada de terra batida, cintila, sinal de que pela manhã estará muito frio.

Dentro do carro fechado com meu pai e seu motorista, sei que, se fechar os olhos e respirar fundo, serei capaz de sentir todos os aromas da região, tão puros e únicos que me conquistaram na primeira vez que os senti.

De certa forma sinto inveja de Elena, sempre dedicada. Casou-se logo que conheceu Cristóvão e se mudou para o interior de Gramado. Juntos, eles tocam o negócio da família dele, uma grande produção de vinho e de lavandas – este último ideia de minha irmã. Toda vez que consigo uma folga passo as *férias* por aqui. É a parte do ano em que ela cuida apenas de mim e de nossa amizade inseparável.

A família de Cristóvão vem de uma antiga linhagem de italianos, da capital, Roma. Vieram para o Brasil para fugir da Primeira Guerra Mundial e se estabeleceram na cidade, tornando-se pioneiros na produção de uva e, logo depois, começaram a produzir vinho, o que os deixou muito conhecidos pela região. E foi por causa disso que Elena teve de deixar de lecionar exatas nas universidades locais para acompanhar o marido no trabalho.

Sua sabedoria e seu conhecimento com a arte e a educação a tornam ávida e extremamente competente para cuidar das finanças e negociações da família. Eu a admiro por isso. Ela é perfeita com matemática desde a infância, ajudando-me com boa parte do que sei.

Detenho-me a contemplar os grandes arbustos bem cuidados, que acompanham a estrada até a grande propriedade. A mansão da família é imponente, havendo mais quartos do que posso contar, e, ainda assim, não é extravagante a ponto de se comparar ao palácio em que moro.

A construção é centenária, construída com pedras antigas, trazidas de navio da própria Itália. Cristóvão nunca se cansa de contar esta história. E eu, como uma boa ouvinte, amo ouvi-lo contar cada uma delas — o que ele faz sempre que apareço na fazenda.

Sorrio ao pensar nisso; definitivamente não tenho do que reclamar da sorte de ter uma família boa e unida. Se não fosse pela solidão que sinto sozinha no palácio, poderia dizer que tudo está perfeito.

As janelas brancas são enormes, permitindo que o ar circule com liberdade, passando pelos vidros brilhantes que as cercam. As cortinas brancas e esvoaçantes camuflam a visão de dentro da mansão.

Há várias luzes fixas ao chão, que dão a impressão de haver estrelas perdidas pelo gramado.

Envolta em pensamentos, demoro a perceber que o carro parou há algum tempo. Papai já está no lado de fora à minha espera. Tenho de me apressar para sair assim que o motorista abre a porta para mim.

Antes mesmo de colocar os pés para fora, sinto a mudança de temperatura. Está muito mais frio do que eu esperava. A necessidade me faz fechar os olhos por um breve momento. Respiro fundo e inalo o perfume doce das lavandas misturado com o aroma eletrizante das uvas.

É algo bom e prazeroso, que me dá vontade de ficar aqui por muito mais tempo do que posso. Ouço um pigarreio impaciente e, quando abro os olhos, percebo que papai estende o braço para mim. Noto alguns carros desconhecidos estacionados ao lado da mansão.

Elena não comentou nada sobre isso, nem mesmo o motivo deste jantar em especial; não temos aniversariantes no mês de maio, nem no de junho, tampouco qualquer outro motivo de comemoração. Não sei por quê, mas estou começando a ficar ansiosa.

Aguardo o motorista pegar as muletas para mim. Estou tão entretida com a vista e com o impacto que este lugar tem que não reparo que estou em pé há um bom tempo. Sozinha, sem ajuda alguma. Empolgada, resolvo dar um passo em direção ao meu pai. Teria conseguido se não fossem pelos sapatos de salto alto, fazendo com que perdesse o equilíbrio.

Tenho sorte que Giuseppe não se demora; assim que me vê cambalear para a frente, segura meus ombros com firmeza, abstendo-se de falar qualquer coisa. No fundo de seus olhos, vejo algo concreto e brilhante, que se parece com *esperança*.

Desvio o olhar, envergonhada pela minha derrota. Às vezes esqueço que preciso ir com calma, ainda mais por saber que não estou cooperando tanto quanto devo. Minha maior decepção vem mesmo ao que vejo o motorista carregar a cadeira de rodas, a mesma que usei durante os últimos anos.

Volto o olhar até o rosto de papai. Ele não me fita, e, ainda assim, sei que tem os olhos sobre o funcionário. Então compreendo que, além da esperança, a precaução também se mostra. E isso me chateia profundamente.

Tento esquecer o que acabou de acontecer e foco no que posso encontrar dentro da mansão, além da minha família e do prefeito da cidade. Algo me diz que a cadeira de rodas significa alguma coisa, como se nada nesta noite possa sair do controle. E por mais que papai só queira o meu bem, sinto-me insignificante por, de alguma forma, ter a capacidade de arruinar o que quer que esteja nos aguardando.

Solto o ar dos pulmões, descrente de que desfrutarei do jantar. Aceito a ajuda para me sentar na cadeira assim que o motorista a abre e a coloca mais perto. Não sinto vergonha por ter de usá-la, mas, ao mesmo tempo, não sinto que pertenço a ela. Pela primeira vez em muito tempo quero andar.

Andar como sempre andei.

Em todo o caso, não tenho escolha.

Abro um pequeno sorriso, como quem diz estar tudo bem, mesmo sabendo que a resposta não condiz. Papai me guia até a entrada da mansão, que é isenta de escadas, havendo uma rampa feita de tijolos assentados ao solo.

Presto atenção nas flores coloridas preservadas por Elena, nos belos canteiros que adornam a entrada. A mansão é um sonho de consumo, e, por mais triste que eu possa estar, sinto-me muito bem.

Não precisamos bater à porta, nem soar a campainha; Elena logo a abre, como se seu instinto materno dissesse que havíamos chegado. Seu rosto belo e jovem se ilumina na mesma hora. Os olhos azuis brilham mais que o sol em um dia límpido e radiante.

— Finalmente! — cantarola, vindo em minha direção.

Deposita um beijo doce estalado em minha bochecha direita ao passo que suas mãos calorosas me puxam para um abraço apertado.

O aroma que Elena carrega se parece muito com o perfume marcante e delicado de mamãe. Minha irmã sempre teve um instinto materno aguçado e extremamente forte. Boa parte dos conselhos que precisei na adolescência vieram dela.

Tenho vontade de chorar.

Elena não sabe, mas este abraço é tudo do que eu mais preciso.

— Chegamos, estamos aqui — sussurro em seu ouvido.

Afastando-se, ela segura meu queixo com a ponta dos dedos.

— Espero que fique aqui por alguns dias, já tenho a programação inteira até o domingo. — Dando uma piscadela, ela se volta ao nosso pai, cercando-o com os braços. — E o senhor, não acredito que já tenha que viajar outra vez.

Papai afaga os cabelos longos e negros de Elena, demonstrando a saudade que sente dela. Os dois são bastante parecidos fisicamente, os traços, os cabelos, até a cor dos olhos. Não há quase nada que pertencesse à sua falecida mãe.

— O dever me chama, querida. — Ele abre um mínimo sorriso. — Cuide de Louise enquanto eu estiver fora.

— Cuidarei, coronel. — Desfazendo o abraço, ela se volta para a porta e nos dá passagem. — Venham, precisamos entrar.

CAPÍTULO TRÊS

O calor da lareira da sala de jantar consegue acomodar muito bem aos convidados, apesar do número considerável de pessoas. Consegui cumprimentar a maioria, embora não conheça uma parte delas. A minha sorte é que minha pequena sobrinha me faz companhia, livrando-me do tédio.

Apesar de costumar ser alguém um tanto impaciente e tempestuosa, amo crianças, e Olívia, acomodada em meu colo, certamente também me ama. Aos seis anos, sonha em ser uma princesa, inspirada pela tia, que detém a posse de um título como esse.

Durante boa parte da minha pré-adolescência, o título real foi o motivo de eu me sentir nas nuvens. Porém, ao ficar mais velha, o encanto se quebrou, ainda mais depois da queda e de todas as consequências que vieram com ela. As responsabilidades foram aumentando, até que, aos poucos, tudo se tornou uma obrigação.

— Eu amei a sua tiara, tia Lou. — A doce voz de Olívia preenche os ares de uma forma tão suave que me dá vontade de enchê-la de beijos e abraços.

— Quando for me visitar no palácio poderá brincar com todas elas.

Beijo sua testa e fito o meu reflexo no espelho enorme na parede oposta.

Outros reflexos se misturam ao meu. As pessoas caminham de um lado para o outro, e grupos de conversas se dispersam pelo lugar. Mas nenhum deles me parece tão delicado e solitário quanto o meu.

Posso ter problemas de locomoção, com limites e medos, porém até mesmo de longe qualquer um pode ver que a realeza está em mim. Não preciso de uma tiara de brilhantes no topo da cabeça para confirmar; a postura impecável que meu corpo sustenta me denuncia.

Os traços do meu corpo se assemelham muito aos de mamãe, a única coisa que herdei de papai foram os olhos azuis como o céu, que realçam minha pele extremamente branca. Chega a ser surpreendente o quanto sou parecida; somos tão semelhantes que seria fácil me passar por sua irmã gêmea.

No tempo que passo na fazenda — no verão, durante a colheita das uvas —, minha pele é beijada pelo sol e adquire um tom de dourado parecido com ouro, de modo que fica ainda mais evidente que sou uma cópia legítima da falecida princesa Margareth Isabel da Sardenha.

Nesta noite, o belo vestido de cetim com bordados em pedrarias feitos à mão realça meus traços. As várias camadas deixam o vestido quentinho, e as longas mangas foram pensadas para o meu corpo. A cor azul-claro é uma das minhas preferidas, além do lilás, como as lavandas.

— A sua mãe por acaso comentou algo sobre esse jantar? — pergunto em um tom que apenas ela pode ouvir.

Apesar da pouca idade, Olívia ama escutar as conversar alheias e ainda mais se meter em todas elas. A pequena jamais fica de fora, sempre precisa soltar um palpite, seja qual for o assunto.

— Mamãe disse que um sócio de papai vai nos visitar. Além da visita do prefeito, é claro. Ela também disse que é importante mantermos as amizades. — Seus grandes olhos castanhos me fitam com curiosidade. — Por que a pergunta, tia Lou?

— Nada importante, meu bem. — Tento frisar as palavras como se fosse mesmo um assunto irrelevante.

Um sócio.

Tenho certeza de que a participação do prefeito é uma tentativa de manter as aparências, e quem sabe me convencer a embarcar na programação para o mês dos namorados — à qual minha presença foi confirmada sem que ninguém falasse comigo.

Sou arrancada de meus pensamentos quando uma voz ousada e metida soa às minhas costas, e sei quem é sem nem mesmo precisar analisar os convidados. Um arrepio corre por todo meu corpo, e não de um jeito bom. Sinto-me congelar... Tanto que não consigo girar a cadeira de rodas para encará-lo. Mal posso acreditar que Elena não se deu ao trabalho de me avisar. Olívia parece se esforçar por mim, quer a todo o custo destravar as rodas e girar a cadeira, mas o peso do meu corpo a impede.

Então Heitor dá meia-volta e se coloca bem à nossa frente com seus olhos escuros encarando os meus. Ele mudou, e não foi do jeito que eu queria. A beleza estonteante e perfeita continua presente, quase que de forma dolorosa de se ver, em especial depois de tudo o que vivemos juntos.

O terno preto lhe dá um ar intimidador, visivelmente um homem de negócios — a típica impressão que costuma querer deixar. E, à nossa volta, muitos homens se importavam em olhá-lo com grande admiração.

Pena que eles jamais saberão o cafajeste que esconde ser.

— Boa noite, *Louise* — saúda com um sorriso confiante, frisando meu nome de uma forma quase preguiçosa.

Se não fosse por Olívia, eu com certeza pularia em seu pescoço e o estrangularia. Mas não posso reagir dessa forma, não na frente de todas essas pessoas. Minhas mãos suam frio, estou nervosa. Sei que tenho de tomar muito cuidado com ele se quero sair dessa ilesa.

Heitor avalia minha reação, prestando especial atenção ao meu estado. Quando seus olhos baixam para analisar meu corpo sobre a cadeira, vejo um lampejo de desgosto. Ele continua o mesmo. Talvez, se eu não o conhecesse tão bem, poderia dizer que foi apenas coisa da minha cabeça. Ainda assim, preciso ser firme, por mais que não esteja em meu melhor estado de espírito.

Ergo o queixo levemente, de forma que ele possa ver que também o avalio.

— *Alteza* — profiro, irredutível. — Para você é *sua alteza real*. — Ele abre um sorriso ainda maior, como se acabasse de ouvir uma piada. — Olívia, pode chamar a sua mãe, por favor? — falo baixinho em seu ouvido, certa de que Heitor nos ouve muito bem de onde está.

Minha pequena sobrinha não questiona, apenas segue com meu pedido, descendo do meu colo e indo à procura de sua mãe, que está em algum lugar deste cômodo.

— Continua orgulhosa — salienta, aceitando a taça de vinho tinto oferecida por um dos garçons. — Algumas coisas nunca mudam.

Resolvo entrar em seu jogo, sorrindo de volta.

— O senhor pode ser preso por me desrespeitar, já que continuo possuindo o título.

Ele me lança uma piscadela e bebe um gole longo do líquido vermelho.

— Estive pensando em como a encontraria. Vejo que nada mudou.

Suas palavras me atingem em cheio, tanto que posso sentir uma pontada em meu coração.

— Se veio até aqui para me humilhar, como da última vez que nos vimos, peço que vá embora — repreendo, destravando as rodas, pronta para me afastar. Heitor me surpreende ao dar um passo em minha direção, segurando minha mão sobre a trava, impedindo-me de continuar. Seu rosto fica próximo ao meu, tanto que consigo identificar o aroma de seu perfume caro. Ele não perde a oportunidade de me ver hipnotizada pelo seu "charme", e sorri ainda mais ao depositar um beijo suave em minha bochecha. — Seu canalha. — Tento afastá-lo com as duas mãos, empurrando seu peito para longe.

Contudo, o homem à minha frente é muito mais forte e pouco posso fazer na condição em que me encontro.

— Não vim brigar, estou na cidade a negócios. Mas não posso deixar de dizer o quanto senti saudades de olhar para os seus olhos e sentir a textura eletrizante de sua pele.

Quase solto uma gargalhada.

— Acho que vou vomitar — falo, sentindo meu estômago embrulhar.

Ele esboça um sorriso falso; sei que o atingi.

— Não era isso o que dizia quando estávamos juntos.

Direciono um olhar afiado em sua direção, louca para marcar o lindo rosto com as unhas.

— Acha que vou acreditar nisso depois de tudo?

Nega com a cabeça e por um momento quase posso dizer que vi algo que o assombra.

Talvez o *nosso* passado.

— Nós éramos muito jovens, sei que a magoei ao abandoná-la no altar.

— Você sabe muito bem por que me abandonou; não suportaria viver ao lado de alguém que pode não voltar a andar.

— Sim, nisso você está certa e pelo jeito... não voltou. — Faz um gesto de mão para a cadeira de rodas e depois a leva de encontro às minhas em seu peito. — Me arrependo de tomar a atitude que tomei, sinto muito se a magoei por isso.

— Não confio em você, Heitor. Não somos mais o que já fomos.

Ele continua a fitar meus olhos, até que Elena surge.

— Mandou me chamar, irmã?

Agradeço aos céus por sua intromissão, estava prestes a gritar por socorro se não o fizesse. Estou muito chateada. Quero perguntar o motivo de não ter me informado sobre a vinda de Heitor, assim como quero saber o que a motivou a permitir que ele entre nesta casa. Mas não faz diferença alguma neste momento.

Ao ver a confusão e o espanto no rosto de minha irmã, estática e pálida, deduzo de imediato que ela também não o esperava.

— Não será mais preciso. Vejo que está tão chocada quanto eu — a interrompo, fazendo questão de mostrar minha decepção para ambos.

Quero que Heitor veja com os próprios olhos o quanto o odeio.

— Olá, Elena. Como está? — ele pergunta, endireitando a postura e estendendo a mão para ela, como se não pudesse perder a pose diante dos membros de minha família.

— Muito bem, obrigada — responde em um fio de voz.

Elena aperta sua mão, contrariada, soltando-a logo em seguida.

— Vou levar a princesa até a mesa, o jantar já deve estar sendo servido — supõe ao observar as pessoas, que se direcionam aos assentos na bela mesa.

Olhando para os convidados, percebo que a maioria olha para nós dois, como se relembrassem o casal que um dia fomos. No meio daqueles homens de terno, encontro papai, analisando em silêncio minha reação ao estar perto de Heitor.

Se ele for o responsável por arquitetar a presença do meu ex, jamais o perdoarei.

— Prefiro ser guiada pela minha irmã, afinal o senhor não tem experiência alguma com cadeira de rodas. — Livro-me de seu ego rapidamente, antes que estivéssemos no meio de tanta gente.

Jamais lhe darei o prazer de se sentir no comando de tudo. Posso perdoá-lo pela humilhação que me fez passar anos antes, contudo jamais permitirei que se repita.

Não sou ignorante a esse ponto.

Heitor fica sem jeito, desconfortável. Os convidados comentam algo enquanto nos observam e isso parece intimidá-lo.

— *Sua alteza* tem toda razão, não me perdoaria se a ferisse no processo.

Ele se afasta sem olhar para trás, e solto o ar, aliviada. Ao vê-lo se acomodar ao lado do prefeito, sei que dará um jeito de me importunar — isso se decidisse me acompanhar aos eventos a que eu nunca disse querer ir. E aos que também não irei, não que eles saibam disso; não quando Heitor quer ver o próprio rosto estampado ao lado do meu nos jornais.

Mesmo assim, suas palavras ainda estão em minha mente horas mais tarde, quando já estou deitada. Conversarei com Elena assim que tiver oportunidade.

CAPÍTULO QUATRO

Uma das coisas mais legais de dormir na casa de minha irmã é poder acordar por conta própria, sem ter alguém para me lembrar dos meus deveres. Mesmo que não dure por muito tempo, essa liberdade se torna absolutamente tranquilizadora.

O relógio na mesa de cabeceira marca sete horas da manhã. A noite anterior foi a primeira em que não tive um pesadelo. Posso dizer que, de alguma forma, o reencontro com Heitor consertou algo dentro de mim, uma parte que permaneceu machucada e que agora está cicatrizando.

De fato não foi um diálogo amistoso. Eu não me faria o desfavor de cair aos pés dele só por continuar lindo de morrer. Talvez vê-lo outra vez tenha me feito perceber que aguardava por esse momento, que precisava enxergar o que nunca havia notado: ele jamais poderia fazer parte da minha vida do jeito que sonhei. Alguns fragmentos já não se encaixavam mais em nossa história. Nossos corações se tornaram incompatíveis.

Com os olhos fixos no forro de madeira do quarto do último andar da mansão, tomo um susto quando uma batida à porta quebra o silêncio.

— Já está acordada? — Ouço a voz de Elena.

Sorrio.

— Sim, irmã.

Ela abre a porta sem fazer barulho e passa pela fresta. A passos rápidos, atravessa o quarto e se joga na imensa cama, afundando o belo rosto nas cobertas espessas. Não contenho o riso.

— Devo desconfiar de sua alegria?

Fito seu olhar conforme se ajeita melhor sobre a cama.

— Você me conhece tão bem. — Oferece um sorriso doce para mim, tocando uma mecha de meu cabelo caída sobre o rosto. — Estou indo para o centro, vou levá-la até a clínica para fazer pilates e colocar em dia sua fisioterapia.

Reviro os olhos, entediada.

— Pensei que ficaríamos na fazenda até o domingo acabar...

— Não mesmo! Temos que manter sua rotina.

Uma ideia me ocorre; de forma esperançosa, suponho:

— Você poderia chamá-los até a sua casa. Por favor...

Elena se senta sobre o colchão macio e me analisa. É claro que não a convenci.

— Nem pensar! O dia está tão lindo lá fora que seria impossível deixar de visitar o centro de Gramado.

— Achei que poderia ficar na cama hoje — comento em uma última tentativa.

Ela, porém, não é de desistir.

— Cristóvão foi para Canela, saiu há pouco. E Olívia terá aula o dia inteiro. Refleti e cheguei à conclusão de que talvez pudéssemos ter uma programação diferente, uma coisa de irmãs.

— Como nos velhos tempos? — pergunto, ficando mais interessada.

Um sorriso travesso se expande em seus lábios.

— Exatamente — concorda.

— Só se me levar para tomar chocolate quente.

— Combinado!

Em um salto animado, Elena sai da cama e puxa minhas cobertas, deixando-me com frio e desprotegida.

— Vou escolher uma roupa quentinha e buscar sua cadeira. — Anima-se.

Por um momento, eu me esqueci da cadeira. Quase me levantei por conta própria para escolher o que vestir.

Três vezes na semana dedico meu tempo à fisioterapia, uma hora por aula, em uma das melhores clínicas particulares da cidade. A doutora é fabulosa, muito experiente e prestativa. Foi indicação de uma antiga colega do ensino médio de minha irmã.

Simpatizei com a doutora Cassandra já no primeiro dia. Seu jeito calmo de ensinar e sua persistência acabaram fazendo com que eu trabalhasse os exercícios com afinco. No início foi mais difícil, quando percebi que teria de me empenhar de verdade para ver algum resultado; pensei até em largar tudo. Porém, os dias foram passando e fui evoluindo devagar.

Com a ajuda e o incentivo da família, não abandonei as aulas. Graças a isso consigo dar passos mais firmes e, aos poucos, vou tentando largar a segurança das muletas e da cadeira de rodas.

Apesar de não acreditar que todo esse empenho vá trazer algum resultado, acabo me divertindo no processo. A doutora me faz lembrar de como mamãe costumava ser: arrumada, espontânea e graciosa. O acidente de carro em que a princesa faleceu também costuma vir à tona enquanto pratico os exercícios, pois se mamãe estivesse viva, provavelmente teria de os fazer, já que constataram que havia perdido parte da estrutura da coluna.

Tudo por culpa de uma viagem importante até a Itália, para prestigiar a coroação do príncipe Felipe. Sua morte foi instantânea.

Papai tentou ser forte, mas teve de se afastar de seus afazeres no exército para nos criar.

Elena foi uma das que mais sentiu a morte de quem tanto a amou como se fosse sua própria filha. Porém, não foi nada comparado ao que senti.

Eu tinha apenas vinte anos quando tudo aconteceu; Elena é apenas quatro anos mais velha. Dois anos depois, fui abandonada no altar por Heitor, outro fato que me fez regredir.

Ainda assim, ao ver outros pacientes ocuparem a clínica durante esse tempo, permiti que a força de vontade deles me inspirasse. Na noite anterior, quando fiquei em pé por vários minutos, dei-me conta de que talvez toda essa negatividade que exalo pode enfim falhar.

— Princesa Louise. — Ouço a voz da enfermeira me chamar.

Ela surge sorridente pelo corredor, detendo-se ao se aproximar, praticando uma esforçada reverência. Envergonhada, as maçãs de seu rosto estão cor-de-rosa. Seus cabelos loiros presos em um coque baixo dão visibilidade à sua bela fisionomia. Uma jovem de no máximo vinte e cinco anos. Ainda que esteja nervosa, sei que Joana adora me ver.

— Bom dia! — cumprimento-a de forma animada.

Ela me devolve um sorriso em satisfação.

— Bom dia, alteza! A doutora está à sua espera — fala, indicando o mesmo corredor por onde veio.

Assinto e respiro fundo. Algumas sessões me deixam vulnerável. Ao me sentir preparada para prosseguir, aperto o botão do painel e a cadeira começa a andar sozinha.

Agradeço Joana e sigo pelo corredor. Nesta época do ano, a clínica sempre está cheia de pacientes, o que me obriga a redobrar os cuidados. O mês de maio e junho são os mais intensos por conta do inverno; pessoas que precisam da fisioterapia têm de intensificá-la.

Refletindo, não percebo que já estou quase chegando ao meu destino. Assim que dobro o corredor, dou de cara com uma linda mulher de jaleco branco. A doutora Cassandra é realmente estonteante. Possui uma beleza única, e não é exagero algum se dissesse ser algo raro de se encontrar.

— Já estava com saudades da minha paciente preferida! — cantarola, observando-me passar pela porta.

Tento retribuir sua animação com um sorriso no rosto, embora ainda esteja chateada com meu reencontro com Heitor. Preciso manter o foco que sempre tenho na rotina. O único problema é que Cassandra é dona de uma sensibilidade incrível para captar os sentimentos de seus pacientes. Atenta a cada detalhe, seus olhos me inspecionam. Quando a vejo se sentar na cadeira de couro atrás da mesa branca, sei que trataremos de algo importante.

— Como está se sentindo hoje?

Sua pergunta soa um tanto curiosa, apesar de ser rotineira e comum em todas as vezes que nos vemos.

— Acredito que bem — respondo, educada.

— Tem certeza? — Ela passa a me avaliar com mais cautela.

Sua voz melodiosa ressoa aos ouvidos de um modo tão acolhedor que tenho vontade de fechar os olhos. É impossível mentir para Cassandra. Talvez sua presença me lembre das vezes em que tentei enganar mamãe. E o quão geniosa ela poderia ser toda vez que isso acontecia.

— Tenho.

— Que bom! — Ela parece satisfeita, por ora. — Hoje não faremos exercícios para as suas pernas. Pensei em fazermos algo diferente.

— Diferente? — questiono, desconfiada.

Ela balança a cabeça sem desviar os olhos dos meus — sei na mesma hora que tramou algo.

— Você evoluiu muito nos últimos meses, Louise. Acredito que pouco posso ajudar em sua atual situação.

Prendo o ar durante alguns segundos, incerta do que a ouvi dizer. Poderia chamá-la de louca se não a visse tão séria.

— Se não a conhecesse, diria que a senhora bateu com a cabeça antes de vir ao consultório. — Acabo dizendo.

Cassandra solta uma risada divertida. Em seus olhos cresce compaixão.

— É por este motivo que a tenho como minha melhor paciente — elogia. Seu rosto assume uma expressão ainda mais acentuada. — Estive conversando com o seu pai por telefone. Expliquei a ele os motivos que me levaram a tomar essa decisão e aguardei o momento certo de lhe falar.

Começo a ficar preocupada com o rumo da conversa. Por quase oito anos fui atendida pela mesma profissional. Temo que ela desista de contribuir pela minha causa.

— E o que seria? — me obrigo a perguntar. Por uns segundos, acabo me perdendo no tom indistinto de seus olhos, ora azuis como o céu, ora verdes como as copas das árvores. — Está me deixando nervosa — assumo.

— Me desculpe! — Esconde um sorriso tímido. — O que quero dizer é que não faremos mais fisioterapia. Mas se for de seu desejo continuar com o pilates, acho ótimo. — Franzo o cenho, incapaz de concordar com isso. Minhas mãos estão escorregadias e pegajosas. — Antes que você me entenda mal, gostaria de lhe explicar por que tomei essa decisão — acrescenta. Para ela, minha permissão é de extrema importância. Sem protestar, indico para que a doutora prossiga. — Obrigada, querida. — Vejo lágrimas em seus olhos. — Louise, como profissional, vejo que você está pronta para andar sozinha. Você finalmente venceu. Já fiz tudo o que estava ao meu alcance e você bem sabe que domina todos os exercícios. Está na hora de deixar essa cadeira para trás.

Não posso negar, estou inquieta, pois, apesar de saber do que se trata, não me sinto pronta para enfrentar. Parece que sempre precisarei ter algo que me sustente: o medo de cair, de errar e de virar manchete é o centro das minhas preocupações.

— Não posso fazer isso, doutora. — Meu pedido soa como uma súplica.

— Esta é nossa última conversa. Não faremos exercícios hoje porque você não tem mais nenhuma lesão fisiológica a ser tratada. Fizemos vários exames nas últimas semanas, pedi que repetisse todos para ter certeza. E agora, com os resultados em mãos, está confirmado. — Suas palavras saem disparadas, uma atrás da outra, deixando-me zonza.

Esfrego a testa com uma das mãos enquanto me apoio na cadeira com a outra. Lembro-me de refazer inúmeros exames há pouco tempo, muitos deles simples, apenas de rotina. Já outros foram mais complexos.

— O que quer dizer com isso? — Engulo a saliva com dificuldade, sentindo minha garganta se fechar. — Eu sei que isso é ótimo, estou com saúde. Mas não entendo por que tenho que parar com a terapia se ainda não caminho como deveria.

A doutora abre um sorriso caloroso com os resultados dos exames em mãos.

— O que quero dizer é que estou pronta para lhe dar alta.

— Alta?

— Sim, querida.

— Mas e se eu não conseguir... — Tento formular algo que a faça repensar. — Bem, e se não der certo? Já perdi a conta de quantas vezes tive que recorrer à cadeira de rodas e às muletas somente para permanecer no lugar.

— Não pense desta forma, criança. Será mais fácil do que imagina. — Tenta me animar.

— Parece fácil ouvindo-a falar desse jeito.

As palavras se perdem em meus pensamentos. Carregarei para sempre em meu coração a gratidão por seu trabalho. Mas ainda existem tantas inseguranças dentro de mim, tanto medo, que não sei se darei conta.

— Preciso lhe perguntar. — Cassandra chama minha atenção. Quando meus olhos a encontram, vejo uma luz cintilante em volta dela. Penso estar vendo coisa. Mesmo ao fechar os olhos e abri-los outra vez, lá está ela, brilhante como o sol ao amanhecer. — Seu coração está ferido, Louise, e é ele que você precisa curar. E não falo de suas funções. Você precisa se permitir esquecer o passado e seguir em frente.

Como ela sabe disso?

Está tão nítido assim?

— Não sei se consigo — confesso, perdendo a esperança. — Ontem eu reencontrei uma pessoa que me magoou muito. E vi nos olhos dele o quanto me ver nesta cadeira é repugnante. Isso é terrivelmente difícil de lidar.

— Sinto muito por isso. — Seu rosto adquire uma expressão de tristeza. — Às vezes é necessário que máscaras caiam para que possamos compreender o que deve permanecer em nossas vidas.

Concordo com sua observação, notando que as lágrimas queimam em meus olhos.

— Eu o amei de verdade, entreguei tudo o que tinha de melhor. Só que não foi o suficiente.

Ouço-a solta um suspiro enquanto divaga em suas próprias lembranças, voltando a me olhar depois de encarar sua estante de livros por um curto período. Ao seguir o seu olhar, deparo-me com o porta-retratos de um belo homem. Trajava um uniforme militar e não trazia qualquer expressão de emoção em seu rosto. No entanto, seus olhos brilhavam, como a chama de uma intensa paixão. Posso deduzir que esse homem amava alguém e sei que esse sentimento envolvia a minha fisioterapeuta.

— Um profissional não deveria expor as frustrações de sua própria vida aos pacientes. Mas, acima disso, se o que tenho a contar a ajudar de alguma forma, ficarei feliz. — Seus olhos marejam e a vejo sustentar uma enorme tristeza, como se há muito tempo não a enfrentasse. — Quando eu era mais jovem, conheci um rapaz por quem me apaixonei perdidamente. Foi tão arrebatador que não conseguia mais viver sem a companhia dele. Nossos sentimentos eram recíprocos, planejamos uma vida juntos. Sempre acreditei que seríamos felizes na ilha em que o conheci.

Cassandra aguarda até que eu processe tudo, revivendo o sentimento que claramente a perseguiu durante todo esse tempo.

— Mas não foi o que aconteceu. Nós tínhamos tudo planejado. Compramos uma casa e marcamos a data do nosso casamento. — Seu rosto já está encharcado pelas lágrimas, o que virá a seguir acabou com ela. — Dois dias antes tivemos que cancelar tudo, pois ele foi convocado a ir para a guerra. Houve uma revolta muito grande no interior da Itália, nas terras do seu avô.

Seus olhos pousam em mim com grande pesar. Penso que vai me culpar, mas não o faz.

— Ele não voltou para mim, foi morto em combate. E logo depois descobri que estava grávida. O pior de tudo é que não tinha como criar nosso filho sozinha. — A doutora para de falar, levantando-se e me dando as costas.

Acho que foi demais para ela, porém o suficiente para eu entender que ao menos ainda tenho uma oportunidade na vida, que todos possuem problemas, uns maiores que os outros, e a vida será sempre assim.

— Não quero que pense que a vida é ruim, Louise. Não desista da chance que surgirá no seu caminho.

— Como assim? — indago, atingida pela sua história.

Ela olha por cima do ombro, com um meio-sorriso nos lábios.

— Você verá. Muito em breve.

CAPÍTULO CINCO

Suspiro, sentindo-me exausta.

Ainda que esteja com o corpo relaxado em um assento estofado, as palavras da doutora seguem firmes em minha mente. Tento me livrar da conversa que tivemos alguns minutos atrás, analisando a visão da Hector Dragão Pizzaria, um dos locais que gosto de frequentar.

Costumo me animar ao visitar o lugar. Na verdade, fico eufórica toda vez que coloco os pés aqui. É um estabelecimento recente ao qual minha irmã adora levar Olívia. Foi inaugurado dois anos antes e ainda se mantém como um dos maiores sucessos da cidade.

Apesar de me sentir fora do eixo com a conversa que tive com a doutora, refleti bastante no caminho até o estabelecimento e decidi não mencionar nada para Elena. Pelo menos por enquanto. Teremos tempo suficiente para conversar sobre isso quando chegarmos em casa.

Estou feliz por podermos passar um tempo juntas. Quero aproveitar de sua companhia ao máximo. E para isso preciso me esquecer do resto e focar no momento. Observo minha irmã beber a segunda xícara de chocolate quente. Diferente dela, escolhi uma cerveja amanteigada, aproveitando o cardápio temático da pizzaria.

O lugar lembra demais o universo de Harry Potter, começando pela fachada estonteante, que mais parece a de uma grande taberna medieval. A estrutura parece ser feita de pedras, ao passo que há as vigas e os pilares de madeira de lei. Também posso dizer que parece um castelo. O lado de fora não é nada comparado ao de dentro.

A música temática do filme ressoa pelo lugar e pessoas fantasiadas representam os personagens. Os garçons usam trajes engraçados e belos ao que circulam pelo local. Há também uma bonita coruja que inspeciona o lugar com seus olhos atentos, apesar de ser apenas um boneco.

A iluminação colorida quase me deixa zonza. Elena sabe que sou doente de amor pela coleção de livros da autora de Harry Potter. Esse com certeza foi um dos principais motivos que a levou a me trazer até aqui. Posso dizer com absoluta certeza que me sinto dentro da história dos livros, falta apenas o cachecol da Grifinória e uma varinha.

Ao chamar o atendente, fomos apelidadas de aprendizes. O atendimento é excelente e a comida não demora a chegar. Envolvida em minha segunda rodada da bebida, começo a remoer a vontade de questioná-la sobre meu ex-namorado. Se não o fizer agora, não sei quando terei outra chance.

Além do mais, Elena carrega um semblante tranquilo, como se não existissem problemas em sua vida perfeita. Se eu tivesse metade de sua paciência, talvez as coisas fossem diferentes.

— Quando falaremos sobre Heitor e Cristóvão? — pergunto, abocanhando uma garfada de um bolo de morango.

Seu corpo recua para o encosto da cadeira, e ela limpa o canto da boca com o guardanapo antes de responder:

— Me desculpe por isso, Louise. Cristóvão não sabia que Heitor é seu ex-namorado. Ele também não me falou de quem se tratava. — Direciona-me um olhar triste, como se implorasse por perdão. — Sinto muito por ontem à noite.

— Tudo bem, só precisava ter certeza. — Ao ver uma lágrima escorrer por seu rosto, percebo o que disse de errado. — Não quis dizer isso — explico. — Por um minuto pensei que vocês estivessem tentando ajeitar as coisas entre nós.

— Sem o seu consentimento? — Ela parece ter perdido a fome. — Louise, que tipo de irmã eu seria se fizesse uma coisa dessas?

É a minha vez de recuar, envergonhada.

— Papai quer que eu volte a interagir e que volte a sair. Viver a vida. Acreditei que poderia ser um plano.

Negando com a cabeça, volta a comer sua sobremesa.

— Jamais faria parte de algo assim. E se fosse convidada a fazer, lhe contaria tudo.

Sorrio diante de sua sinceridade.

— Obrigada.

— Louise, quero que saiba que sempre vou estar ao seu lado. O que existiu entre você e Heitor deve permanecer no passado. Tenho certeza de que o destino lhe reserva um homem melhor do que ele.

— Me contentaria com amor, amor de verdade. — Ela sorri, apaixonada, como se algo fabuloso passasse por sua mente. — O que está pensando? — Fico curiosa.

Elena sempre oferece ótimos conselhos. Pressinto que mais um pode estar a caminho.

— Existe uma lenda local, você talvez já a conheça. — Elena faz um suspense. A ideia parece se fazer verídica ao encanto do mágico estabelecimento. — Sobre a fonte do amor eterno? — Penso um pouco, mas nada relevante vem à minha mente. — Dizem que as cinzas das flores do templo de Afrodite foram enterradas no local onde hoje as águas da fonte estão contidas. Debaixo das várias chaves dos cadeados que contêm juras de amor, existe um desenho da deusa, feito pelo primeiro pintor a pisar em Gramado, logo que a cidade foi fundada, é claro.

— Interessante. Nunca ouvi nada parecido. — Fico encantada.

— O fato é que casais que se amam e que visitam o local são abençoados pela deusa grega do amor. Mas para isso é necessário que os apaixonados eternizem seus nomes em um simples cadeado e o prendam nas grades da fonte, simbolizando, assim, seu amor eterno.

Fico de queixo caído. Tal lenda, por mais breve e rica que seja, pode não ser real; ainda assim, sinto um arrepio correr por meu corpo, como se me alertasse de algo.

— Já visitei essa fonte várias vezes enquanto frequentava a Igreja de São Pedro, só não fazia ideia da belíssima história que carrega. — Então uma pequena dúvida me ocorre: — Quem a construiu?

Elena agora traz um ar de mistério, poucas vezes a vejo dessa forma. Quando compartilha assuntos assim, costuma incorporar outra pessoa, o que mais nos torna parecidas é o espírito romântico — nos acabamos de chorar ao assistirmos filmes do gênero, ou até mesmo com uma leitura.

— Ninguém sabe, mas existe uma placa com um endereço: 10, Ilha de Creta.

— Devo concluir que, no meu próximo relacionamento, preciso eternizar meu amor nessa velha fonte? — cochicho, achando graça.

— Louise, não brinque com essas coisas. A magia da fonte é verdadeira, o amor transborda através dela. Ela guarda com carinho muitas histórias românticas.

Fico pensando nas palavras de Elena.

Algo intrigante me deixa inquieta, como se alguma coisa estivesse prestes a acontecer.

Sentada no banco de trás do carro, atravesso o centro da cidade. Hórus repousa sobre uma almofada fofa e avermelhada bem ao meu lado. Decidi passar o resto do fim de semana na casa de minha irmã e jamais poderia deixá-lo sozinho no palácio. Por isso, assim que terminamos nosso almoço juntas, pedi que Antônio me levasse até o paço para buscá-lo.

Sei que, se olhar para trás, verei outro veículo escuro nos escoltando. Meu pai faz questão de que eu tenha toda a proteção necessária. Em parte, entendo que é uma das regras do protocolo real. Apesar de a realeza da qual fazemos parte ser muito menor e mais reservada que as demais, há regras a serem seguidas.

Gramado começa a se preparar para a temporada de inverno mais gelada prevista nas últimas décadas. As ruas estão tão coloridas, os turistas sempre empolgados com cada detalhe, que tenho vontade de descer do carro e aproveitar o resto de tarde.

Sabendo que minha próxima parada, a Igreja Matriz de São Pedro, atrasaria os afazeres de minha irmã pela cidade, insisti para que ela fosse em outro carro. Sinto que é um lugar que preciso rever, embora não saiba explicar o motivo. E também motivada pela história da fonte, meu coração se sente renovado. É como se esse local estivesse puxando minha alma para encontrá-lo.

Muitas coisas foram deixadas para trás, e o retorno de Heitor a Gramado me fez querer ter certeza de que está tudo bem, que meus princípios e minhas atitudes a partir de agora não sofrerão qualquer alteração.

O veículo estaciona na vaga prioritária feita exclusivamente para mim, mas não é a vaga para cadeirantes, e sim para a realeza. Foi a forma que a prefeitura encontrou para homenagear e demonstrar sua gratidão por um membro real morar na cidade.

— Obrigada, Antônio — agradeço ao velho motorista da família assim que abro a porta do carro. — Espere aqui, preciso apenas de meia hora.

— Vossa alteza pode levar o tempo que precisar.

Ele abre um sorriso gentil e se antecipa, já com a cadeira de rodas bem à minha frente.

Seu Antônio é um homem muito prestativo, prestes a se aposentar, e sempre foi cuidadoso comigo, em especial quando preciso usar a cadeira de rodas; ele parece ler o que há em meus olhos. Sempre me incentiva. Por algum motivo, nesta tarde sua atenção se volta de modo mais demorado até mim. Há desconfiança com meu repentino comportamento, o que o faz soltar a pergunta:

— Ele voltou, não voltou, senhorita?

Não me importo em responder, sei que Antônio guardará tudo consigo.

— Sim. E é por isso que preciso acender ao menos uma vela, como forma de proteção à minha própria sanidade.

Seu rosto se contorce em uma expressão de confusão. O homem baixinho e rechonchudo trava a cadeira de rodas enquanto pensa.

— Mas esse lugar lhe traz lembranças dolorosas, alteza. Tem certeza de que não quer que eu ao menos a acompanhe até a entrada?

Sorrio para ele, como se tentasse mostrar que está tudo bem.

— Estou ciente disso, porém ainda pretendo entrar sozinha.

Antônio apenas concorda e me ajuda a encontrar o assento da cadeira. Sigo pela calçada padronizada, guiando a cadeira pelo painel eletrônico. O ar agora mais quente e leve traz o aroma perfumado da variedade de flores coloridas e bem cuidadas pelos canteiros ao meu redor. Há um silêncio e uma paz inquestionáveis neste lugar.

Antes de ficar frente a frente com o monumento, levanto o olhar para o grande relógio suíço que fica na calçada. O termômetro logo abaixo dele indica que estão exatos doze graus. É cerca de quinze para as três da tarde, e o frio logo retornará. A previsão traz a esperança de se ver neve no próximo fim de semana. Mas por mais incrível que possa parecer, o pátio florido está quase vazio.

Decido tomar coragem e seguir pelo rumo que planejei antes de chegar aqui. Feita de pedras basálticas encaixadas umas às outras, com seus enormes vidrais coloridos, lá está ela, a igreja na qual entrei alguns anos antes, em uma tarde ensolarada como esta, que terminou em um dia chuvoso com uma garota aos prantos.

Ser abandonada no altar não foi fácil de encarar, ainda mais para uma mulher romântica e apaixonada como eu. Foi um sonho que se transformou em cinzas.

Tenho que contornar a frente da construção para entrar na igreja pela porta lateral, projetada com o intuito de facilitar o acesso a cadeirantes e demais pessoas com necessidades especiais. Não me importo de ter que me adaptar e fazer uso dessa engenhosidade, contudo, por algum motivo, cada vez mais gostaria de voltar a andar.

Aos poucos chego ao altar. A Igreja de São Pedro é maravilhosa, espaçosa e muito antiga. Não sei explicar, mas é como se Deus estivesse bem à minha frente, contemplando o altar. Enquanto estaciono a cadeira em frente a uma estátua do apóstolo Pedro, revivo a sensação que tive ao quase me casar.

Por um breve segundo, penso que está tudo bem. Todavia, assim que pego uma vela e a acendo com as chamas das que já estão queimando, choro sem conseguir parar.

Incapaz de entender, permito que a tristeza invada meu coração. Se o amor existe de verdade, então por que ainda não encontrei o meu?

Um som pesado ecoa pela igreja, atrapalhando meu momento particular de reflexão. Esforço-me para secar as lágrimas e controlar o choro. Quando viro o rosto para o lado, encontro Heitor me encarando.

O que ele está fazendo aqui?

A dúvida e incredibilidade ecoam pelos meus pensamentos de um modo perturbador. Não quero ter de vê-lo, não em um solo sagrado como este. Esta é a casa de Deus, onde pretendi encontrar paz. Nem mesmo aqui estou segura.

— Apesar de tudo, não perdeu a beleza que sempre existiu em você — ele comenta ao parar ao meu lado.

Dou um meio-sorriso e falo de forma debochada:

— Quanta consideração a sua.

Ele junta as sobrancelhas.

— Não estou mentindo, Louise. — Sopra meu nome como em um sussurro, entrando em meus ouvidos como uma doce melodia.

Eu me esqueci do poder de persuasão que recai facilmente sobre mim quando se trata dele.

— Está me seguindo? — pergunto para descontrair, buscando o ar de forma desesperada.

Permanecer perto de Heitor me deixa desconcertada. Eu me odeio por saber que ele ainda mexe tanto comigo, mesmo que seja nítido o sentimento de pena que seus olhos carregam. Isso não basta, porque quero um homem para amar. Não planejo fazer com que ele sinta pena — quero que sinta amor. Amor de verdade. Paixão e desejo.

— E se eu estiver...?

Soa como uma provocação.

O que ele está tentando fazer?

A forma como se porta em minha presença chega a ser afetuosa.

— Não sei se irá lembrar, mas não entramos aqui desde o dia em que me deixou no altar — falo, indicando o curto lance de escadas à nossa esquerda

Ele balança a cabeça, como quem não concorda.

— Não foi bem assim... — Seu tom agora está mais amargo.

— Foi, sim! — acuso, exausta dessa conversa, de vê-lo aqui. — Você pode pensar diferente, só que eu sei que no fundo seguiu com a ideia do casamento por pena. Só que eu jamais vou esquecer o que senti quando fiquei nesta cadeira, plantada em um altar em que todos depositavam os olhos. Foi uma vergonha e a mídia se aproveitou disso.

CAPÍTULO SEIS

Minhas palavras o pegam de surpresa.

A verdade é que tudo acontece muito rápido. Quando percebo, Heitor já está inclinado em minha direção, com os lábios macios e aveludados sobre os meus. É o beijo mais delicado que já recebi dele. Por algum motivo, contudo, não consigo retribuir.

Quase acredito que as coisas entre nós estão mudado. Meu coração acelera, embora não seja de um jeito bom. Ao me dar por mim, estou sufocada. Não consigo suportar o cheiro de seu perfume, por mais caro que seja. E isso soaria de forma estranha se ainda gostasse dele como antes.

Só consigo ter controle sobre a situação ao ouvir os cliques insistentes dispararem pela igreja. Não percebo que estou de olhos fechados até abri-los novamente. Ignorando seu olhar, passo a concentrar minha atenção nos vários fotógrafos espalhados pelo local. Há uma dúzia deles, armados com suas câmeras modernas e letais.

Em um ato impulsivo, empurro Heitor para trás com toda força que tenho. A raiva toma conta do meu corpo. Fico tão aflita e desesperada que não consigo evitar. E, no fim, surpresa pelo desconforto que causei, deixando-o zonzo, sinto-me vitoriosa.

Olho no fundo de seus olhos, com um buraco se formando no peito. Neles, vejo o que sempre esteve lá: orgulho. Minha bondade e a paixão que um dia nutri por esse homem me impediram de vê-lo dessa forma antes. No entanto, agora ficou bastante claro que estou bem melhor sem ele.

— Não acredito que isso vai se repetir! — acuso-o, irritada. — Eu não vou deixar! Não vou deixar, Heitor!

Minha visão fica turva pelas lágrimas que se acumulam em meus olhos. Não dou oportunidade para que se explique. Coloco a cadeira no automático em velocidade máxima. Quando passo pela porta lateral, sendo perseguida pelos paparazzi, levanto-me e saio correndo da forma que posso.

Cambaleante e quase perdendo o equilíbrio, sei que não chegarei longe. Meu motorista não conseguirá me ver, estou fugindo pelo lado oposto. Em direção à *fonte do amor eterno*, que fica bem ao lado da Igreja.

Por alguns instantes me sinto como um pássaro.

Livre.

Já faz muito tempo que esqueci como é correr com as próprias pernas. Sinto-me mais forte, capaz de lutar pelo o que almejo do fundo do meu coração. O único problema é que meu corpo ainda não consegue acompanhar o avanço das minhas vontades.

No minuto seguinte, uma dor devastadora percorre meu corpo, fazendo com que eu grite. Minhas pernas amolecem, uma tortura perfeitamente tramada. É humilhante demais, estou perdendo o controle.

Meu coração bate com tamanho empenho que chega a preencher meus ouvidos. A raiva e o desprezo que sinto por Heitor me fizeram ter coragem para abandonar a cadeira. E então estou caindo.

Estou tão concentrada em ficar longe dos paparazzi que, em um ato descuidado, piso na barra do vestido, piorando ainda mais meu equilíbrio. Meu corpo se inclina para frente. Vou cair dentro da fonte, estou *perto* demais.

O rosto de Heitor não sai da minha cabeça. Os olhos amendoados, os mesmos olhos que juraram amor, que pronunciaram uma mentira suja e perversa. Posso ver o chão se distorcer sob meus pés, assim como a garoa fina que começa a cair. O tempo sempre é instável aqui, ainda mais no inverno.

Quando me dou por vencida e consciente de que assim que chegar ao chão serei o fracasso que temo ser, sou socorrida por braços firmes, que me envolvem como se eu fosse uma pluma. Sou puxada para um abraço apertado e caloroso, que acolhe meu corpo inteiro. Nunca me senti tão bem na vida. Tenho de me agarrar ao corpo desse homem musculoso como se minha vida dependesse disso.

Por instinto, levo o rosto ao seu peito e inalo o aroma forte e refrescante de seu perfume. É estranho dizer algo assim, mas ele cheira como o mar, a espuma refrescante que toca a praia. Este é o homem mais exótico em quem já toquei. Grata por ser salva, soluço baixinho.

Queria poder senti-lo mais. Há muito tempo não fico tão perto de alguém e, por mais que soe estranho, é como se eu o conhecesse há muito tempo. Meu corpo se alinha à moldura de seu tronco. Minhas pernas são sustentadas pelas suas, como se nossos corpos fossem duas peças simples de serem encaixadas.

Sua mão segura meu queixo para que possa encarar meus olhos. Deparo-me com dois pontos tão azuis quanto o oceano, cintilando como um trovão em uma mistura de cores que não consigo definir.

Ele exala um poder e um magnetismo diferentes. É como se os olhos pegassem fogo e sua alma fosse feita da chama mais devastadora existente em todo o universo. Uma aura brilhante e dourada percorre seu corpo, indicando que não é um ser comum.

Fecho os olhos e balanço a cabeça conforme um tremor percorre meu corpo. Vejo-me diante de um enigma. É possível morrer de amor por alguém que vi uma única vez na vida?

Sei que meu coração já não será mais o mesmo. Suas batidas estão diferentes. Até minha respiração está mudada. Não consigo desviar o olhar por muito tempo, preciso captar o máximo de detalhes deste rosto perfeito, de traços fortes e marcantes, nariz mediano, perfeito demais para um homem. O desenho de sua boca é uma tortura, deliciosa para ser beijada. O cabelo é rente à cabeça em um corte militar.

Não há maldade alguma em seu olhar. Enxergo fascínio e tenho certeza de que estarei perdida para sempre. Sua preocupação comigo é nítida, transparecendo algo precioso demais para se encontrar em qualquer pessoa. Há carinho e compaixão.

Só que estou perturbada demais para continuar a admirar sua beleza. Quero voltar para a casa de minha irmã o mais rápido possível. E mesmo não sabendo nada sobre ele, sinto-me íntima o suficiente para implorar:

— Me tire daqui — sussurro e volto a enterrar o rosto em seu peito definido. Minhas lágrimas molham seu casaco grosso. — Por favor...

CAPÍTULO SETE

Acordo em um sobressalto, sem haver motivo para estar assustada. E então, em questão de segundos, tudo vem à tona: o beijo de Heitor, os paparazzi e o belo e inconfundível homem que me salvou de um vexame.

Ajeitando-me na cama, analiso o quarto. Está mais escuro do que quando decidi me deitar para dormir. A pouca luz que entra pelas frestas das cortinas denuncia que o sol já adormeceu. A noite será longa, de muita garoa e frio. Adoro ver o pôr do sol depois de um dia como esse; a luz voltando a brilhar entre as espessas nuvens, mesmo que fosse para se pôr atrás delas.

Suspiro, mais descansada. Vejo Hórus dormindo todo enroladinho em cima do assento de minha cadeira de rodas ao lado da cama, tão sereno e tranquilo que tenho pena de acordá-lo. Ali é seu lugar preferido para tirar uma soneca.

O som de uma porta rangendo, sendo aberta e fechada, chama a minha atenção. Avisto Nora saindo do banheiro com um sorriso nos lábios.

— Conseguiu descansar um pouco, querida? — pergunta, preocupada, sem deixar a alegria por me ver ir embora.

Concordo com a cabeça. Ajeito meus cabelos rebeldes atrás da orelha e a questiono:

— Dormi por muito tempo?

— Durante cinquenta minutos, alteza. — Ela verifica seu relógio de pulso.

— O que faz aqui?

Estou curiosa pela resposta, minha intuição parece mais aflorada do que nunca. Dispenso seu serviço toda vez que venho para a casa de minha irmã, para que Nora possa descansar. Sua presença na mansão só pode significar uma coisa: temos compromissos.

— Sua irmã achou melhor que eu passe o resto do fim de semana com a senhorita — fala ao se aproximar, inclinando o corpo sobre a cama. Seus lábios depositam um beijo carinhoso no topo de minha testa. — Fez muito esforço hoje, ficamos preocupadas. E também existe o fato de que não consigo ficar longe por muito tempo.

Nora sempre nutriu um profundo sentimento de amor por mim e minha irmã. Depois da morte de mamãe, foi ela quem ocupou o vazio que havia ficado. Já faz algum tempo que notei que parece nutrir algo muito forte pelo meu pai. Giuseppe não demonstra interesse algum, ou talvez, disfarce muito bem.

— Obrigada por vir à fazenda — agradeço. — Não sei o que seria de mim sem você.

Ela sorri mais uma vez. Só agora percebo que traz em suas mãos um vestido recém-passado. Sempre uso trajes mais elaborados quando preciso ir a algum evento ou quando recebo convidados importantes. Não faço ideia de que compromissos tenho em minha agenda para esta noite.

Aponto para o tecido.

— Vou para algum lugar?

Ela nega.

— O separei para a senhorita usá-lo amanhã. — Nora repensa e melhora sua resposta: — Se o tempo permitir, seu cunhado abrirá a adega central de vinhos. Um amigo de seu pai passará um tempo com vocês, e querem recebê-lo da melhor forma possível.

— Um amigo? — Fico confusa.

— Sim, um major. Veio da Itália para rever seu pai, que no momento está viajando. Parece que o falecido pai dele serviu na mesma época que Giuseppe. — Suas bochechas coram levemente ao proferir o nome de seu chefe.

— Já o conhecemos ou é a primeira vez que esse senhor aparece pela cidade? — Continuo curiosa; por algum motivo a presença desse homem me interessa.

— A senhorita já o conheceu, foi ele quem a trouxe para cá esta tarde. — Ela cobre a boca com uma das mãos, como se quisesse insinuar algo. — É um belo rapaz. É sua primeira visita a Gramado.

Quase perco o ar ao me lembrar de tudo o que senti na presença daquele homem peculiar. Antes que Nora note algo diferente em mim, trato de continuar com meu costumeiro interrogatório.

— Penso que não esteja apenas arrumando minhas coisas para as atividades de amanhã. Está muito agitada para ser apenas isso. Estou certa?

Nora fica vermelha como um pimentão.

— Um jantar especial está sendo preparado para esta noite. A senhora Elena pediu que eu a ajudasse a se preparar. Ao que tudo indica, o major passará a noite na mansão.

Levo dois breves segundos para processar suas palavras e logo trato de mudar de assunto, assim que Nora nota minha mudança de expressão.

— E os paparazzi? — pergunto, de fato preocupada. — O que pode acontecer com as fotos que tiraram?

Pensativa, Nora puxa a coberta e me ajuda a sentar. Enfim responde à minha pergunta:

— O primeiro-ministro da realeza da Sardenha já foi informado sobre o ocorrido. E seu conselheiro, Gregory, também. Ambos estão trabalhando juntos nisso para abafar o caso. Estão tentando negociar com a imprensa e com os principais jornais, tanto locais quanto internacionais.

Isso me deixa menos preocupada. Saber que Gregory foi esperto a esse ponto me tranquiliza um pouco mais.

— É extremamente desconfortável termos de negociar com a imprensa, pois uma simples repreensão deveria bastar. Claramente teremos de abrir mão de muito dinheiro para calá-los — comento, exausta desta função; é sempre o mesmo processo.

— Sim, Louise. A senhorita está certa — confirma, cabisbaixa. — Apenas tente não pensar muito sobre isso, tenho certeza de que tudo irá se resolver. O primeiro-ministro está negociando até onde a escrita da situação e divulgação de fotos poderá chegar. Dê um voto de confiança.

— Não tenho escolha — concluo.

O jantar seria algo simples, familiar, então não me demoro para escolher o que vestir. Aproveito a oportunidade para tomar um bom banho. Elena já está pronta quando apareço com a cadeira de rodas pelo corredor que leva à sala de jantar privada.

Estamos no terceiro piso e, graças ao elevador instalado, consigo transitar por todos os cômodos. A chuva calma e tranquila soa como música através das espessas paredes da propriedade. Imagino que teremos uma noite agradável.

Ainda mais sem surpresas e sem Heitor.

Decidi, com o frio que faz, usar apenas uma calça de lã com botas pretas, que sobem até meus joelhos, e um casaco grosso todo felpudo na cor branca. Nora deu um jeito em meus cabelos, fazendo uma escova caprichada e os prendendo em um coque alto e elegante.

Pelo menos a graça e leveza eu ainda não perdi.

— Querida, estávamos todos à sua espera.

Minha irmã se adianta e vem ao meu encontro antes mesmo de eu chegar até a porta.

— Desculpe pelo atraso. — Dou um sorriso tímido.

— Imagine, nós é que estamos adiantados.

Um risinho animado ressoa, noto que o jantar significa muito para ela. Só não consigo entender o motivo.

Assim que a cadeira me leva até a entrada da sala de jantar, um par de olhos azuis se fixa em mim, deixando-me desconcertada. Pela primeira vez na vida agradeço a Deus por já estar sentada.

Não consigo desviar o olhar, apesar de estar nervosa. Por sorte, Elena e Cristóvão não reparam na minha reação. Meu cunhado inspeciona a beleza de sua dedicada esposa. Estou livre para reagir ao homem à minha frente do jeito que bem entender. É claro que, apesar disso, sei que eles já estão a par do que aconteceu à tarde.

— Louise, gostaria que conhecesse e desse as boas-vindas ao major Maximiliano — Cristóvão se adianta, honrado ao se dirigir ao hóspede.

Paro com a cadeira no centro da sala, sem desgrudar os olhos do convidado. Então esse é seu nome. O título militar combina com sua postura e aparência.

— Seja bem-vindo, major.

Estendo a mão para ele, que a pega com cuidado ao se aproximar. Seus lábios macios tocam minha pele aveludada, e não consigo controlar o impulso de fechar os olhos.

Maldição!

Não estou carente. Nada disso! No entanto, o oficial parece tão sincero e honesto que é difícil evitar admirá-lo.

— Obrigado, alteza — agradece.

Perco-me no tom de sua voz. É intenso e profundo, como se de alguma forma fosse persuadir corações. Papai usa esse mesmo tom carregado, por costume, desde seu tempo no exército. Perto das pessoas íntimas, ele se expressa assim.

Esse homem se movimenta com uma postura impecavelmente perigosa para garotas indefesas como eu. E o pior de tudo é que estou achando isso atraente até demais.

Tenho que reabrir os olhos, certa de que demorei demais para fazê-lo. O major sabe que estou abalada pelo seu encanto e isso não parece incomodá-lo. Talvez já esteja acostumado com reações desse tipo, porque é impossível as mulheres não caírem de amores por ele.

— Preciso agradecê-lo pelo que fez por mim esta tarde — começo a dizer antes que se afaste. — Não conseguiria sozinha. Me livrou de quebrar o nariz.

Começo a rir baixinho, o que o faz abrir um sorriso exuberante que derrete meu coração.

— Estarei aqui para o que precisar — murmura, ainda achando graça. — Ao seu dispor.

Céus! Será que ele está dando em cima de mim?

Elena solta um pigarreio alto, impedindo que eu continue a falar. Apesar disso, ela está certa, teremos tempo para conversar.

— O jantar irá esfriar — diz, encontrando um motivo para amenizar o impacto de sua intromissão em nossa conversa.

Elena se põe ao lado do marido, recaindo o olhar sobre mim.

— Desculpe — pedimos ao mesmo tempo, o que soa engraçado.

Cristóvão acomoda a esposa na ponta da mesa antes de ir se posicionar na outra. Os donos da casa sempre ocupam esses assentos; e mesmo que eu seja a princesa, respeito a ordem da casa, fazendo questão de ser uma pessoa comum quando estou na fazenda. Diferente do que os outros pensam, eu também trabalho aqui, debulhando as uvas no verão para a produção de geleia, suco e vinho. Adoro colocar a mão na massa.

Percebo então que o major espera que eu me aproxime. Só que, diferente do que os empregados fazem, ele não coloca a cadeira no canto, apenas a puxa para trás.

— O que está fazendo? — pergunto ao me aproximar. — Sempre permaneço na cadeira de rodas...

Um pequeno sorriso surge em seus lábios, que pode ser visto apenas por mim.

— A vi correr hoje e posso afirmar que a senhorita corre melhor do que os meus soldados.

Fico deslumbrada com suas palavras. É um ótimo incentivo para tentar.

— Tudo bem. — Acabo concordando, um tanto insegura.

Noto que Elena nos observa de olhos arregalados. Ainda que esteja espantada com o que vê, demonstra satisfação. Enxergo muito bem o brilho de esperança que seus olhos carregam. Só não sei dizer se é devido à minha boa interação com o nosso hóspede ou se pela minha evolução física.

Agarro os braços da cadeira de rodas com as duas mãos e faço força para me levantar. Aos poucos consigo me firmar, ficando em pé. Maximiliano se inclina e a afasta para não nos atrapalhar. Observando-o se mover, presto mais atenção em sua forma física.

Ombros largos, braços musculosos e bem mais alto do que eu. Chuto que, se ele não tem dois metros de altura, chega perto. Fico zonza ao sentir sua respiração tocando meu pescoço. Estamos perto demais um do outro. Desta vez luto para não fechar os olhos e delirar com a sensação.

Concede-me espaço, posicionando-se atrás da cadeira da mesa de jantar. Retribuo a gentileza com um sorriso; ele é tão educado e cavalheiro que chega a ser precioso. Concentrada em estudá-lo, acabo tropeçando em meus próprios pés ao tentar dar o primeiro passo em direção à mesa.

Suas mãos apoiam minhas costas, sustentando meu corpo, proporcionando equilíbrio. Logo já estou sentada, aguardando que empurre a cadeira alguns centímetros para mais perto da mesa e descanso as costas no encosto.

Mantenho o olhar sobre a mesa até que o major se sente no outro lado, bem à minha frente. O clima na sala está agradável, apesar de começarmos a comer em um silêncio constrangedor. Arrisco a dar uma pequena inspecionada nesse belo homem e o pego fazendo o mesmo.

Não consigo evitar, solto um pequeno sorriso que logo se desfaz. Vejo Nora parada atrás da cadeira de Cristóvão à minha esquerda. Ela já percebeu o que se passa. E posso dizer com extrema certeza que está adorando.

Estou finalizando uma deliciosa porção de risoto quando Hórus adentra, pulando no assento da cadeira bem ao lado do major.

— Que gatinho esperto — Maximiliano fala, encarando meu bichano com cautela.

Hórus não é muito gentil com pessoas desconhecidas; na verdade, ele só fica comigo pelas repartições do palácio quando estamos a sós. Do contrário, permanece em meu quarto, intercalando o passeio até meu escritório. Eu o conheço muito bem e, pela postura que adotou, diria que meu gato o sonda.

Seu rabo grande e inflado, quase vermelho, balança de um lado para o outro. Conforme se ajeita na cadeira, continua com o olhar fixo no major. Não ronrona como de costume, apenas se volta com a cabeça em minha direção e dá uma leve fungada, como se quisesse me dizer alguma coisa.

E então tenho uma grande surpresa.

Hórus pula para o colo de Maximiliano e esfrega seu corpinho gorducho na barriga dele.

— Me desculpe por isso... — Tento dizer quando ele me olha de canto; parece encantado com meu felino. — Hórus, desça já daí.

É claro que meu gato comportado não me dá ouvidos. Ele "amassa pãozinho" nas calças do oficial, como se o conhecesse há muitos anos e o reencontrasse depois de não o ver por um longo tempo. Estou indignada com a audácia desse gato. Logo me dou conta de que Hórus quer dizer que, se eu não tomar uma atitude sobre esse homem, ele mesmo tomará.

Que safado!

— Não sou fã de gatos, mas o seu é uma graça. — Ele sorri em diversão.

Elena, toda constrangida pela atitude do meu amiguinho, pede a Nora que leve o gato para o meu quarto. Minha instrutora tenta pegá-lo, porém Hórus agarra suas mãos com as unhas afiadas.

— Apenas o coloque de volta na cadeira, ele não vai mais fazer isso — peço com gentileza para ele. — Nora, sinto muito, você sabe como Hórus é...

— Imagine, senhorita, eu já imaginava que ele fosse me arranhar. Não existe gato mais esperto do que esse bichano.

Nora esfrega as mãos, voltando à sua posição inicial após ver que Hórus está quietinho na cadeira ao lado.

CAPÍTULO OITO

O sol brilha intensamente nesta tarde de domingo, diferente da tarde do dia anterior, em que a garoa fina e gelada predominou. O dia amanheceu gelado, por isso passei a manhã inteira dormindo, acordando apenas para almoçar.

Olívia brinca com Hórus no gramado do jardim de sua mãe enquanto Elena e eu tomamos um mate doce embaixo do pergolado de madeira. O mate doce é um chimarrão que, em vez de ser bebido apenas com água quente, é preparado com algumas folhas de chá e um pouco de açúcar para adoçar.

Passamos minha infância toda bebendo chimarrão doce na companhia de minha mãe, toda vez que brincávamos de casinha na propriedade do palácio real. Agora passamos isso para a pequena Olívia, que ama.

Cristóvão conversa com o major Maximiliano um pouco mais afastado do pergolado conforme jogam golfe. Eu não consigo gostar desse esporte, não faz parte da minha realidade. O falecido pai de meu cunhado era campeão da região naquela modalidade e passara a paixão para seu único filho.

Eu os observo com atenção e Elena se aproveita disso para perguntar:

— O que sente por ele?

— O quê? — Devolvo seu questionamento com outra pergunta.

— Você sabe o que quero dizer. Sei que existe algo crescendo entre os dois — explica, levando a cuia até a térmica e a enchendo com mais chá.

— Não sinto nada por ele, Elena. De onde você tirou isso?

Ela revira os olhos e me alcança o mate.

— Tudo bem, negue o quanto quiser. Mas quero deixar claro que ficaria feliz se você quisesse alguém como ele.

Discreta, aponta para o major, que agora tem os olhos sobre mim.

Relaxo as costas no encosto da cadeira estofada e fecho os olhos, sentindo a luz quente e acolhedora do sol.

— Você parece um anjo — comenta ela.

— Eu amo o sol, é perfeito no inverno.

— Sabe que mamãe ficaria satisfeita se você tivesse ao menos uma amizade com um rapaz como Maximiliano — continua, insistente.

Volto a olhá-la e tomo o primeiro gole.

— Não é que eu esteja apaixonada por esse homem. Só preciso saber se estou ficando maluca — acabo confessando. Sua atenção está presa em mim então decido continuar: — Você consegue ver como eu? Percebe a luz em volta dele? Os olhos brilhantes e a forma intensa e sedutora com que ele fala? Isso não a atrai?

Elena endireita a postura quase que instantaneamente.

— Mas o que você está dizendo, Louise?! — fala, indignada. — Não posso reparar essas qualidades nele. Eu sou casada, querida. Não tenho olhos para outro homem se não Cristóvão.

— Não é a isso que me refiro. — Tento fazê-la entender. — Olhe para ele. Observe como o sol o abraça de um modo diferente, como se esse homem fosse...

— Louise, você está vendo coisas. O major com certeza é um homem bonito e charmoso. Você pode dizer a verdade.

Com isso, volta a relaxar depois de acenar para o marido.

— Que verdade?

Franzo o cenho e dou os últimos goles no mate antes de lhe passar a cuia com receio.

Tenho medo de ouvir as próximas palavras.

— Que está apaixonada por ele.

Não era a esse ponto que me referi. Elena não o vê como eu, o que me faz pensar que talvez ela esteja certa: o major é um homem comum, dono de uma beleza estonteante — um presente de Deus na vida de uma mulher solteira que deve encontrar alguém bom e honesto se assim desejar.

Apesar de achá-lo atraente, não posso dizer que estou apaixonada. Ninguém se envolve de forma tão rápido. Preciso fingir que essa conversa não aconteceu.

Quando volto meu olhar para eles, noto que o major quase nos alcança. Admito que deveria olhá-lo menos, mas é impossível não o admirar, nem que seja apenas um pouquinho. Caminhando a passos largos, ele demonstra estar confortável na propriedade, movendo-se cheio de autoconfiança. Por um momento penso que vai ordenar algo. Deve ser ossos do ofício.

Não é o que acontece. Detendo-se antes de pisar na calçada bruta do pergolado, volta-se para Elena cheio de expectativa.

— Gostaria de pedir permissão para levar a senhorita Louise para uma caminhada — começa, deixando-me de boca aberta, sem forças para puxar o ar aos pulmões e até mesmo negar seu pedido. — A senhora possui um campo de lavandas belíssimo, pensei que...

— Sim! O senhor tem a minha permissão! — Elena sorri, radiante, para ele. — É o lugar preferido de minha irmã na fazenda.

Lanço um olhar de indignação para ela.

— Não preciso de permissão para aceitar um convite.

Maximiliano se adianta, pedindo com um gesto respeitoso de mão que Elena o aguardasse se justificar:

— Seu pai não está aqui e Elena é a senhora deste lar. Não posso quebrar a regra, a senhorita é muito amada por sua família. Além disso, é uma princesa. Seria um desrespeito enorme se passasse pela autoridade dela.

Perco as palavras que ensaiava para protestar. Ele tem razão. Acabo me sentindo como em um livro de romance: o título real, uma família intrometida e um rapaz com quem talvez pudesse viver o amor.

Com um longo suspiro, dou-me por vencida.

— Vou pedir para que Nora traga minha cadeira.

Corro os olhos pelo gramado até enxergá-la caminhando perto do canteiro de hortênsias cor-de-rosa.

— Não será necessário. — O major sobe um degrau e adentra o espaço do pergolado, oferecendo o braço para mim. — Servirei de apoio para a senhorita, isso deverá bastar.

Não quero soar indelicada. Contudo, sem a cadeira e as muletas, não irei muito longe.

— Ao menos tente, querida — Elena me encoraja.

— Prometo não a deixar cair — ele assegura.

Tento sorrir para este homem gentil. Desde a queda com Tordilha, nunca tentei andar ser o auxílio de algum equipamento. Apesar disso, não posso recusar seu pedido. Maximiliano transparece serenidade, como se fosse o cara mais forte do mundo.

— Terá de ter muita paciência comigo — aviso enquanto resvalo até a beirada do assento.

Aproximando-se ainda mais, o major inclina o corpo ao encontro do meu. Suas mãos envolvem minha cintura com cuidado, obrigando-me a levantar. Sigo suas instruções até ficar em pé. Inalo o perfume intrigante que ele exala; parece ter sido agraciado pelos deuses.

Maximiliano me pega encarando-o, o que o faz sorrir, sem graça. Nossos rostos estão a centímetros um do outro, quase respiro seu ar. Antes que seja levada pelo impulso, agarro seu braço, que minutos antes se posicionava para me sustentar, e permaneço pronta para a caminhada.

— Boa sorte, vossa senhoria. — Dou uma piscadela.

— Estará em boas mãos, alteza. — Ele retribui.

Por mais incrível que possa parecer, consigo caminhar em perfeitas condições ao seu lado, como um verdadeiro *milagre*. Sua calma e atenção prestativa me incentivam a não desistir e fica mais fácil dar um passo de cada vez.

A caminhada está lenta, não estou cansada, nem mesmo depois de atravessar o gramado e pegar o rumo da estrada de chão. Não há poeira, a chuva do dia anterior deixou uma leve camada de barro. Por sorte, Nora sugeriu uma bota baixinha, que realça o vestido lilás que tanto amo usar.

O vento gelado faz meus olhos arderem, trazendo um pequeno incômodo. No fundo, sei que este não era o único motivo. Estou emocionada por parecer uma mulher comum e desimpedida. Nenhum homem andou ao meu lado desde que passei a utilizar a cadeira de rodas. Nem mesmo quando tinha a ajuda das muletas. Era humilhante demais.

Porém, Maximiliano está tão confortável com minha companhia que acabo acreditando que o problema não sou eu. Passei muito tempo junto das pessoas erradas. E Heitor foi o maior erro que já pude cometer. Entretanto, não quero pensar nele agora, recusando-me a estragar um momento tão agradável.

Pela primeira vez em muito tempo me sinto mulher de novo. Alguém verdadeiramente respeitada. Posso dizer que até admirada, pois é isso que vejo quando os olhos dele encontram os meus.

— Desculpe.

Desvio o olhar para o campo de lavandas logo à frente ao perceber que o encaro por tempo demais.

Sinto minhas bochechas coragem.

— Não precisa se desculpar, eu quem devo fazer isso — começa a se explicar.

Sem querer, minha mão escorrega até a sua em uma tentativa de conseguir recuperar meu equilíbrio. Fico nervosa.

— Por que acha que deve se desculpar comigo? — Sua mão acolhe a minha e nossos dedos se entrelaçam em um gesto automático. — Não precisa fazer isso, eu só... — Tento soltar sua mão, porém Maximiliano me impede.

— *Princesa* — fala em um sussurro carinhoso, parando na metade do caminho. Com um pigarreio, chama a minha atenção. — Não consigo evitar observá-la. A senhorita é diferente.

Franzo o cenho e faço uma careta engraçada.

— Diferente de um jeito bom ou ruim?

Ele sorri abertamente, mostrando os dentes brancos e alinhados.

— Um diferente incrivelmente bom.

Fico ainda mais vermelha, sem jeito para responder.

— Bom, o senhor é o primeiro homem a notar isso.

— Isso significa que se considera diferente das outras pessoas? — pergunta, voltando a caminhar e mantendo nossas mãos entrelaçadas.

— Depende do sentido. — Abro um mínimo sorriso.

Aparentando ter compreendido o que eu gostaria de dizer, prosseguiu:

— Está se referindo à sua mobilidade?

— Sim. Ela dificulta a minha vida. — Pensativo, leva um tempo para que volte à realidade. Decido encorajá-lo: — Não tenha medo de me dizer o que pensa.

Outro sorriso galanteador aparece. Maximiliano fica muito à vontade ao meu lado e para mim isso é incrível.

— Seria talvez rude e incoerente de minha parte opinar na vida da senhorita — se esquiva.

— Pensei que fosse mais corajoso, *major*. — Busco frisar seu título militar, o que o faz morder os lábios em diversão.

Como pode existir um homem tão belo?

Antes que ele possa responder, sentimos o cheiro adocicado e suave das lavandas assim que pisamos na trilha da plantação. Em poucos minutos estamos quase no centro dela. A luz brilhante e quente do sol beija cada pétala das impecáveis flores, tornando a imagem ao nosso redor fascinante.

Observando à nossa volta, noto pelo canto do olho que ele me analisa. Meu corpo todo treme quando sua mão vai de encontro ao meu rosto, conduzindo-o a se voltar para ele. Nossos olhares se cruzam ao que a ponta de seus dedos se prende a uma mecha vermelha de meus cabelos. Maximiliano parece fascinado.

— Seu cabelo é lindo — murmura em um sopro.

— Ardente como o fogo — corrijo-o com um meio-sorriso.

Ele acha graça e continua:

— Lembra paixão e devoção.

Isso desperta meu interesse.

— E o senhor conhece sentimentos como esses?

Seus dedos contornam meu rosto.

— Todos nós nascemos do amor, Louise. São duas metades que se unem para que algo maior cresça.

Surpresa por ouvir meu nome soar bem em sua voz, resolvo abrir meu coração da mesma forma, elogiando-o.

— Poético da sua parte falar sobre o amor dessa maneira.

Maximiliano tem domínio sobre cada palavra que usa e me faz pensar sobre isso. Alguém que serve à pátria, dedica-se tanto ao seu posto que pouco conhece sobre amor e família. Alguns dão a vida pelo seu trabalho, mas isso não os torna imaculados aos sentimentos.

— O senhor não respondeu à minha pergunta — lembro-o, sentida por ter suas mãos longe do meu rosto.

Aproveitando a oportunidade, ele me estuda, como se temesse pelo o que diria a seguir. Mas estou disposta a ouvi-lo; desejo saber o que se passa em sua mente toda vez que seus olhos tocam os meus.

— Existe algo quebrado dentro da senhorita — admite, sem receio algum.

Finjo sorrir, não entendendo nada.

— Como?

Evita me encarar por um longo momento ao dizer:

— É como se a senhorita precisasse consertar algo.

— Sim. Minhas pernas precisam de conserto.

Cruzo os braços, indignada.

Minha estabilidade dura pouco tempo e logo meu corpo perde o equilíbrio, obrigando Maximiliano a segurar em minha cintura com as duas mãos, o que faz sem hesitar, como se já esperasse por isso. Presto mais atenção, focando a imensidão azul que me estuda de forma intensa.

— Não são suas pernas que precisam de conserto — afirma com seriedade. — Não posso dizer o mesmo de seu coração, ele parece sangrar a todo o momento, como se houvesse uma dor constante e incurável dentro dele.

CAPÍTULO NOVE

Surpresa com sua opinião, fico pensativa, sem desviar os olhos dele. Sua franqueza e total cuidado para se expressar me mostram que guarda muitas dores; feridas que criaram uma casquinha fina, mas que, por baixo, existe uma abertura precisando de remédio.

— Não acho que esteja errado e também não me ofendeu ao dizer o que pensa — tranquilizo-o. — Tive um período conturbado e sinto culpa. Não posso voltar atrás, mas todos os dias me esforço para continuar, independentemente do lugar em que irei parar.

— Acho justo — concorda, ainda que seja claro que algo o incomoda. — Apesar disso, não vejo motivos para que a senhorita continue dependente de uma cadeira de rodas.

Não consigo disfarçar minha chateação com seu argumento. Ainda assim, não voltarei atrás no que disse.

— Eu tento. Juro que tenho me esforçado ao máximo para mudar minha realidade — explico, apreensiva de ver a dureza que se forma em seus olhos.

Suas mãos deslizam da minha cintura e seguram as minhas com força, mas não a ponto de machucar. Quer chamar minha atenção e eu a entrego a ele.

— Olhe para você, Louise. Está em pé, no meio do campo. Conquistou isso sozinha. Você tem capacidade de fazer tudo aquilo que quiser, independente de quem esteja ao seu lado.

— As coisas não funcionam assim.

Tento recuar, contudo seu aperto impede qualquer movimento.

— Ninguém pode lutar a nossa luta por nós. Se você não o fizer, ninguém o fará.

Fico sem palavras para protestar ou talvez até mesmo demonstrar concordância. A conversa se perde dentro do meu peito, remoída junto das dores que sufoco. Quando suas mãos me soltam, aproveito para ajeitar meus cabelos, dissipando o nervosismo que começa a surgir.

Está certo mais uma vez.

— Atrapalho em algo?

Congelo no lugar ao ouvir a voz de Heitor às minhas costas. Maximiliano desvia os olhos dos meus para focar além dos meus ombros. Pode ser impressão minha, mas eles parecem adquirir uma dureza tão estridente e sólida que teria medo se fosse direcionado a mim.

— Já estávamos retornando para a mansão principal — responde com cordialidade, como se Heitor fosse um cara comum.

Sem *regalias* nesta propriedade.

Imagino se eles já se conhecem, o que seria muito ruim. Se o major souber da reputação desse homem, jamais o tomará como amigo. Tendo conhecimento ou não, viro-me com cuidado e com ajuda, bem a tempo de ver incômodo estampado em sua face.

— O que faz aqui a esta hora? — pergunto com indiferença.

Seu sorriso sedutor acende, e Heitor se vê em meio a uma disputa.

— *Querida,* pensei em passar pela fazenda para vê-la. Talvez conversar, sabe que temos muito o que resolver — fala, analisando minha imagem.

É nítido que não esperava me ver caminhando por aí, ainda mais ao lado de um homem que não fosse ele.

— Gosta do que vê? — provoco-o, abrindo os braços para que possa me inspecionar melhor.

— Fico feliz em ver que está evoluindo, Louise — diz por fim, mudando de assunto logo em seguida. — Será que poderíamos conversar? Só você e eu?

— Não. Você não fica feliz com meu progresso, e eu não vou perder meu tempo com você. — Corto seus planos de uma vez. — Nos esbarramos muitas vezes desde que retornou à cidade, já conversamos o que tínhamos de conversar. Você segue com a sua vida, e eu vou dar continuidade à minha, como sempre fiz.

Uma expressão surpresa modifica seu rosto bonito em frente ao oficial. No fundo, sei que essa é uma de suas especialidades: atuar e se colocar como vítima.

— Louise, por favor... — insiste, dando um passo para frente.

Fecho os olhos para tentar evitar vê-lo; estou tão confusa que quero acabar com essa conversa. Ainda sinto dores pela corrida do dia anterior, mas meu coração certamente está ainda mais maltratado.

— Sabe que não vou perdoar o que aconteceu na igreja — interrompo, fitando seus olhos, que agora estão tomados de fúria.

— Gostaria que me desse só mais uma chance. Por favor — continua implorando.

Suas mãos vêm em minha direção, agarrando com firmeza meus braços de um modo que não me machuque. Apesar disso, sua delicadeza forçada não se parece em nada com a de Maximiliano, que nem sequer usou a força para me manter em seus braços.

— É melhor deixá-la em paz — alerta-o.

Um arrepio intenso se alastra por meu corpo. Eu me renderia facilmente a uma ordem que viesse do major. Percebendo que minhas barreiras se desfazem para ele, vejo-me diante de um sentimento que se apossa do meu coração. E não tenho dúvidas de que esse homem mexe comigo de um jeito muito bom.

— Peço que o senhor nos deixe resolver nossos problemas sozinhos. — Heitor se altera, incomodado com a presença do oficial. — E quem é você, afinal?

Olho de soslaio para Maximiliano, que agora se posiciona ao meu lado. Seu maxilar se contrai e suas mãos, em minha cintura, fecham-se em um punho. Prevejo quais são suas intenções, e, por um longo instante, fico sem saber o que fazer. Irei apenas permitir que me proteja?

— Sou um soldado do exército italiano, do mesmo regimento que o coronel Giuseppe — esclarece. Franzo o cenho, confusa por Maximiliano ter escondido seu verdadeiro posto. — E estou pedindo educadamente para que tire as mãos dela.

Surpreso, o rosto de Heitor logo adquire um ar de superioridade. Sei que ele está preparado para rebaixá-lo.

— Um soldadinho como você não tem influência por aqui. Não entendo como o coronel permite que pessoas como você se aproximem de moças indefesas como ela. — Aponta o dedo para mim, agora tão próximo que seu cheiro chega a revirar meu estômago.

Não sei onde estava com a cabeça ao sentir alguma coisa na primeira noite em que o revi. Aquele jantar não foi dos piores, mas em algum momento cheguei a pensar que eu sempre fui o problema, perguntando-me se realmente não teria sido uma mulher amarga, rude e insensível.

A verdade é que nunca estive tão certa sobre Heitor. Fui uma vítima dos seus encantos, alguém que ele usou para conseguir uma posição melhor. Ainda assim, não é bem isso que me incomoda, e sim o fato de eu não ter conseguido esquecer.

Ou é isso ou Heitor está atrás de algo.

Algo que se esqueceu de pegar no passado.

Volto ao presente assim que o major se move, esbarrando em mim. Antes que eu possa falar e interceder na discussão, vejo

Maximiliano agarrar as mãos de Heitor sobre os meus braços, puxando-as com força para longe de mim ates de fechar o punho, acertando-o no rosto.

Grito, apavorada.

Heitor vai ao chão com a força do impacto. Vejo-me caindo também, ainda que por cima de um grande fecho de lavandas. Não me machuco, então não dou importância. Estou atenta à reação do meu ex-companheiro, que se recupera, envolto pela dor.

Vendo que ele ainda está consciente, Maximiliano ameaça golpeá-lo outra vez.

— Chega, oficial! — interrompo-o aos gritos.

Por sorte ele dá ouvidos a mim. Apenas ao cruzar os olhos com os meus percebe que me jogou no meio das flores.

— Me desculpe por isso — pede, constrangido. Aproximando-se, estende a mão. — Venha, deixe-me ajudá-la.

Esboço um sorriso. Este cenário tem tudo para ser belíssimo, romântico e cheio de adrenalina. Contudo, concentrado em me ajudar, ele não percebe que Heitor se levantou e se prepara às suas costas para acertá-lo.

E é o que ele faz.

Tento soltar um aviso; não há tempo de reagir.

Heitor pula sobre as costas de Maximiliano, agarrando seu pescoço; vejo fúria em seus olhos. Fico ali, sentada no chão, atônita com a visão. Por um instante penso em gritar por Elena ou Cristóvão, porém sei que estão longe demais para conseguir me ouvir.

Enquanto isso, algo inacreditável acontece.

É como se Heitor fosse uma pluma para o major; seu corpo permanece firme, com os pés bem presos ao chão ao que endireita a postura com o homem dependurado nas suas costas. Uma expressão de indiferença se apossa de sua face, como se coisas assim acontecessem o tempo todo.

Maximiliano pega Heitor pelo colarinho do casaco e o arremessa para longe, em uma grande cambalhota. Diante de meus olhos, vejo meu ex quase voar, deixando-o aterrorizado. Assim que seu corpo atinge o chão, um estalo ecoa seguido por um gemido de dor.

— Acho que ele quebrou alguma coisa — comento em um fio de voz.

Não há resposta. Vejo a fúria recíproca estampada nos olhos do major; está contida, como se o pior ainda não houvesse despertado.

— Max... — chamo com delicadeza, grata pelo o que fez para me salvar. — Olhe para mim.

Sua atenção se volta para mim na mesma hora.

— Me desculpe.

Ele volta a estender a mão para mim. Aceito sem protestar e, em um movimento rápido, já estou em pé, sem dor alguma graças às flores. Penso em agradecê-lo, mas, antes que possa fazê-lo, vejo Cristóvão correr em nossa direção.

— O que aconteceu aqui? — pergunta, perplexo.

Heitor é o primeiro a responder.

— Esse desequilibrado socou a minha cara e quebrou meu ombro. Farei o impossível para que o exército o expulse!

Meu cunhado fica estático por um tempo, como se precisasse de espaço para pensar. Então, inspeciona-me em um gesto apressado e, tendo a certeza de que nada de ruim aconteceu comigo, prossegue:

— Vou chamar um médico para examiná-lo. Depois podemos ver o que fazer.

Acabo concordando. Talvez seja mesmo o momento de deixar Heitor falar tudo o que pretende e acabar de uma vez por todas com esse tormento. Darei apenas mais uma chance para que se explique.

CAPÍTULO DEZ

Contrariada, Elena cede o espaço de sua sala mais íntima para que eu possa conversar com Heitor. Nunca escondi nada de minha irmã, e ela sabe muito bem como estou me sentindo neste momento. Ainda assim, certo alívio se apossa de meu coração, que bate pacientemente dentro do peito.

Poder caminhar e ver o mundo com outros olhos se tornou fascinante depois desta tarde. Pequenos detalhes que, no dia a dia das pessoas comuns, acabam se tornando monótonos, ao passo que, para uma cadeirante como eu, é algo maravilhoso.

Estou recuperando aos poucos uma Louise que se perdeu. Não imaginei que sentiria tanta falta dela. A sensação é a de rever uma velha amiga querida.

A imagem de Heitor adentrando a sala me faz perder o fio de pensamento. Vem a passos lentos em minha direção, um tanto abatido e com os olhos cabisbaixos. Espero até que ele se sente em um dos sofás à minha frente ao lado da janela. Enquanto o deixo se acostumar com o cômodo, tomo mais um gole do chocolate quente de Nora.

Há uma mesinha de centro cheia de guloseimas e uma garrafa térmica com mais do líquido precioso que bebo, tudo para tornar a conversa o mais amena possível, coisa que prevejo que não ocorrerá. A sala está repleta de prateleiras de livros, cheias do teto ao chão.

Uma mesa de escritório toma conta de um cantinho acolhedor atrás dos sofás em que estamos.

Elena a utiliza para trabalhar. É seu lugar preferido dentro de sua casa. Sinto-me mal por fazer uso deste espaço para tratar de assuntos que poluem o ar.

— Estou esperando um pedido de desculpas. — Sua voz sai ressentida, um tanto áspera e incomodada.

Noto que há algo a mais que Heitor busca esconder, *raiva*. Reflito por alguns instantes e tão logo seus olhos gelados encontram os meus, um arrepio severo se apossa do meu corpo.

Droga!

Tenho de ter pulso firme nesta situação. Sou uma princesa, e não devo nada a este homem.

— Vou ter que pedir ao *senhor* que repense suas palavras. Sabe muito bem que as coisas não funcionam assim e que, às vezes, temos de admitir nossos erros — aviso pacientemente, com uma calma que nem mesmo eu sei de onde vem.

Seus olhos não me deixam nem por um momento, parecendo gostar do meu nervosismo. Meu corpo não mente, e ele sabe decifrar cada detalhe.

— Sou uma ameaça para você, Louise. Sabe que tenho influências poderosas que podem ir contra a monarquia. Podem expulsá-la do país, afinal você não é nativa.

Abro um sorriso falso, indignada.

— Agora suas armas contra mim são ameaças? — questiono.

— Este mundo é cruel demais para pessoas fracas como você, querida. — Aponta para as minhas pernas antes de se servir do chocolate quente. — Acho melhor não criar falsas esperanças, caminhou por apenas alguns minutos. Nada que já não tenha feito na fisioterapia.

— Como sabe da fisioterapia...? Não contei para ninguém. — Tento raciocinar depressa enquanto ele faz menção de falar, mas o interrompo. — Esse é um jogo perigoso, Heitor, brincar com os sentimentos das pessoas é algo cruel.

Uma sombra perversa cruza seu olhar, tornando-o cada vez mais irreconhecível.

— Ele irá largar você, como eu larguei, assim que perceber com quem está lidando.

Repouso a xícara em meu colo e fixo minha atenção nele.

— E que tipo de pessoa eu sou, Heitor Castello? — exijo saber, pronunciando seu nome com desprezo.

— Uma menina mimada e cheia de problemas. Que homem vai aceitar uma mulher em suas condições? Nem mesmo seu avô a quis perto da monarquia. Ele sabia que você seria um total fiasco.

Sinto a queimação subir pela garganta e as lágrimas vêm à tona. Porém, não permitirei que ele me veja chorar.

— Reconheço que você tem acesso e direito de retornar à cidade quando bem entender — começo a falar, escolhendo as palavras com cuidado. — Porém, devo confessar que não entendo o que o fez voltar.

Ele dá de ombros, indiferente.

— Você sabe, mantenho negócios com seu cunhado — argumenta, ainda magoado pela surra que levou.

Vejo isso com clareza.

— Heitor, existem vários produtores na área rural em que meu cunhado trabalha. Poderia ter escolhido qualquer outro para se tornar investidor — insisto, convicta de que ele ainda não está sendo sincero o suficiente. — Além do mais, deveria de ter se apresentado primeiro, e não escondido sua verdadeira identidade de Elena quando manteve contato por telefone.

Jogarei seu jogo até que ele morda a própria língua. Cristóvão conversou comigo por alguns minutos antes que esse farsante entrasse nesta sala, revelando que Heitor identificou sua empresa de empreendimento e compra de vinhos nativos com o nome de um sócio. Ele pretendia se aproximar de todos nós sem que soubéssemos.

— Mantenho relações de trabalho com todos. Ainda assim, os vinhos desta fazenda são os melhores. Não poderia perder a oportunidade para outro investidor — fala, fugindo da conversa.

— Tudo bem. — Deixo-o vencer o primeiro *round*. — Preciso saber e quero que seja verdadeiro em sua resposta: o senhor já tinha conhecimento de que Cristóvão é casado com minha irmã?

— Isso não vem ao caso! — altera-se, impaciente.

— Ótimo, já tenho a resposta de que precisava.

Ele passa as mãos pelos cabelos úmidos. Sinto seu cheiro perfumado de longe; as roupas simples de Cristóvão lhe caem como uma luva. Sei que meu cunhado não o deixará impune, que não lhe dará do bom e do melhor.

— Talvez... Talvez eu quisesse me reaproximar de você, Louise — assume, confuso com os próprios sentimentos. — Ainda gosto de você. E agora que sei que pode voltar a andar, não posso perder a esperança.

De fato este não é mais o jovem garoto que conheci na adolescência. É como se Heitor estivesse regredindo aos poucos. Não reconheço mais neste rapaz metido o campeão de saltos em hipismo. Vejo agora que todo o encanto se quebrou.

— Não pretendo lhe dar outra chance. — Corto suas intenções ao meio. — A garota ingênua que conheceu ficou no passado.

— Você não sabe o que está dizendo, Louise.

— É claro que sei. Mesmo se tentasse, jamais conseguiria amá-lo de novo — explico, não posso mentir.

Ele arremessa a xícara de chocolate contra a vidraça da janela e se altera:

— Não acho que isso seja impossível, é só se esforçar um pouco que tudo voltará a ser como era antes.

O vidro estoura e milhares de cacos se espalham pelo chão. Para mim, está nítido agora: Heitor se tornou um homem violento e possessivo, alguém que eu não gostaria que permanecesse ao meu lado.

— O amor não funciona dessa forma — tento explicar, mostrar a ele que nossa realidade não é mais a mesma.

— Então agora vai me dizer que seu coração está sendo ocupado por outra pessoa? — Despeja sua frustração, pondo-se em pé, impaciente. Sua mente venenosa trabalha a mil. — Você gosta dele, não gosta?

— O quê?

Quando enfim compreendo suas palavras, ele já segue adiante.

— Desse soldado metido a defensor. — Sorri com ganancia. — Quero que fique longe dele.

Sei que, se continuar a desafiá-lo, posso me dar mal. Mas também tenho cartas na manga e posso mover tudo o que quiser contra ele. No entanto, às vezes o inimigo precisa pensar que é maior do que seu oponente, pois essa é a única forma de vencê-lo. Deixá-lo cair sozinho.

— Não — assumo as palavras da forma mais segura que consigo. — Eu preciso manter distância de você, Heitor. Apenas de você. Sinto muito.

Ao perceber que ele tentaria se aproximar, faço sinal e a guarda real aparece para impedi-lo. Antes de me permitir entrar nesta sala para aguardá-lo, Elena ligou para o palácio, pedindo uma dúzia de guardas. Ideia genial; nunca deveria andar sem eles por perto, afinal esse é o protocolo.

— Vai me expulsar com *seus* soldados?

Puxo o ar para os pulmões e me coloco em pé, corajosa. Deixo a xícara sobre a mesinha e junto as mãos em frente ao corpo. Mamãe sempre dizia que uma princesa deve emanar autoridade. Faço uso de todas as suas aulas particulares para lidar com este homem.

Posso ver seus olhos saltarem; Heitor fica desconfortável com minha evolução. E, para falar a verdade, eu também.

— A partir de hoje, o senhor está proibido de se dirigir diretamente à minha pessoa. Suas ações e palavras estão fora de controle. Espero que cumpra com esta ordem.

Seu rosto adquire um tom vermelho vivo, que logo muda para violeta. Heitor está se controlando para não colocar as garras sobre mim. São necessários dois guardas para segurá-lo, o restante aponta suas armas para ele.

— Princesinha metida... — profere. — Farei com que seu soldadinho receba uma bela advertência do exército.

Neste momento ele parece se esquecer da dor que sente por ter o ombro deslocado no fim da tarde.

— Se ousar ameaçar o oficial novamente, emitirei uma ordem de prisão ao senhor, que conterá o selo especial da monarquia. — Faço uma breve pausa para que ele absorva toda a informação. — A pena deverá ser cumprida no presídio de Sardenha, e todos nós sabemos que lá não é um lugar amigável para se estar.

Isso parece bastar para que concorde e se retire da propriedade. Com a finalização deste diálogo, imagino que não precisarei mais vê-lo.

CAPÍTULO ONZE

Uma semana se passa. Retornei ao palácio na segunda-feira pela manhã, pronta para recomeçar. Jamais imaginei que visitar minha irmã em um fim de semana comum pudesse trazer tamanha mudança.

Elena não insistiu para que ficasse mais alguns dias em sua casa, e boa parte disso se resumiu ao fato de eu precisar de espaço para colocar os pensamentos no lugar. É algo que exige silêncio e um pouco de solidão. E o palácio continua sendo o local perfeito para fazer isso.

Sentada em uma cadeira estofada, confortável e cheirosa atrás da costumeira mesa de madeira em que dedico meus dias trabalhando, lendo diversos papéis e documentos, sinto-me cansada na metade do dia, quase duas horas depois de desfrutar de um almoço recheado de fartura.

Nora ficou encantada com a minha iniciativa de mudar. Deixei a cadeira de rodas de lado desde que voltei da fazenda. E percebi que talvez a doutora Cassandra estivesse certa em seu diagnóstico. O meu único problema foi ter sentido medo por muito tempo. Estou saudável e em condições perfeitas para me aventurar, mesmo que ainda seja um processo lento.

Minha dama de companhia e instrutora acabou de me servir um delicioso chá, porém não permaneceu em minha biblioteca particular por muito tempo. Papai já está em casa, e Nora não deixará de vê-lo.

No fim das contas, torço para que papai a veja da mesma forma que ela o enxerga. Contudo, o tempo é o único que poderá resolver a questão entre eles. Enquanto Nora tenta chamar sua atenção, eu continuo bem aqui, em meio às imensas estantes de livros. Este sem dúvida é um lugar que tem o meu coração.

A paz e a calmaria deste cômodo chegam a ser um remédio de ação imediata. Suspiro, exausta e com dores nas costas. Termino de beber o chá de hortelã e me espreguiço antes de apanhar as muletas ao lado da mesa.

Levanto-me, posicionando-as embaixo dos braços e dando os primeiros passos em direção à porta. Apago as luzes, permitindo que apenas as últimas horas de sol iluminem o lugar.

Sorrio comigo mesma, feliz por me sentir bem. No fundo, não posso negar que penso em Maximiliano muitas vezes durante o dia. Depois que voltei ao palácio, Elena me contou por ligação que ele decidiu se hospedar no centro da cidade. Sei que ele pretende ver papai, então talvez ainda tenhamos uma chance de nos vermos.

O que está acontecendo comigo?

Pareço uma adolescente.

O major foi um cavalheiro, apenas isso, e eu já o idealizo. Pelo menos ele é diferente de Heitor em todos os aspectos. Balanço a cabeça na esperança de me livrar desses detalhes. Decido aproveitar que o longo corredor de tapete vermelho tem bastante espaço para praticar e caminho sem apoiar as muletas no chão.

Concentrada no objetivo, não me dou conta de que mais alguém passa a compartilhar do mesmo espaço. Apenas percebo quando nossos corpos se chocam e um leve grunhido escapa de meus lábios.

Tenho a sensação de ter colidido contra uma muralha. Ouço as muletas caírem e um som oco ressoar ao que recupero meu equilíbrio. Por fim, busco olhar a figura à minha frente.

— Maximiliano — sussurro, atordoada. Ele está tão lindo no traje do exército. Tenho certeza de que há milhares de mulheres em volta dele, esperando pela primeira oportunidade. — Perdão, estava desatenta.

Abrindo um sorriso enorme, ele me lança uma piscadela charmosa.

Meu Deus, meu coração vai se partir!

Seus olhos brilham, serenos e bastante azuis. Ele se apressa a tirar o quepe militar de sua cabeça e faz uma breve reverência. Fico encantada com sua atitude.

— Eu que devo pedir desculpa, alteza. — Analisa-me, cuidadoso, como se precisasse verificar se estou mesmo bem. — Vejo que está praticando, acabei atrapalhando. Sinto muito.

— Sim. Depois da nossa caminhada, decidi arriscar — admito, um tanto envergonhada, sentindo as bochechas arderem. — Do chão eu não passo, não é?

Começo a rir com a ideia, mas ele permanece em silêncio, apreciando cada expressão que meu rosto produz. Posso jurar que me observar está se tornando seu passatempo favorito.

— Fico feliz que tenha gostado, sua companhia é extremamente agradável — sussurra, afrouxando o braço em volta da minha cintura.

Por alguns instantes, um silêncio constrangedor se apossa de nós dois. Não posso permitir que ele siga seu caminho sem que conversemos um pouco.

— O que o trás até aqui? — pergunto, mais por educação do que por interesse.

Soltando-me, ele se abaixa para pegar as muletas. Quando volta a ficar ereto, seus olhos cruzam com os meus e posso identificar um lampejo de medo. Nunca pensei que fosse expressar um sentimento como esse, não um major.

— Soube que o coronel retornou de viagem — fala ao me devolver as muletas, mantendo o quepe ainda em suas mãos.

Acho sua atitude formidável. Talvez meu título o incentive a agir dessa forma; ainda assim, não nego que estou adorando tudo isso.

— Ele o aguarda em seu escritório — informo, há muito ciente desta reunião. — Depois do lance de escadas bem no fim deste mesmo corredor. — Aponto para suas costas e abro um pequeno sorriso. — E não se preocupe, papai é um homem bom.

Ele me lança um olhar angustiado, que quase me faz soltar uma gargalhada. Consigo com muito esforço me conter, por respeito. No fundo, sei que papai não é um cara fácil de se lidar. Depois que mamãe faleceu, ele permaneceu um tempo conosco, cuidando de mim e de Elena. Mas nos últimos tempos Giuseppe não para mais em casa, está sempre na Itália, trabalhando para o exército.

— A senhorita diz isso porque nunca o viu em ação. — Sorri, como se estivesse se lembrando de algo. — Quando entrei para o exército, seu pai foi o meu coronel. Mas logo veio ao Brasil e se afastou do trabalho. Ainda assim, vivi um pouco das experiências na presença dele.

— Isso me parece fazer um bom tempo — analiso em voz alta. Tinha oito anos quando meus pais decidiram se mudar para o Brasil. Logo me vem a curiosidade e sou ousada ao questioná-lo: — O que o levou a permanecer no exército? — Soltando um suspiro, seus dedos apertam ainda mais a aba do quepe. — Desculpe — apresso-me a dizer. — Não precisa se explicar.

Percebendo que este assunto o deixa desconfortável, não demoro a finalizá-lo. Confesso ter ficado um tanto chateada.

Maximiliano parece relaxar por um momento. Não o obrigarei a contar sobre sua vida se não quiser.

Ofereço um último cumprimento e faço menção de seguir adiante. Terei de passar por ele para chegar às escadas à esquerda.

Dou o primeiro passo na tentativa de me afastar, mas sou pega de surpresa quando ele segura meu braço.

— Fui criado por militares. Meu pai era um fuzileiro e perdeu a vida em um conflito. Então meu tio, que na época era capitão, me criou sozinho. Ele trabalhou vários anos ao lado de seu pai — explica com os lábios muito próximos aos meus.

Puxo o ar, atônita com o aroma que emana de seu corpo. Penso que não há oxigênio suficiente para nós; é difícil não olhar para sua boca e querer beijá-lo aqui mesmo.

— Você não teve muita escolha, não é? — questiono, conseguindo me afastar.

Dou alguns passos curtos, indicando que gostaria de acompanhá-lo até o fim do corredor.

— Não, não tive. Mas gosto do que faço. — Por um breve momento, posso jurar que o deixo triste com a distância segura que criei entre nós. É como se compartilhássemos da mesma vontade, da exata necessidade. — Quem são todas essas pessoas? — Ele indica os diversos quadros nas paredes.

Sorrio com sua curiosidade. Maximiliano se esforça para fazer nosso breve momento valer a pena. Gosto muito deste espaço do palácio, onde permanecem todos os retratos mais importantes da história da família. O major se interessa por um que poucos param para apreciar.

— Interessante. — Ele avalia a obra diante de nossos olhos.

Eu o acompanho em sua análise e admiro a pintura tradicional da Grande Revolta gaúcha — vários homens de pilcha indumentária cavalgam em seus cavalos com suas armas e a esperança de lutar pela liberdade. Vejo pelo canto do olho que o major se mantém concentrado, cruzando os braços sobre o peito enquanto corre uma mão por seu queixo quadrado.

Preciso aprender a me controlar, não posso simplesmente cair de amores por este homem da noite para o dia. Mas se há uma forma correta de descrevê-lo, é dizer que não existe nada similar.

— Foi pintado há alguns anos pelas mãos de minha mãe. Ela gostava de pintura e imitou a original, que é guardada no palácio real da Sardenha. Essa é uma de suas peças preferidas que trouxe para o Brasil — explico, recebendo sua atenção. Esforço-me para não fraquejar e utilizo as muletas para firmar ainda mais as pernas. — A Guerra dos Farrapos começou no dia 20 de setembro de 1835. Na época, o comércio de charque era praticamente o único sustento no Rio Grande do Sul, o que mais dava dinheiro. Mas o Império do Brasil cobrava impostos muito altos comparados aos que cometiam a países de fronteira, que eram bem inferiores, então os grandes donos das terras começaram uma revolta.

— Iniciando uma revolução? — ele pergunta; parece surpreso com a história.

— Isso mesmo. O gado era um comércio com um giro muito grande, trabalhoso e pesado. Diversas famílias dependiam disso para sobreviver. O povo reuniu forças e foi para a guerra — concluo, dando de ombros. — Acho que você vai gostar de conhecer esse cara.

Faço um gesto para que ele me siga. Dou alguns passos para a frente e logo estamos em frente ao retrato de um homem. De moldura antiga e com a pintura já um tanto desgastada, o semblante do maior revolucionário da guerra nos encara.

— Não acredito! — Maximiliano se inclina um pouco mais, relendo a plaquinha com as informações do quadro. — Esse é Giuseppe Garibaldi?

Mordo os lábios para evitar sorrir. Estou achando divertido vê-lo tão empolgado.

— Sim! — confirmo. — E quer ver algo ainda mais surpreendente?

Concorda com a cabeça em silêncio.

Caminhamos por mais alguns metros e nos deparamos com um retrato de meu pai mais jovem. É do tempo em que ele acabava de juntar ao exército. A farda é muito antiga, e não há nenhuma medalha.

— Soldado Garibaldi, 1972 — leio em voz alta. — O senhor sabe que, na maioria das vezes, quando um rapaz entra para as forças armadas, ele leva o sobrenome de sua mãe. Meu pai pertence à família do revolucionário, um homem que participou de inúmeros conflitos.

Maximiliano não desgruda os olhos do retrato de papai; ora o encara, ora direciona sua atenção ao retrato de Garibaldi.

— Nossa! — É o que consegue falar. — Então quer dizer que a senhorita também descende dessa família tão prestigiada.

— Sim, apesar de não levar o sobrenome — confirmo. — Depois de subir de patente, papai adotou o sobrenome de sua família paterna, então poucas pessoas sabem disso.

Não fico chateada por isso; saber que há um pouco de mim nesta história me enche de orgulho. Papai sempre diz que o sul do Brasil é um lugar ao qual nosso sangue sempre retornará. Acredita que esse foi o principal motivo de escolher esta terra para ser seu lar definitivo. Mesmo sabendo que mamãe adorava Gramado, ela sentia falta da Itália.

— Além do mais, na época das grandes navegações, o reino da Sardenha, na província de Sassari, ajudou na idealização pela busca de poder e novas formas de comércio, o que acarretou a descoberta do Brasil — ouso acrescentar, deixando-o ainda mais fascinado.

— Aqueles são seus pais? — pergunta, apontando com a cabeça para um retrato ao longe.

— É um retrato pintado por um pintor da realeza, um presente de casamento do rei e da rainha — explico logo que nos aproximamos do artefato. — Meus avós maternos foram contra a união, mas acabaram aceitando. Mamãe não se tornou a sucessora do trono, mas pelo menos durante sua curta vida pôde viver um amor de verdade.

Vejo algo como pesar brilhar no fundo de seus olhos. Poderia achar que Maximiliano conhece muito bem essa história de amor.

— Você é muito parecida com a antiga princesa — analisa. — Parecem irmãs. — Sorrio; não é nenhum segredo. — Já deve estar cansada de ouvir isso.

Agora é ele quem sorri.

— Pode-se dizer que sim — provoco, dando um empurrão em seu ombro em uma tentativa de entrar na brincadeira.

Quando meus olhos cruzam pela linha de seu pescoço, vejo papai descendo a escadaria no fim do corredor, os olhos fixos em nós dois. Por um momento, sua expressão é neutra — diria até que ele não está em um de seus melhores dias. No entanto, ao perceber que o clima entre mim e o major é agradável, parece se tranquilizar.

Dou um suave pigarreio e endireito a postura, fazendo com que Maximiliano se volte em direção ao coronel. Papai se aproxima devagar, com os olhos letais sobre o homem que me acompanha. Ao que ele para à nossa frente, o major se apresenta e bate uma continência em forma de respeito.

Observo papai fazer o mesmo antes de estender a mão para um cumprimento amistoso. Surpreendo-me com sua atitude; ao fechar a mão ao redor da de Maximiliano, ele o puxa para um abraço demorado, como se fossem grandes amigos. Nunca vi papai gostar tanto de algum oficial, nem em seus jantares importantes ou nas viagens que faz.

— Como vai, Lucchese?

Papai o solta logo em seguida, passando a fitá-lo com grande estima.

— Muito bem, senhor — responde formalmente.

— Soube de seus grandes feitos durante esses anos. Está se saindo muito bem, dedicado e competente — elogia.

Papai está encantado com a presença do major, de uma forma que não consigo explicar. Posso dizer que quase o considera um filho, o que me deixa um tanto chateada. Decerto ele desaprovaria meu interesse em Maximiliano se soubesse.

— Vou deixá-los conversar. Preciso ir — aviso, recebendo a atenção de ambos.

— Conversaremos depois, querida. Preciso conversar com você, também.

Concordo com a cabeça e me despeço do major. Desço as escadas em uma enorme lentidão. A ideia de desistir passa pela minha cabeça, levando-me a querer pegar o elevador, contudo sei que preciso vencer este desafio.

Conforme vou chegando mais perto do pé da escadaria, sinto os olhos de Maximiliano sobre mim. E não posso evitar abrir um sorriso.

CAPÍTULO DOZE

A manhã desta quinta-feira está agradável. O sol nasceu tão brilhante que a cerração se dissipou, revelando a paisagem belíssima do verde ao redor do palácio. Aposso-me de um assento em frente à lareira da sala de estar. Pela grande janela, observo as árvores e o gramado.

Tudo está em perfeita ordem; os pássaros animados, as flores coloridas, e o riacho que desce pela montanha ao longe está cheio de espuma, como se neste amanhecer até mesmo a natureza carregasse bom humor.

Bebo um gole do café que Nora preparou com carinho. Já comi um pedaço de sua torta de morango e estou satisfeita. Prestes a colocar os olhos sobre o jornal desta semana, deparo-me com papai adentrando o cômodo.

Observo-o caminhar para perto da lareira, usando um elegante suéter de lã e uma calça social escura, com sapatos polidos e o cabelo perfeitamente penteado para trás. É evidente que qualquer mulher solteira pode se apaixonar por ele; mesmo com a idade que tem, papai gosta de se manter arrumado.

O coronel se inclina e beija minha testa ao me alcançar.

— Bom dia, minha querida.

Suas mãos afagam meus ombros. Retribuo com um sorriso gentil.

— Bom dia, papai — respondo, estudando seus movimentos enquanto ele se aquece perto da lareira. — Parece estar de bom humor hoje.

Ele tenta esconder um pequeno sorriso.

— É por um motivo nobre, filha — comenta, puxando um de seus charutos. Leva um tempo para o acender e, depois de uma tragada, volta a falar. — A verdade é que vou me aposentar, e desta vez é algo definitivo.

Fico surpresa.

— Está falando sério?

Assente em confirmação, de repente parecendo exausto.

— O exército foi um sonho desde que era um garotinho. Passei por maus bocados. — Seu olhar paira sobre mim com grande saudade. — E conheci sua mãe. Foi um período de grandes desafios e realizações pessoais. No entanto, agora sinto que posso encerrar essa jornada. Seria mais divertido se Margareth estivesse aqui. O tempo da aposentadoria chega mesmo para todos.

Comprimo os lábios por vê-lo tão sensibilizado. É raro papai se abrir dessa forma e, quando o faz, sei que se sente contrariado. Ele é o tipo de homem que controla suas emoções, não importa o quanto sofra. Não derrama nenhuma lágrima sequer. Com exceção do velório de mamãe.

Sei que se referir à mamãe pelo nome significa que a saudade está pesando em seu coração. A primeira vez que o vi fraquejar assim, já era uma mulher feita. Na época, supus que ele gostaria de compartilhar a dor com sua princesinha, contudo também sabia que ele precisava entender que a vida não para.

E ficar sozinho é uma escolha.

Quero expressar meu apoio, contudo me impede ao continuar:

— Sinto que, antes de tudo, tenho a necessidade de conversar com você, filha. — Há lágrimas acumuladas em seus olhos. — Durante esses quase oito anos sem a sua mãe, me acovardei e afundei minhas mágoas no trabalho. Deixei minhas duas meninas sozinhas.

— Não diga isso. — Tento consolá-lo, mas é impossível fazê-lo me ouvir.

Já estou com o rosto lavado pelas lágrimas, sem nem mesmo sentir quando surgiram.

— Eu tive *medo,* Louise. — Papai se ajoelha aos meus pés. — Tive medo de ser pai sozinho. E fui incapaz de ajudar você quando mais precisou de mim. Não posso errar de novo, não agora que já é uma mulher.

— Elena e eu nunca o culpamos de nada.

Deposito a xícara na mesinha ao lado e enxugo as lágrimas que insistem em cair sem parar.

— Sei que não, meu bem. E agradeço por isso. O que quero dizer é que não deveria ter me afastado da família por tanto tempo.

— O senhor está aqui agora. Fez sua última viagem, acredito — menciono com serenidade.

— Sim, foi minha última visita ao regimento. A partir de hoje não sirvo mais à realeza da Sardenha como um soldado. Agora sou visto apenas como o marido da falecida princesa herdeira. — Sorri com tristeza. — O que soa muito pior. Mas é o que o destino nos deu. Nunca deveria ter permitido que ela viajasse sozinha.

Seguro suas mãos com firmeza assim que sua cabeça pende para baixo e seu choro se intensifica. O charuto cai sobre o tapete, e ele apaga as fagulhas da brasa, declarando que nem mesmo este vício o conforta diante ao assunto.

— Eu também não queria que mamãe tivesse o destino que teve. No entanto, não somos capazes de controlar tudo o que existe à nossa volta. — Ergo seu queixo com cuidado, fazendo-o me encarar. Quase desisto de falar ao vê-lo dessa forma, mas devo continuar. — Sei que ela nos protege do céu e que deve estar feliz pelo modo que levamos a vida. O senhor sabe das coisas que ela mais gostava, ter a família unida era uma delas. Independentemente dos nossos deveres, sempre estivemos juntos para defender uns aos outros. Então, não. O senhor nunca falhou em sua missão como pai.

Aceito seu abraço, percebendo que preciso de um tanto quanto ele. Há bons anos que não ganho um carinho tão afetuoso de papai. Seu semblante sempre fechado e seus afazeres o distanciaram de casa. Mas por trás de toda essa armadura, habita um homem comum, que ama a família.

Leva um tempo até que se recomponha. Quando enfim consegue, suas palavras fazem meu coração dar um salto.

— Tem um rapaz de boas intenções esperando você.

— Como assim? — pergunto ao levar as mãos ao peito em um gesto intuitivo.

— Se tem uma coisa que vale a pena nesta vida, Louise, é dar uma chance para o amor.

Dou risada e seco um pouco mais o rosto.

— Não acredito que vou ouvi-lo falar sobre isso. Quem está à minha espera?

Um olhar enigmático substitui sua tristeza.

— Terá que ver para descobrir. Mas tenha em mente que dei a ele minha permissão — diz ao se levar, endireitando a postura. — Ontem à tarde, quando o recebi em minha sala, fui surpreendido por um pedido curioso. Maximiliano não se esqueceu de ressaltar o quanto minha filha caçula era extraordinária. Nas palavras dele, é claro. E vendo a interação entre vocês, pensei que poderia retribuir de alguma forma.

— O que o senhor aprontou?

Porém papai sempre está um passo à frente.

— Permiti que ele a conduza em um passeio pela cidade, a um lugar que você gostava muito de ir quando pequena. Quero que aproveite, Louise. – Fico sem reação. Mal posso acreditar que isso está mesmo acontecendo. – Você me entendeu? – pergunta.

Desta vez olho fixamente em seus olhos com um propósito selado. Não fraquejo ao afirmar:

– Sim, entendi.

Do bolso de sua calça, papai retira um pedaço de papel. Parece ser um tipo de pergaminho. Um papel especial, com mais textura, coisa rara de se ver hoje em dia. Entrega-me o envelope um pouco amassado, como se tivesse permanecido por muito tempo nas mãos de alguém.

Às pressas, abro o envelope e retiro de lá um papel dobrado ao meio. Desdobro-o e encarro a caligrafia curvada do major.

Querida Louise,

Sei que nos conhecemos há pouco tempo, mas aprecio imensamente sua companhia. Não consigo encontrar as palavras certas para me dirigir a uma princesa de verdade e entendo que talvez eu nem seja digno de olhar em sua direção. No entanto, preciso seguir a voz do meu coração e fazer-lhe um pedido. Gostaria de levá-la a um passeio esta tarde, para aproveitar o sol brilhante que promete surgir. Ficarei honrado e especialmente feliz se aceitar.

Com carinho,

Max.

Quando chego ao pátio da frente do palácio, encontro Maximiliano à minha espera escorado em um carro escuro, usando uma roupa comum. Não está em trajes oficiais, e sim em uma jaqueta de couro marrom, calça preta jeans e coturnos de couro nos pés. Seus olhos estão mais escuros com a blusa de lã por baixo da jaqueta e um óculos escuros dependurado na gola da roupa.

Em suas mãos, um enorme buquê de rosas cor-de-rosa. Logo que consigo descer os degraus principais com a ajuda de Nora e de minhas muletas, ele se desencosta de seu formoso Bugatti. Não faço ideia de quais são seus gostos, mas o carro é, sem dúvidas, no mínimo surpreendente. Nem mesmo a tropa de veículos do palácio possui um.

Seus olhos se perdem na minha imagem, mergulham no vestido azul-claro que escolhi. O vento que sopra faz com que a saia esvoace pelos ares. Minhas bochechas esquentam em sua presença. Estou grata por ter colocado uma meia-calça grossa por baixo do vestido, do contrário passaria frio. Nora me aconselhou a usar um casaco de lã batida em um tom creme para me proteger, apesar do vestido ter mangas longas.

A nossa escolha parece agradá-lo, apesar de não conseguir ver seu sorriso perfeito com os fios de cabelos que insistem em cair sobre meus olhos. Maximiliano está encantado; não posso negar que Nora se esforçou para me deixar à altura.

Posso dizer que foi proposital.

— Boa tarde, alteza. — Ele curva o corpo em uma reverência, em seguida se direciona a Nora. — Senhorita.

Sorrio sem me preocupar com formalidades. Nora está radiante com o major; tive de ouvi-la dizer a manhã toda o quanto o aprova, ainda mais agora que há tanta gentileza neste homem. Ela tenta se comunicar comigo através de olhares, como se de alguma forma eu pudesse compreender sem precisar ouvir uma palavra.

— Boa tarde, major — consigo dizer, tentando recuperar o fôlego quando ele me oferece o buquê. — São lindas, muito obrigada!

Solto as muletas e as entrego a Nora antes de abraçar o grande buquê e o aproximar do rosto. Fecho os olhos e puxo o ar pelo nariz, atordoada pelo doce aroma das pétalas.

— Fico feliz que tenha gostado.

Seu sorriso se amplia e uma linha perfeita de dentes brancos aparece.

Qualquer garota morreria com um sorriso desses, e meu coração chega a errar as batidas. Entrego o buquê à minha instrutora para que ela o coloque em um lindo vaso com água. Quero admirá-lo quando voltar para casa.

Oferecendo-me o braço, nossa distância se torna quase nula. Neste dia acordei com muita energia, diria que conseguiria passar horas sem precisar das muletas ou da cadeira de rodas, coisa que parecia ser impossível alguns dias antes — o que é estranho e sei que isso passa pela cabeça de muitos na família. Não sei dizer, mas, desde que Maximiliano entrou em minha vida, alguma mágica aconteceu, pois algo fez com que tudo estivesse diferente.

Minhas mãos suam. Tenho um tempo sozinha dentro de seu carro, até que feche a porta e dê a volta para entrar. Maximiliano demonstra estar confortável, bem diferente de mim.

— Não precisa se preocupar, vou cuidar bem da senhorita. — Sua voz soa; fiquei tão entretida com meu nervosismo que não percebi que me ele observa com avidez.

Meu rosto inteiro queima e outras coisas parecem esquentar também, o que me deixa ainda mais sem jeito. É como se o meu corpo inteiro respondesse a ele.

— Pode me chamar de Lou — comento. — Ou apenas Louise. Nada de "princesa" ou "alteza", pelo menos quando estivermos sozinhos.

Soa mais como um pedido do que uma sugestão, e Max parece gostar bastante, o que me tranquiliza; estou empolgada para este passeio. Não sei dizer quando foi a última vez que fiz algo assim, nem mesmo com Heitor. Ele nunca foi do tipo romântico.

Relaxo no banco e me aconchego com o ar-condicionado quentinho. Maximiliano engata a marcha e sai do terreno do palácio, pegando a estrada em direção ao centro. Nossa propriedade fica um pouco afastada do movimento intenso, e leva ao menos meia hora para alcançarmos o fluxo.

Observo suas mãos firmes no volante enquanto a velocidade aumenta. Parece divertido, correr em alta velocidade. Sei a potência do motor e também tenho ciência de que não o usa por completo, talvez para não me assustar, apesar de chegar nos 120km/h nas partes planas da via.

Atravessamos a cidade rapidamente e logo estacionamos nas áreas vagas. É difícil encontrar um bom lugar para deixar o carro, devido à grande demanda. E como não estamos utilizando um carro real, não temos o direito de ocupar as vagas destinadas à realeza.

Os turistas amam visitar a cidade bem nesta época, apesar de ainda não ser o pico. Depois da pandemia se dissipar e as coisas voltarem ao normal aos poucos, a clientela na cidade dobrou de volume.

Há diversas pessoas circulando pelas calçadas e, logo à frente, pode-se ver o formoso Lago Negro. Mal posso acreditar que ele conseguiu me tirar do palácio para vir prestigiar as comemorações do dia dos namorados. Surpreendo-me com o lugar escolhido.

— Não acredito nisso... — Perco a voz ao me deparar com o lugar que mais amo da cidade. — Você... Como sabia?

Maximiliano acha meu espanto engraçado. Um misto de sensações atravessa meu coração. Para mim, isso é muito especial; adoro a paisagem que cerca o corpo de água.

— Gostar deste lugar é algo que temos em comum. Quando decidi vir para Gramado, pesquisei sobre cada ponto turístico. Conhecer o Lago Negro foi uma meta que tracei. Só não esperava me apaixonar por uma mulher que compartilha do mesmo sentimento — explica, desligando o carro e desafivelando o cinto de segurança.

A palavra *apaixonar* não sai da minha cabeça. Ele a diz tão abertamente que a primeira coisa que penso é que foi sem querer.

— O que disse? — pergunto, chocada.

Seus olhos fitam os meus com um ardor incandescente. Perco o ar. Seu rosto se inclina em direção ao meu, a ponto de conseguir sentir sua respiração em minha pele. Nossos lábios se entreabrem e estou prestes a selá-los.

Um estalo abrupto na lataria do carro chama nossa atenção. Há muitas pessoas fotografando o veículo e, por temer a mídia, fico apreensiva, um detalhe que o major percebe logo de cara.

— Não se preocupe, são apenas curiosos. Não chamei os paparazzi para nos perturbar esta tarde — garantiu, acariciando meu rosto com devoção.

Fecho os olhos por um segundo, imaginando-me tendo uma vida ao seu lado. Se Maximiliano agisse assim toda vez que os problemas surgissem, as coisas jamais seriam complicadas.

— Confio em você — assumo, mais tranquila. — Me desculpe se sou chata com isso. É que eles são insuportáveis.

Ele sorri, achando a situação divertida.

— Quer esperar ou posso levá-la para um passeio no lago? — pergunta, um tanto esperançoso.

Não conseguiria negar nada a ele, mesmo que fizesse todo o esforço do mundo. Acabo concordando.

— Gostaria muito de rever o lago com você.

Maximiliano puxa minha mão direita e deposita um beijo suave no dorso. O estalar, junto da sensação de seus lábios macios, faz com que meu corpo se arrepie. É como se precisasse sentir mais a cada instante que passo em sua companhia. Só não sei se isso é certo ou errado.

CAPÍTULO TREZE

Caminhamos de braços dados pela calçada de pedras que contorna o Lago Negro. Maximiliano me leva em direção ao embarque dos pedalinhos em formato de cisnes. Paramos em frente a uma placa que traz algumas informações sobre o lago e dá as instruções de segurança.

As águas do lago são muito limpas, embora extremamente escuras, ressaltando que não são rasas. Sabia nadar muito bem antes do acidente, mas não me garanto mais sobre isso.

— Nada mudou desde a última vez que estive aqui — comento com o coração carregado de emoção.

No fundo seguro um grande nervosismo.

Olhar para essas águas me traz certo incômodo, não saberei me defender se algo acontecer conosco. A visão de várias crianças aproveitando o passeio nos pedalinhos com os pais não me conforta como deveria.

— Não se preocupe, todo mundo fica nervoso — assegura, percebendo meu desconforto.

Seus olhos cintilam em contraste com as luzes do sol, deixando-o ainda mais atraente.

Solto um suspiro e abaixo a cabeça, envergonhada.

Sua mão acaricia a minha, tentando fazer com que me sinta melhor. E funciona. Quando percebo, já estamos dentro do pedalinho. Um rapaz bastante gentil, que trabalha no parque, nos ajudou a escolher um, reforçando as instruções de segurança e explicando como os freios funcionam.

Maximiliano compreende nosso idioma à perfeição, tanto que conhece até mesmo as palavras mais difíceis, como as gírias gaúchas, o que me deixa surpresa.

Por sorte não encontro dificuldade para me sentar dentro do pequeno barco. O major tem todo o cuidado e precaução para que eu não me desequilibre.

Após me sentar e ajeitar meu corpo em uma posição confortável, posso reviver as sensações que sempre me tomavam quando era uma garotinha. Era papai quem costumava me levar para andar de pedalinho pelo lago, ao passo que mamãe nos esperava com Elena. Minha irmã não gostava de água e tinha muito medo. As duas aproveitavam para comer um algodão-doce ou beber uma xícara de chocolate quente nas tendas que ficavam por ali.

É claro que agora, ao lado de Maximiliano, as coisas são um pouco diferentes. Não posso imaginar lugar melhor para um primeiro encontro. Vendo-o tão concentrado, observando a paisagem à nossa volta, aguardando o sinal para partirmos, fico ansiosa para explorar o lago.

O rapaz que nos atendeu ergue uma bandeira verde, e todos os pedalinhos começam a navegar pelo Lago Negro. Temos de pedalar para sair do lugar; em nossos pés está o encaixe perfeito para fazermos o exercício, é como andar de bicicleta. Os pedalinhos possuem dois assentos, alguns guardam quatro lugares; ao nosso redor, pequenos barcos de madeira velejam pela água.

— O sol está maravilhoso — comento, fechando os olhos e aproveitando o calor.

Maximiliano pedala bem mais do que eu; o cansaço vem rápido a cada movimento que tento fazer. Terei de poupar esforços se quiser aguentar o restante da tarde. Ele não parece se importar de ter de fazer mais esforço.

Pensei que fosse dizer algo ou que concordaria com minhas palavras, por isso seu silêncio desperta minha curiosidade. Tenho de abrir os olhos para encará-lo. Encontro-o me contemplando, sua postura impecável passa autoconfiança, deixando-me tonta com o impacto.

Em seus lábios há um sorriso bonito.

— Desculpe — fala, percebendo que meu rosto está todo vermelho. — É como se o sol fosse feito para você. A luz parece incendiá-la, como se você fosse uma extensão dele.

É minha vez de sorrir de um modo tímido. Essa é a coisa mais preciosa que já ouvi. As pessoas costumam dizer que eu sou como o pôr do sol, intensa e calorosa. Uma sensação amigável e misteriosa corre por mim.

— Tivemos sorte hoje, o Lago Negro costuma ser um lugar muito frio, principalmente no inverno — comento, mudando de assunto ao perceber que não sei retribuir seu elogio.

As palavras me faltam e por algum motivo travo. Apesar disso, Maximiliano não se incomoda, muito menos fica chateado por eu tentar fugir de mais uma de suas investidas. Tenho consciência de que, com sorte, ele voltará a fazê-las. Ele não me parece ser alguém que desiste com facilidade.

— Me conte mais sobre este lugar — pede com gentileza, focando sua atenção na floresta densa à nossa volta.

Já estamos no meio do lago, afastados da maioria dos turistas, que pedalam pelas bordas das águas. Poucos são os corajosos que nos seguiram. Volto os olhos para as árvores enormes, as quais o major se dedica a observar, e percebo que estão muito verdes. Apesar de termos uma vegetação muito bonita e privilegiada no estado, esta mata possui um toque bem diferenciado e único.

— Bem, o senhor terá que ouvir uma *surpreendente* história — insinuo com um ar engraçado; quero que se divirta comigo. — O que acha disso?

— Estou doido para ouvi-la — responde, interessado.

Puxo o ar para dentro dos pulmões, buscando cada informação que sei e lembro. Cada cantinho desta cidade possui uma história, e com o Lago Negro não seria diferente. Relaxo no assento do pedalinho e começo a contar:

— O lago tomou vida pela geniosa ideia de Leopoldo Rosenfeldt. Antigamente, estas terras pertenciam à família Bier e eram conhecidas como o Vale do Bom Retiro. — Faço uma pausa para encontrar seus olhos focados nos meus. Isso me desconcerta e tenho de fazer um enorme esforço para achar as palavras. — Mas tudo mudou com um incêndio. Foi algo terrível, o fogo destruiu toda a floresta.

— Alguém se feriu? — pergunta com uma sombra de preocupação.

— Não que se saiba, mas foi algo muito marcante para a cidade. A propriedade era muito grande. Além do lago, a mata se estende por vários e vários metros. — Ele fica pensativo por alguns instantes, posso ver que seus pensamentos trabalham sem parar. — Sei que é difícil imaginar um lugar tão bonito como este ardendo em meio a um incêndio — acrescento e recebo um sinal de concordância.

Ele logo pede que eu continue e é o que faço.

— A população conseguiu apagar o fogo ao cavar uma vala no chão, e descobriram um manancial, o que levou Leopoldo a incentivar ainda mais a venda da propriedade e a criação de um lago artificial, o que acabou acontecendo. Rosenfeldt trouxe várias espécies de mudas de árvores da Alemanha, advindas da Floresta Negra do país.

— Nossa, que história! — fala, surpreso. — Por isso o nome?

Concordo com a cabeça.

— É por isso que este lugar parece ser tão diferente de qualquer outro. Cada detalhe que existe neste espaço foi minimamente planejado. E para ser sincera, digo com total honestidade que é um dos melhores lugares para se estar.

Ele sorri de canto, satisfeito com a observação.

Com seu silêncio, acabo deixando-o com seus próprios pensamentos. É estranho estar em um passeio com um homem que mal conheço, o que torna ainda mais difícil saber como sustentar o diálogo. Por esse motivo mantenho a atenção à nossa volta, tentando permanecer o mais tranquila possível.

A paisagem muda um pouco. Chegamos ao trecho em que as belíssimas azaleias desabrocham. É um espetáculo de cores delicadas. Alguns galhos maiores chegam a tocar a água ao passo que uma enorme copada recheada de brotos se estende e pende para dentro da mata verde. Um contraste curioso e que combina com a vista enquanto os pinheiros, que estão mais distantes, guardam ninhos de gralhas e araras.

Maximiliano guia o peladinho até a borda do lago e quebra um galho de flores, entregando-o para mim. Agradeço com um sorriso bobo no rosto, escondendo minha vermelhidão. Atordoada, inalo o aroma doce das azaleias.

Logo já estamos de volta no meio das águas, e levo um susto quando o major aponta para o horizonte.

— Veja, são cisnes de verdade!

Um grande bando de cisnes ocupa o lago à frente, flutuando majestosamente sobre a água. São tão branquinhos que suas penas brilham em contraste com a luz. Os turistas à nossa volta não param de tirar fotos. Estou tão empolgada que não noto quando agarro a mão de Maximiliano.

Meus olhos ficam vidrados em nossas mãos unidas, tão bonitas juntas. Sua pele é macia e aconchegante, como se esse simples toque bastasse para saber que posso confiar minha vida a ele. Então seus dedos puxam meu rosto, fazendo-me encará-lo com gentileza.

Seu rosto se inclina para baixo, tão próximo que sinto sua respiração sobre mim. O cheiro que emana do seu corpo me deixa atordoada, como um tipo de hipnose deliciosamente envolvente. Poderia fazê-lo parar, mas a verdade é que quero que termine logo com isso.

Fecho os olhos e vou de encontro aos seus lábios, sentindo-os muito quente. São mais firmes do que imaginei. Ao que entreabro a boca, posso sentir seu gosto se misturando ao meu, e não tenho dúvidas de que este será o melhor beijo que já ganhei. Este, sim, pode ser considerado meu primeiro grande beijo.

É como se nada do que já vivi tenha valido a pena. Maximiliano me domina com suavidade, como se o medo de que eu o recusasse o fizesse se mover com cautela. Prefiro assim, devagar. Uma lentidão que se intensifica a cada segundo. E quando percebo, minhas mãos já estão em seu pescoço, contornando-o como se dependesse desse contato.

Já estou ficando sem fôlego após alguns segundos. Mantenho o beijo o máximo que consigo, até que tenho de terminá-lo para respirar. O ar entra em meus pulmões, e começo a rir como uma garota que deu o seu primeiro beijo.

Maximiliano também recupera o fôlego, trazendo um sorriso sereno nos lábios. Em seus olhos vejo algo similar à *paixão*. Vê-lo dessa forma me deixa com borboletas no estômago. Quero que tenha gostado tanto quanto eu.

Mas não tenho tempo de perguntar. Minha atenção é tomada por um barco que veleja por perto. Muitas pessoas lotam o transporte; pessoas comuns, turistas e donos de empresas locais. Diria que é um tipo de confraternização entre eles ou até mesmo uma forma de divulgarem seu trabalho. Algo claramente particular.

No entanto, há vários jornalistas que registram nosso momento. Não entendo como podem ter vindo parar aqui tão rápido: se estão no barco ao lado por um motivo específico e aproveitaram a chance, ou se nos seguem desde o começo.

Uma ideia absurda passa pela minha cabeça, algo que partiria meu coração para sempre se fosse verdade.

— Você sabia que eles estariam aqui? — pergunto rispidamente. — Por favor, me diga a verdade...

A confusão se forma em seu rosto, e percebo que meu tom o magoou. Arrependo-me logo em seguida.

— Está me acusando de armar a situação? — pergunta em um tom baixo.

Maximiliano não precisa se explicar, seus olhos cintilantes se mostravam arredios com a situação. E a culpa é toda minha.

Fecho os olhos e balanço a cabeça, envergonhada.

— Eles sempre vão me seguir — digo ao reabrir os olhos.

Sem pensar muito, coloco-me de pé, como se de alguma forma isso fosse ajudar. Há água para todos os lados e o pedalinho fica instável.

— O que está fazendo?

Ele tenta me acompanhar, também se levantando e movimentando ainda mais o pedalinho.

Tento protestar e mandá-lo ficar sentado, contudo o pedalinho vira e nos joga nas águas geladas. Por pura estupidez da minha parte, como se eu pudesse mesmo fugir dessas pessoas. É evidente que não daria certo.

Afundo e o desespero toma conta de mim. Não sei se conseguirei nadar; estou apavorada, tanto que minhas pernas paralisam. Quero gritar, mas lembro que, se abrir a boca, morrerei afogada. A água está tão escura que, conforme afundo, já não consigo mais ver o barco lá em cima.

É como se a morte já estivesse à espreita. As sombras que se misturam à água me deixam cada vez mais insegura. Não consigo encontrar Maximiliano, meus olhos ardem e minha cabeça não para de pensar em coisas trágicas. O pânico consome meu corpo, fazendo com que eu não consiga nem mesmo tentar me salvar.

Quando estou quase perdendo a consciência em uma lentidão sem fim, as mãos do major envolvem meu corpo. Em questão de instantes voltamos à superfície, sendo recebidos pelos vários cliques das câmeras.

Tusso, apavorada e desesperada para puxar o ar aos pulmões. Agarro-me em seus ombros com tanta força que, não fosse pela camisa que usa, Maximiliano ficaria com as marcas das minhas unhas.

— Precisa tirar a roupa — orienta, calmo demais para o meu gosto. Acho que a expressão em meu rosto o faz explicar melhor o que quis dizer. — Vem, deixa eu tirar esse casaco pesado que está usando. — Suas mãos logo vão para dentro do meu casaco e, antes que possa protestar, a peça já afunda no lago. — Não me olhe desse jeito, vou salvar a sua vida.

— Eu não preciso ser salva! — falo, exasperada, mordendo-me de raiva.

Raiva de mim mesma, pois ainda vejo em seus olhos o quanto acusá-lo foi uma má ideia.

— É claro que precisa. — Sorri de lado, de forma quase imperceptível. — Chegue mais perto.

Puxa-me para mais perto e desamarra a saia do vestido. A parte mais grossa da peça também acaba desaparecendo para sempre nas águas. Em qualquer outro momento diria que Maximiliano está sendo muito inconveniente em suas ações. Contudo, mesmo nesta situação de perigo, meu corpo pega fogo sob seu toque. Quando seus dedos percorrem minha barriga e sobem para o meu busto, desabotoando os botões da roupa, solto um suspiro de imediato, chamando sua atenção.

—Vai me deixar nua? — questiono de imediato.

Seu sorriso aumenta.

— Não é uma ideia ruim. — Ele aproxima a boca da minha, seus olhos carregam uma diversão maliciosa. — Não seria a primeira vez que imagino como deve ser tirar a sua roupa para amá-la. — Meu coração dispara. Não sei encontrar a forma certa para retrucar. — A senhorita sabe o que quero dizer? — pergunta atento a cada sinal que dou em resposta.

Suas mãos descem as mangas do meu vestido, deixando-me apenas com a camisola fina e muito curta. Sinto os bicos dos meus seios endurecerem pelo frio, mas esse não é o único motivo. Tenho certeza de que Maximiliano os sente, seu olhar desce para inspecioná-los.

— Beijá-la... chupá-la... — Seu polegar sobe e aperta o bico rosado, que pode ser visto através do tecido transparente. — Literalmente.

Fico sem ar e não consigo disfarçar.

— Por que está dizendo isso agora... — Era para ter soado como uma pergunta, mas suas ações fazem com que meu corpo corresponda de outra forma. Ao que seus dedos traçam círculos pelos meus seios, descanso a cabeça em seu ombro. — Me tire daqui — peço. — Não podem me ver desse jeito.

Ele para e me coloca em suas costas enquanto nada para retornarmos à borda do lago. Nosso pedalinho afundou e precisamos nos ver longe dos jornalistas.

CAPÍTULO CATORZE

Os jornais não são misericordiosos; eles me odeiam e isso é fato.

Nora escondeu todos os jornais impressos nesta semana, que traziam manchetes referentes a mim — desde o beijo de Heitor dentro da igreja até o incidente na fonte do amor eterno com o major.

A manchete, que vejo no jornal que surrupiei, traz duas imagens bem marcantes: uma tirada dentro da igreja com Heitor, e, ao lado, servindo de comparação, Maximiliano me tendo em seus braços, os olhos fixos em mim de um modo devoto, como se pertencêssemos um ao outro.

As imagens, contudo, não são a pior parte, e sim as letras pequenas carregadas de perversidade. Eu sempre soube que os jornais servem para criar discórdia, ainda mais em se tratando de fofoca. O primeiro parágrafo traz as palavras mais ousadas, como se fosse uma grande abertura sobre o assunto, o que faz meu estômago embrulhar.

> Pelo que parece, o coração sofrido da princesa Louise está sendo disputado por dois cavalheiros renomados. Um deles, o rapaz da primeira foto, anda trocando beijos e carícias com vossa alteza real há um bom tempo. Os dois decidiram visitar a Igreja Matriz de São Pedro juntos, local onde quase

se casaram no passado, o que nos leva a especular se estão planejando retomar o relacionamento.

Devemos ressaltar que os dois se conheceram em uma competição da cidade há uns bons anos, quando eram adolescentes. Ambos são campeões de salto em hipismo e foram um casal muito aclamado na época.

Heitor Castello é um exportador de produtos que anda abalando o mercado com sua empresa multimilionária. Certamente os dois formariam um par lindo outra vez, o título de nobreza parece combinar à perfeição com ele.

Porém, nosso amado príncipe terá de lutar pelo amor de sua não esquecida princesa, pois o major das tropas italianas da Sardenha está rondando a possibilidade de também a conquistar. E, pela troca de olhares entre os dois, é nítido que pode haver uma possibilidade de isso acontecer.

Arremesso o jornal o mais longe que consigo, fazendo-o desaparecer de vista. Ouço o som de surpresa que sai dos lábios de Nora e Justina, que fazem de tudo para manter meu cabelo domado em um coque alto. O baile começará em breve, e eu ainda não estou pronta.

É quase impossível não me irritar com uma matéria como essa, que clama por Heitor como um príncipe. Acreditei de verdade que o primeiro-ministro do palácio de Sardenha tinha resolvido o assunto com a imprensa. Porém, parece que o acordo não saiu como o esperado.

Frustrada, parto para o próximo jornal surripiado nesta manhã de sábado, onde vejo diversas fotos nossas no lago. E, por algum motivo, algo dentro de mim sente maior conforto ao ver a figura de Maximiliano. Ficou nítido que temos algo, nossa troca de olhares, o calor que senti com o seu. Tudo isso ficou perceptível.

Resta torcer para que os leitores do jornal não tenham a percepção de que o major estava prestes a me dar um prazer que nunca senti na vida antes. É difícil me livrar da sensação do beliscão que ganhei, e o meio das minhas pernas fica úmido e latejante com a lembrança.

O major cumpriu com a sua promessa ao me levar em segurança até a borda. De lá, recebemos ajuda dos trabalhadores do local, ainda mais depois de me reconhecerem. Eles nos cobriram com toalhas e logo nos trouxeram roupas secas. E, ainda por cima, acabaram nos ajudando a despistar os paparazzi e os jornalistas inconvenientes.

Logo que entramos no Bugatti, a guarda real foi acionada para nos escoltar até o palácio por questões de segurança. E aí não pude mais vê-lo. Maximiliano me deixou em casa e retornou para o centro da cidade. Senti-o receoso, como se o encontro não tivesse ocorrido como planejara, porém em nenhum momento deixou de ser atencioso e nobre comigo.

— Não permita que essas mentiram atormentem o seu coração, Louise. — Nora toca em meu ombro com carinho. — Apesar de eu ter gostado muito dessa aí...

Um sorrisinho divertido aparece em seu rosto e suas bochechas ficam coradas.

A curiosidade desperta dentro de mim, e sigo com a leitura ao que ela parte até o closet para escolher meu sapato e joias.

Ao que tudo indica, a princesa Louise deixou seu antigo noivo, Heitor Castello, para trás. A chegada do major Maximiliano Lucchese abalou suas estruturas emocionais, levando-a a aceitar um encontro no Lago Negro na companhia do oficial.

Flagramos os dois em um momento particular com trocas de carícias e uma conversa que rendeu um belíssimo beijo.

A queda repentina dentro do lago trouxe registros únicos para a nossa matéria, enriquecendo-a. Ainda que as águas geladas estivessem quase insuportáveis, o calor da paixão que existe entre os dois afugentou essa sensação. Logo o oficial tratou de protegê-la, levando a princesa até a margem.

Haja fôlego para atravessar esse lago extenso a nado.

Não comento nada. Entretanto, a matéria ficará em minha mente por um longo tempo. Desvio o olhar do jornal e o coloco sobre a penteadeira. Permaneço quieta, sentada na cadeira enquanto Justina finaliza minha maquiagem.

Com sua idade muito avançada, ela já arrumou muitas rainhas em sua vida.

Justina sempre me deixa impecavelmente bela.

Papai me oferece o braço assim que damos de cara com as portas duplas do salão. Há uma grande escadaria para descermos juntos, e não sei se estou mesmo preparada para isso. Mesmo sabendo que terei seu apoio e que a cadeira de rodas estará à minha espera no último degrau, não me sinto confiante.

— Não precisa fazer essa cara. Sei que não sou o major, mas não vou deixá-la cair — assegura com um sorriso divertido.

Eu o olho de canto e agarro seu braço com um pouco mais de força do que o necessário.

— Não é isso, papai — argumento, angustiada. — Fico nervosa com os jornalistas que nos esperam.

Ele puxa meu rosto para que eu não desvie de seu olhar.

— Querida, eles sempre irão falar sobre você. — Seu tom é sincero. — Você é a princesa, o título é seu. Seu retorno à mídia é um prato cheio. Sempre haverá dificuldades pelo caminho, mas não me preocuparia com isso agora. Sei que saberá se cuidar e que tirará tudo isso de letra. — Minha mão suaviza o aperto, e assinto. Sinto-me mais preparada. — Além do mais, você está estonteando nesse vestido. É difícil ele não se tornar o centro das atenções, independentemente do que acontecer.

— O senhor tem razão — admito.

Este é um vestido que eu mesma desenhei. E posso dizer com total certeza que nunca na minha vida usei algo tão único e precioso. Os jornais vão procurar o nome do estilista responsável, e até consigo imaginar o burburinho que se instalará nas redes sociais com profissionais clamando a autoria da peça.

Coisa que terei o maior prazer em desmentir.

Uma produção como essa pode não ser necessária, mas até mesmo papai está bem arrumado. Afinal, ele é motivo para o baile desta noite fria de inverno. Respiro fundo, criando coragem para enfrentar a escadaria. Assim que as portas se abrem e a guarda real anuncia nossa presença, começamos a descer.

Seguro o braço de papai com ainda mais força e o deixo me conduzir. Descemos devagar, degrau por degrau. Quando apareço um pouco mais no campo de visão dos convidados, uma expressão de encantamento e surpresa pode ser ouvida.

Parte por me verem em pé, caminhando, parte pelo belo vestido azul-marinho que uso. Tento evitar ao máximo olhar para todas essas pessoas, focando na parede ao fundo do salão, sempre mantendo a cabeça erguida. Não demoramos a chegar ao pé da escadaria.

É então que me dou conta de que a cadeira de rodas está aqui, pronta para ser usada pelo resto da noite. Deveria me sentir aliviada por vê-la e saber que seria conduzida por Nora, que está radiante em seu vestido salmão. Mas a verdade é que me sinto estranha – chateada por não confiarem em mim.

Tento procurar uma explicação no rosto de papai, no entanto ele está ocupado demais com os jornalistas, que nos fotografam sem parar. Não daremos entrevistas, papai respondeu às suas perguntas antes mesmo do início do evento e só permitiu a entrada deles para que tivessem algo a registrar.

Sorrio para as fotos e me esforço para demonstrar que está tudo bem. Assim que a encenação tem fim, aceito a cadeira. E pela primeira vez sinto que não faço mais parte dela.

O lindo vestido não combina com ela, mas não posso ser egoísta a ponto de rejeitar o que mais me ajudou durante a recuperação. Não tenho vergonha de nada; ainda assim, sei que isso se tornará um ponto muito debatido pela mídia.

– A senhorita está perfeita, vossa alteza – Nora elogia, fascinada com o brilho cintilante do vestido.

É como se todas as estrelas do céu estivessem costuradas nele.

– Obrigada, minha amiga. – Dou uma bela olhada em sua roupa. É um vestido delicado, justo ao corpo, mas não o suficiente para marcá-lo. – Ficou incrível em você.

– Querida, vou dar uma volta pelo salão. Se precisar de alguma coisa, Nora estará aqui – papai fala ao se aproximar. – Preciso rever alguns amigos do regimento, me desculpem.

Percebo que os ombros de Nora murcham e me dou conta de que há algo errado. Assinto e permito que papai se distancie de nós duas. Ele evita a todo custo olhar na direção de Nora, embora, pela primeira vez, tenha o feito com grande esforço.

— Pode começar a falar — exijo saber.

Ela sorri, sem jeito, sem saber por onde começar. E nem é preciso, Elena aparece e diz tudo o que quero saber.

— Não acredito que ele desistiu!

Nora para em minha frente, encabulada.

— O que quer dizer? — pergunto, ainda sem entender.

— Não tem problema, meninas. Eu não deveria de ter aceitado o convite, meu papel neste palácio é cuidar da princesa. Não é certo acompanhar o pai de vocês em um evento como este — Nora diz, cabisbaixa. — Está tudo bem. Não o culpem por isso.

— Quer dizer que meu pai a convidou e agora ele está com medo? — deduzo, impressionada.

— Pode deixar comigo. Isso não vai ficar assim! — Elena afirma, convencida. — Até o fim desta noite, vocês estarão ao menos dançando juntos. E, a propósito, Louise, esse vestido ficou fabuloso. É o mais lindo que já desenhou.

Ela me inspeciona com lágrimas nos olhos. Elena também está belíssima em um vestido lilás todo esvoaçante. Os babados longos, cheios de renda, dão um toque nobre à peça.

— A coroa da mamãe fica perfeita em você. — Suas palavras tocam o meu coração. — Tenho certeza de que ela ficaria muito orgulhosa ao vê-la a usando. Bem, preciso achar o meu marido e a minha filha antes que ambos arrumem confusão.

Ao se inclinar, Elena estala um beijinho na minha bochecha para logo em seguida desaparecer entre os milhares de convidados.

— Nora, será que podemos dar uma volta pelo salão? — pergunto, entediada.

— Claro, vossa alteza!

Minha instrutora prontamente destrava a cadeira. Conduzo-a pelo painel automático, e seguimos para o centro da festa. Bem no meio da pista, há várias pessoas dançando música clássica. Gosto de ver os casais dançarem desde que era uma garotinha. Mamãe pagou aulas de dança para que eu aprendesse e me tornasse uma boa dançarina, já que princesas têm que fazer as honras.

Ela amava dançar e, quando dávamos festas assim enquanto ainda era viva, sempre permanecia com papai na pista.

— Se meu pai se casar de novo, gostaria que fosse com você — admito para Nora, que permanece aborrecida. Seus olhos brilham ao me fitarem. Nora não consegue se desapegar do que sente. Eu a compreendo muito bem; papai não precisava fugir daquele jeito. Mas o conhecendo bem, sei que voltará atrás. — Espero que Elena consiga algo hoje — continuo dizendo ao que ela segue muda. — Quero que saiba que não estou justificando ou encobrindo o meu pai. Mas talvez eu entenda o motivo de ele ter recuado.

Ela suspira, mais aliviada, e eu continuo.

— Ele amou muito a minha mãe. Ainda assim, sei que papai tem sentimentos fortes por você, Nora. Giuseppe só precisa entender que não existe nada de errado em querer seguir em frente. Você é uma pessoa boa, nunca mude. Cedo ou tarde ele irá a procurar de novo.

— Espero que sim. — Nora toca meu ombro com carinho. — Se não der certo, pelo menos gostaria de preservar a amizade que há entre nós dois. Espero que isso ainda seja possível.

— Sempre será — afirmo, certa do que digo.

Encerrando o assunto e fazendo a ronda pelo salão, tenho a oportunidade de conversar com vários convidados: o prefeito, os colegas de papai e os empresários que fazem parte da economia local. Há muitas pessoas que não conheço, contudo é interessante mesmo assim.

Cansada de tanta conversa sobre negócios e sobre o futuro da monarquia, resolvo parar e descansar embaixo de uma janela cheia de vitrais. Aceito uma taça do garçom, saboreando o gosto do vinho tinto, da produção especial da fazenda de meu cunhado.

Enquanto minha garganta queima levemente com o gosto forte do álcool, meus olhos percorrem o salão à procura de alguém. Talvez não seja certo inspecioná-lo e persegui-lo como faço. Porém, sinto necessidade de olhar para ele neste momento. Na verdade, estou procurando pelo major há um bom tempo, sem sucesso. Cogito a ideia de não estar presente.

— Ele está mais à sua direita. — Ouço a voz da doutora Cassandra se aproximar. — Dançando com uma moça.

Meu coração erra uma batida.

Não deveria me sentir assim, arrasada com a possibilidade de vê-lo se divertir com outra mulher. Balanço a cabeça e bebo mais um gole de vinho ao depositar minha concentração na figura da doutora — eu me nego a olhar na direção que ela indicou. Quando minha visão entra em foco, fico boquiaberta com a beleza que carrega consigo. Não é a primeira vez que tenho essa impressão, mas é como se Cassandra possuísse uma aura poderosa ao seu redor.

O jeito com que se porta, a perfeição e o tratamento cuidadoso com os cabelos trançados em um coque frouxo. Seus traços faciais são delicados como a flor mais sensível do planeta; o sorriso simétrico, os lábios cheios, os olhos brilhantes. Tudo isso a faz *especial.* O vestido cor-de-rosa cintila sob a luz dos lustres.

Se pudesse fazer um pedido sabendo que seria atendido, pediria para ter ao menos um terço de sua beleza e elegância. O corpo magro e definido a faz parecer uma *top model* superfamosa.

— A senhora está... — Perco as palavras, admirando tudo o que consigo captar de uma só vez. Ela sorri de lado. Apesar de querer demonstrar timidez, posso jurar que Cassandra já está acostumada com essa reação. Observo seus olhos indecifráveis, em cores que se misturam, no entanto ainda posso dizer que são azuis. — Fico feliz de vê-la aqui esta noite — continuo dizendo, envergonhada pela minha reação. — Desculpe, não queria ser inconveniente. Mas sim, estava à procura do major.

A doutora não demonstra ouvir as minhas desculpas. Contudo, seus olhos adquirem uma intensa luz ao me ouvir falar do oficial.

— Tenho certeza de que ele logo a tirará para dançar, querida — conclui ao aceitar uma taça. — A deixaram sozinha?

Assinto.

— Meu pai finalmente criou coragem para tirar minha dama de companhia para dançar.

Já não era sem tempo, posso ouvi-la sussurrar.

A doutora muitas vezes é uma incógnita.

— Vocês formam um belo casal — fala com clareza, voltando os olhos para o major na pista de dança.

Sigo seu olhar sem dizer nada e observo Maximiliano rodar e rodar com uma linda moça loira, de corpo e traços delicados. Parece ser mais jovem do que nós dois. O fato de não a inspecionar antes faz com que sinta ainda mais constrangimento por julgar o que não é verdade.

Ela deve ser uma conhecida, não uma namorada ou até mesmo noiva. Além do mais, se ele estivesse comprometido, não teria me notado.

— Você a conhece? — pergunto, entregando a taça ao primeiro garçom que atravessa em nossa frente.

— Não, querida. Mas suspeito que seja filha do tio dele.

Franzo o cenho.

Como ela sabe disso?

— Conhece o tio de Maximiliano? — disparo sem pensar, interessada.

Desconcertada com a minha pergunta, detecto seu nervosismo.

— Bem, sim. Conheci o pai do major também, éramos bons... — Suas palavras morrem assim que a música para de tocar. — *Amigos.* Preciso ir, alteza.

E simplesmente desaparece.

Acompanho sua silhueta sumir entre os convidados. Isso me deixa em alerta no momento em que uma constatação se passa em minha mente. *Será?* Mas não pode ser!

— Princesa.

Sou puxada para a realidade quando a voz de Maximiliano ressoa às minhas costas. Giro a cadeira e me deparo com os dois de braços dados. Diferente do que pensei, não sinto ciúmes. A menina sorri para mim com doçura, como se eu fosse uma artista superfamosa.

— Puxa vida! Ela é uma princesa de verdade! — Saltitante, a garota se empolga e se atira em meus braços. — É um enorme prazer conhecer a namorada do meu primo.

Namorada?

Esboço um sorriso gentil para ela. Enquanto a menina se recompõe e tenta fazer uma reverência encantadora, vejo Maximiliano preocupado com a guarda real. Eles não podem permitir que alguém me toque sem meu consentimento em eventos maiores, afinal, com tantas pessoas no mesmo espaço, os riscos aumentam. Indico ao soldado mais próximo que está tudo bem.

E eles sabem disso, no entanto precisam seguir o protocolo.

— O prazer é todo meu, senhorita... — começo a dizer, educada.

Gosto do espírito dela.

— Antonella, vossa alteza.

— É um lindo nome — comento. — Mas não sou a namorada do seu primo.

— Ainda... — Seu sorriso aumenta ao que dá uma pequena cutucada em Maximiliano. — Você sabe que tem que se apressar. Já está ficando velho.

Desta vez sou eu quem começo a rir, não conseguindo controlar. O major permanece parado, balançando a cabeça de um lado para o outro.

— Pelo visto vocês duas vão se dar muito bem.

— Com certeza! — digo, entusiasmada.

Antonella tem os olhos mais ligeiros que conheço e logo se apressa a dizer:

— Vou procurar um lugar para descansar. Tenho certeza de que vocês têm muito o que conversar.

E somos deixados para trás, um fitando o outro como todas as vezes que nos encontramos. Maximiliano me faz perder o ar. Veste um traje de gala encantador, todo branco com adornos em azul-marinho, com várias medalhas em seu peito, de ouro e prata, feitas nas cores da monarquia. Não posso deixar de perceber o quanto essa roupa o deixa ainda maior, e não é apenas pelo calçado que usa.

— A senhorita me concederia a honra de uma dança? — pergunta, estendendo-me a mão.

CAPÍTULO QUINZE

— Não sei... — Tento me esquivar assim que noto o interesse dos jornalistas. — Posso cair. Não sei se consigo...

Maximiliano se aproxima e me puxa para seus braços. Meus sessenta quilos não são nada para ele.

— Está na hora de confiar mais em mim, princesa.

— Eu confio. — Consigo dizer.

Levando-me até a pista, Maximiliano me ajeita com cuidado ao que o espaço à nossa volta é desocupado rapidamente. Pelo jeito, todos estão interessados no que pretendemos fazer.

— O que estão fazendo? — Fico apreensiva.

Varrendo o nosso redor com os olhos, o major sorri de lado.

— Estão nos oferecendo a pista. — Seu rosto de aproxima do meu. — Querem nos ver dançar.

A valsa começa a tocar tão logo nos posicionamos. Uma de suas mãos procura apoio em minhas costas enquanto a outra segura a minha. Em gestos demorados, começamos a embalar os corpos de um lado para o outro. Sinto minha garganta queimar e meus olhos marejarem. Há tantos anos não faço algo assim.

Quando a valsa chega ao seu ápice, nós giramos e rodamos sem parar, de forma devastadora, como se esta dança representasse o modo que precisamos respirar. E então o ritmo diminui.

Os flashes das câmeras brilham sem parar, e eu só consigo pensar em aproveitar o momento. Percebendo que sou capaz de dançar, culpo-me por não ter tentado antes. Questiono-me em silêncio o que Maximiliano tem para fazer com que eu seja capaz de tudo.

Só pode ser alguma magia.

— Me desculpe pelo o que disse no lago — peço ao pé de seu ouvido.

Ele demora a responder, mas, quando o faz, sinto que me pressiona contra o seu corpo.

— Está tudo bem, não precisa se desculpar.

Suas mãos seguram as minhas, guiando-me para um giro. Ao retornar para os seus braços, nossas bocas quase se encostam; tanto que sinto necessidade de umidificar meus lábios com a ponta da língua.

— Senti falta de tocá-la, de sentir o seu cheiro... — sussurra, quase me beijando. — Você está fabulosa neste vestido, Louise. É sem dúvida a princesa mais linda de todos os reinos. — Comprimo os lábios ao passar os braços ao redor seu pescoço, sentindo o calor de sua pele. É impossível não fechar os olhos para suspirar com a sensação que me causa. — Ainda sinto vontade de tirar a sua roupa — admite, fazendo-me encará-lo.

Apesar de surpresa, gosto de sua ousadia.

— É difícil de tirar este vestido, senhor — desafio. — E não é adequado que continue por esse caminho.

Como se ainda fosse possível, Maximiliano aperta meu pequeno corpo contra o seu com mais vontade, quase me deixando sem ar algum para que possa amenizar a explosão que se apossa de mim.

Suas mãos contornam minha cintura, e sinto seu toque na parte aberta do vestido às minhas costas.

— Tenho certeza de que não me demoraria com ele. — Seus lábios desviam dos meus, repousando em minha bochecha direita. — Terei o maior prazer em provar esse fato, alteza.

Começo a rir de suas investidas.

— A nossa sorte é que ninguém sabe o que estamos dizendo. — Sorrio, certa de que isso o fará recuar.

Não é o que acontece.

— Não, minha princesa. — Seus lábios estalam e sua língua toca minha pele com cuidado, rastejando até meu ouvido. — Sorte teremos quando estivermos trancados em um quarto para que eu possa terminar o que comecei no lago.

— O que pretendia? — pergunto, pretensiosa. — Se não tivéssemos sido interrompidos...

Sua boca se afasta do meu rosto e seus olhos ficam escuros, tão negros quanto o céu lá fora. Agora mais do que nunca estão carregados de desejo.

— Você verá. Eu a esperarei em meu quarto depois do baile. Estou hospedado no palácio, a convite de seu pai.

Sou girada uma última vez, atordoada com a sua proposta.

Um frio intenso percorre minha barriga enquanto desço o lance de escadas. Sorrateira, desvio de cada guarda, tomando cuidado para não ser vista. Não posso usar o elevador privado, feito com exclusividade para mim, tampouco o de uso comum, destinado aos empregados e aos objetos que não podem ser transportados pela escadaria.

Com a ajuda das muletas, chego ao corredor em que Maximiliano está hospedado. Ao me deparar com a porta de mogno escuro, percebo que não há luz na fresta inferior, o que me faz cogitar a possibilidade de não haver ninguém no quarto.

O que me deixa apreensiva.

— *Miau.*

Ouço Hórus ronronar ao meu lado, esfregando-se em minhas pernas como o gato manhoso que é. Ele me encara, curioso, e, assim como eu, está obcecado por esta porta.

Olho de uma ponta a outra do corredor, e percebo que estarei sozinha por pelo menos vinte minutos. Aí, a guarda passará a circular pelo espaço para proteger os hóspedes.

Do outro lado do corredor, vejo outra porta. Deduzo ser os aposentes de Antonella.

Há tão pouca luz que o cintilar da lua mal ilumina a passagem. Respiro fundo e tomo coragem, ouvindo o som do meu coração se sobressair em comparação à música lá embaixo. O baile ainda não terminou.

E cá estou, batendo à porta do quarto dele.

Alguns segundos se passam, até que um clique vem da fechadura. A porta é aberta e, ali, abraçado pela penumbra da noite, Maximiliano se revela. Seu corpo está nu da cintura para cima, exibindo o tórax robusto, cheio de músculos, com a pele tão lisa que chega a ser aveludada. Sinto-me salivar com a vontade de tocá-lo.

Nossa diferença de altura faz com que eu tenha de erguer o olhar para encontrar seu rosto — sombrio e devastador, são as palavras que o descrevem nesta noite.

Ele também me analisa.

Em completo desejo.

Seus olhos são banhados por uma chama escura, um fogo que incendiará a minha alma como já faz com a dele. A fome, a paixão e o amor se sobressaem nas orbes azuis.

Ao que nossos olhos se encontram, tenho certeza de que é isso o que ele me entregará toda vez que estivermos juntos.

Desvio o olhar, sentindo-me quente por permanecer presa a eles por tanto tempo. Noto, enfim, que Maximiliano ainda usa a calça branca do traje de gala.

— Não precisa ter vergonha de me olhar, princesa — fala com um ar sedutor. — Sou todo seu. *Para sempre,* se assim quiser.

Dou um passo para trás ao ser atingida por suas palavras. Largo as muletas, que vão ao chão, quase atingindo Hórus. Apesar disso, o gato não se assusta, já acostumado com o meu jeito desastrado.

Para a minha surpresa, o animal passa entre o vão no meio das pernas do major e corre para subir em sua cama.

— Que audácia! — Solto sem pensar.

Maximiliano escora o ombro no batente. Com um sorriso de lado, ele continua:

— É só o começo, *amor.*

Estreito os olhos e cruzo os braços ao ser inspecionada outra vez.

Estou com um simples robe de renda branca por cima da camisola de seda que uso como pijama. Conforme cada parte de meu corpo é vista, sinto como se fosse entrar em ebulição, como se minha pele pegasse fogo.

É o efeito de sua paixão sempre que seus encantos recaem sobre mim.

— É você quem está me comendo com os olhos! — julgo, um pouco incomodada.

Não quero deixar tão à mostra o que faz comigo.

Além do mais, eu também sei mandar. Passei a vida dando ordens, e com ele não será diferente, ainda mais quando preciso vencer suas investidas e provar ser melhor do que ele nisso.

— Aí é que você se engana, princesa. Vi o jeito que me olhou instantes atrás. — Sua mão desce pelo abdômen definido e meus olhos a acompanham. Engulo em seco. — *Comer* você com os olhos é só o começo. Você irá gostar mais quando eu começar a comê-la com a boca. – Seus lábios se esticam em um sorriso. *Safado!* Desce ainda mais a mão, até o fecho da calça, onde um volume se concentra entre suas pernas. – E quando for com ele, você estará perdida.

Desta vez não recuo, pois sei que não teria volta se o fizesse.

– Por que está agindo assim apenas agora? – questiono, ainda atordoada. Estreita os olhos em minha direção e passa a acariciar o membro rijo por cima da calça, o que me obriga a evitar encará-lo. Tenho de me concentrar, manter-me firme sob seu olhar, por mais desafiador que seja. Ele aguarda por uma pergunta mais clara. – No momento em que nos conhecemos, achei que... – Interrompo-me, sem conseguir encaixar as peças sozinha.

– Achou que eu fosse um garoto mais comportado? – deduz, e assinto.

– O senhor está longe de ser um garoto. É um homem que não consigo decifrar – confesso. – Desde que o conheci, como por um milagre voltei a andar. É como se a minha cura dependesse apenas da sua chegada em minha vida. Para não mencionar que pouco sei sobre você. Eu o acho especial – acrescento, angustiada com seu silêncio prolongado. – Por algum motivo eu o enxergo de uma forma diferente.

– E que forma é essa?

Passo a língua pelos lábios antes de prosseguir, vendo-o atento à qualquer movimento.

– Já questionei outras mulheres sobre isso, se conseguem ver a aura que vejo em torno de você. A luz, o brilho. É quase como se existe um magnetismo. Mas não sei explicar o que é.

Pende a cabeça para trás, como se precisasse ver por outro ângulo.

— Como chegou a essa conclusão?

Seu interrogatório não tem fim.

— Ainda consigo ver, apesar de estar mais intensa e escura neste momento.

— É o reflexo do desejo que sinto — ele assume. — É o que a senhorita causa em mim.

— Então quer dizer que estou certa sobre você? — indago com uma sensação estranha no peito.

Porque, se for verdade, o que ele *é*?

—Talvez — responde, vago. — Suas observações são interessantes, nenhuma mulher já me enxergou dessa forma antes. Ainda assim, não foi por isso que a chamei até aqui.

— Desculpe — peço, corando com facilidade. — Fiquei duvidando do que tudo isso significa. Não sei o que você é nem o que pretende.

Não me refiro apenas aos meus sentimentos, como também ao que ele *é* de verdade. E o que será de nós a partir desta noite.

Um super-herói?

Um bruxo?

Um feiticeiro?

— O que sou para você, Louise? — Surpreende-me.

Poderia deixá-lo curioso, fazer o mesmo jogo que faz comigo. No entanto, quero que saiba a verdade para que a preserve.

— É a parte de mim que perdi. Todo esse fogo e paixão que vejo em seus olhos... É como se pertencessem apenas ao meu coração. E a ninguém mais. — Não consigo conter o impulso e me aproximo dele outra vez. Antes de qualquer coisa, quero ter certeza de que não cometeremos um erro. — Se eu passar por esta porta, independentemente do que acontecer aí dentro, me prometa que não será como ele — peço num fio de voz, torcendo para que o major compreenda ao que me refiro. E compreende. Seus olhos ficam furiosos, carregando uma amargura que consigo sentir na alma sem nem mesmo o tocar. — Porque, se for, meu coração não vai aguentar — concluo.

As lágrimas molham meu rosto. Ele as enxuga, uma a uma, com um gesto tão suave e gentil que mal posso senti-lo. Então, ao se dar por satisfeito, segura meu rosto com mais firmeza, puxando-me para mais perto.

— Jamais serei como ele, Louise. — O sopro de sua voz aquece minhas bochechas. — Nem aqui nem em qualquer outro lugar.

— Você jura?

— O quanto você quiser. — Seus olhos não me deixam. — Não sou de fazer promessas, pois não acredito que sejam o suficiente. A única coisa que posso oferecer é a certeza de que, se você me entregar o seu coração, eu lhe entregarei o meu. — Seguro sua mão contra meu rosto e a puxo para os meus lábios. Ele os acaricia com o polegar grosso. O ato me parece erótico demais para não querer chupá-lo. — Isso é o suficiente? — pergunta em um sussurro.

Fecho os olhos.

— Sim, é o suficiente. — Delicio-me com seu toque. — Minha lealdade, amor e devoção podem pertencer a você, se os quiser...

Não tenho tempo de terminar nem de agir contra meus instintos. Maximiliano me toma em seus braços cheio de um imenso desejo. Consigo ver a luxúria, o fogo ardente, queimando como brasa. É quase como se minha pele queimasse em contato com a sua.

Gemo em devoção.

— Quero. — Seus lábios roçam os meus, deixando faíscas por seu caminho. — Retribuirei da mesma forma.

E isso é o suficiente para mim.

Sou tomada pelo beijo mais intenso e profundo que já recebi na vida. Sua língua se esgueira para dentro de minha boca, tomando tudo para si, arrancando meu coração do peito. Retribuo em um compasso ritmado, a ponto de ficar sem ar em instantes. Respirar já não me parece tão necessário.

Levo as mãos aos seus ombros largos e sou obrigada a soltar um gemido ao que o beijo se desfaz. Eu o encaro, confusa, pronta para perguntar se está tudo bem.

No minuto seguinte, entretanto, sou puxada para dentro do quarto escuro, a porta se fechando atrás de mim. Sinto seus olhos me devorarem conforme desce as mãos pelo meu busto, desfazendo o nó do robe e o jogando no chão.

Fico envolta apenas pelo tecido fino branco e rendado, quase transparente, da camisola. Os bicos enrijecidos se fazem notar, capturando seus olhos. Vejo-o salivar e morder o lábio, doido para experimentá-los.

Pego-me em uma situação que não achei que vivenciaria tão cedo, pelo menos não com Heitor. Ele nunca me viu como uma mulher capaz, e sim como um meio de chegar ao poder.

Maximiliano, por outro lado... Ah, Max faz com que eu me sinta uma deusa, uma escultura rara a ser apreciada com esmero.

— Posso...? — Sua voz sai arrastada, falha, seus polegares espremendo meus seios sensíveis. Reviro os olhos com a sensação. — Não farei nada que não queira. Eu só...

— Só precisa me chupar? — provoco em meio a um suspiro, embriagada com seu cheiro.

Max oferece um assentir lento, parecendo hipnotizado, antes de afastar as alças estreitas de meus ombros, furtando-me da única coisa que cobria meus seios pequenos e redondos. Desce as mãos, roçando a ponta dos dedos por minha barriga, até chegar em meus glúteos. Com um impulso, entrelaço as pernas ao redor de seu quadril.

Parecendo incapaz de se conter, Maximiliano me prensa contra a parede. Somos tomados pelo ar misterioso do quarto, exatamente do que precisamos. Ninguém nos verá.

Um ardor delicioso me percorre assim que os dentes de Maximiliano roçam o bico do meu seio direito. Jogando a cabeça para trás, travo as unhas em suas costas. Ele parece gostar. E então corre a boca por minha pele em direção à curva do pescoço, determinado.

E eu estou adorando.

Maximiliano volta a me beijar, deslizando nossos corpos pela prateleira de livros. Sou incapaz de conter a risada divertida que escapa ao ouvir alguns exemplares caírem, assoprando-a para dentro de sua boca sedenta.

Ele volta a deslizá-la por meu corpo, sem se deixar abalar, beijando e acariciando cada pedacinho exposto da minha pele. Sua devoção é palpável.

Enquanto chupa a curva do meu busto esquerdo, desliza a mão pela minha barriga, embrenhando-a no calor entre minhas pernas. Sinto meu corpo pegar fogo.

Ele se afasta apenas o bastante para me encarar, como se quisesse gravar minha reação em sua memória. Em um gesto deliciosamente lento, afasta a calcinha para o lado e vai em direção ao que tanto almeja. Não sei até que momento aguentarei ter outra pessoa comandando meu corpo, por mais prazeroso que seja.

— Você está encharcada, *princesa.* — As palavras soam arrastadas, quase doloridas tamanha força que faz para se controlar.

Seus dedos me exploram com uma calma saborosa, até que encontram meu clitóris. Seguro-me em seus ombros ao que o aperta e massageia com o polegar. Um gemido demorado rasga minha garganta assim que tenta introduzir o primeiro dedo.

— Max... — imploro, encostando a cabeça na prateleira. — Eu...

Ele aproxima o rosto do meu, mergulhando o dedo ainda mais fundo em mim, indo e vindo, suave.

— Diga, *amore mio*.

Fico fascinada com o movimento erótico de seus lábios. O calor do seu hálito fresco parece me puxar para um novo beijo. Porém, antes que possa falar qualquer coisa, somos interrompidos por uma batida à porta, seguida pela voz de um guarda.

Com um grunhido frustrado, ele beija minha testa e tira o dedo de mim aos poucos antes de me colocar no chão. Sinto-me vazia assim que a distância entre nós se faz notar. Ainda assim, escondo-me no canto mais escuro da prateleira ao que ele abre uma fresta da porta.

— Boa noite, senhor. — Vejo o guarda do outro lado, batendo continência antes de continuar. — Uma reunião de emergência foi convocada. A princesa também deve comparecer.

A postura dele fica rígida com o que essas palavras podem significar. Os segundos se arrastam, agoniantes, até que me dou conta de que as muletas ficaram no corredor, esquecidas no chão para quem quisesse saber minha localização.

— Eu a avisarei — ele responde apenas, autoritário. — Chegaremos em meia hora. E, soldado... — chama quando o homem faz menção de se afastar. — É bom que não conte a ninguém onde encontrou a princesa. Para a segurança dela.

— É claro, senhor.

CAPÍTULO DEZESSEIS

Acreditei que seria uma reunião como qualquer outra ou ainda mais entediante. Apesar de esta probabilidade ser alta, não é o que acontece. O primeiro sinal, que eu deveria ter notado logo, é que são quase quatro da manhã de um sábado.

Nunca temos encontros de Estado antes das oito da manhã em ponto. E se fossem sobre os assuntos da Sardenha, bem, só podiam acontecer nos piores momentos.

Como agora.

Ao passar pela porta do gabinete de papai e ver ao menos dez homens se levantando para se curvar em minha direção, tenho a certeza de que o assunto a ser tratado não me agradará nem um pouco.

Conheço a maioria dos presentes: o chefe da guarda real do palácio, o segurança pessoal de papai, assim como o meu. O secretário destinado aos serviços reais, meu principal conselheiro, Gregory, também está aqui, com a expressão fechada e um tanto sombria, como se o mundo estivesse prestes a ruir.

Nada é pior do que ver o primeiro-ministro do palácio real da província de Sassari, o homem mais importante depois do atual rei, meu primo. Meu sangue gela e meu corpo decide permanecer parado em frente à longa mesa marfim. Se o primeiro-ministro está aqui, é porque a situação é catastrófica.

No mínimo devastadora.

O que me faz pensar em duas possibilidades: ou estamos em guerra ou algo de muito sério aconteceu no palácio. Temo as duas possibilidades mais do que qualquer coisa.

Torço para que os homens presentes não consigam ver além da expressão serena que tento manter. Ainda sinto o gosto dos lábios de Maximiliano, que me analisa de sua posição à ponta da mesa. Papai também nos observa; decerto já o informaram sobre nós.

Apesar de ter me trocado e agora me apresentar como uma princesa deve se apresentar em uma reunião de emergência, ainda sinto o fantasma da habilidosa língua do major correr por meus seios, deixando-os doloridos de tanto prazer. Meu corpo está coberto com as marcas de seu amor.

Mas não posso permitir que as lembranças ocupem minha mente. Preciso mantê-la em alerta – por mais difícil que seja depois de ser anestesiada pelos sentimentos de Maximiliano.

Com Nora ao meu lado, consigo deixar as últimas horas para trás e seguir até meu lugar ao lado do primeiro-ministro. Ele me oferece a mão em um cumprimento, e eu a aceito, ao que ele faz uma reverência muito bem ensaiada.

– A que devo a honra de sua visita, senhor ministro? – pergunto, desejando que a conversa não se estenda por muito tempo.

O homem de meia-idade à minha frente, pelo menos dez anos mais jovem que papai, mantém a barba bem cuidada rente ao rosto, e não se mostra capaz de mascarar a surpresa por me ver andar.

Sendo justa, eu mesma não sei como é possível. Não quero acreditar que apenas o *carinho* que sinto por Maximiliano seja o suficiente... Talvez o *amor* dele tenha a capacidade de me curar?

– A senhorita precisará se sentar – aconselha, voltando a si. Seus olhos ficam duros, embora não seja severidade, e sim cansaço. – Precisamos conversar.

Se o conhecesse bem o suficiente, diria que está nervoso. Não por minha presença – não, ele está acostumado a viver em meio à realeza —, e sim pelo motivo que o trouxe até aqui. E com isso, lembro que só o vi duas vezes na vida: quando ainda morávamos na Itália e quando mamãe faleceu.

Não há a menor possibilidade de ele trazer boas notícias, concluo, em especial por não terem anunciado que viriam.

— Muito bem, vocês têm a minha atenção — anuncio com um suspirar pesado, acomodando-me na cadeira estofada.

Noto os soldados da elite da guarda real ao redor da sala e deduzo que acompanham o primeiro-ministro, uma vez que nosso palácio não recebe uma proteção tão especializada.

Lá fora, os jornalistas gritam pedidos ao que suas câmeras brilham, iluminando as primeiras horas da manhã. O som de carros entrando na propriedade abafa as vozes deles, seguido pelo portão sendo fechado à força.

— Estou começando a ficar preocupada — comento, sem gaguejar e surpreendendo a mim mesma.

Minha fala mais pareceu uma ordem.

— Querida — papai me chama —, não queria preocupá-la. — Olho para ele, esperando que continue. Ele está tenso. — A situação na Itália não está boa. Sassari está em completo caos.

Franzo o cenho, confusa.

— Não consigo imaginar por que isso aconteceria na ilha.

Minhas palavras não surtem efeito, o clima continua tenso. Sassari é enorme, lembro, ficando igualmente tensa; é uma parte importante do que chamam de Sardenha.

— Venho em nome de sua avó, a rainha consorte Ana de Sardenha. Ela me pediu que lhe apresente a real situação do reino. — O primeiro-ministro faz uma pausa e se acomoda na cadeira ao lado de meu pai. — Sabemos que, pelos seis anos do reinado do rei Felipe III, a população nunca ficou de fato satisfeita com ele. Agora, há um mês o povo se manifesta contra a regência. — Suspira. — Entre todos os motivos, o mais relevante é a falta de investimento em maquinário para a extração de minério. O prejuízo chegou a tanto que não há mais como pagar os funcionários.

Sinto meu coração pesar com essa realidade.

— Isso é realmente triste — comento num fio de voz, juntando os dedos sobre o colo —, mas não sei o que esperam que eu faça, ministro.

— A senhorita é filha da princesa herdeira — ele diz, como se isso devesse responder todas as minhas dúvidas. Analisando-me, continua: — E terá um vínculo com a monarquia enquanto esta existir. Como a senhorita bem sabe, seu avô faleceu há seis anos, contudo apenas agora encontramos o documento que ele formalizou nos primeiros anos de reinado. Ele se garantiu de tornar oficial que a senhorita sempre terá direito à sucessão do trono, mesmo sua mãe tendo abdicado.

Minha cabeça gira com o pavor que suas palavras causam. Maximiliano aperta minhas mãos.

— Isso não é possível... — Minha voz quase não sai.

Se isso for verdade, então... Então passei a vida acreditando em algo distorcido.

O primeiro-ministro não parece me ouvir e continua:

— Estamos investigando como aconteceu, mas a mídia conseguiu uma cópia do documento. O país está em alvoroço.

— Não entendo como vovô conseguiu fazer isso. Existe essa possibilidade? — questiono e sinto Maximiliano correr os dedos pelos meus, entrelaçando-os em um gesto reconfortante.

Eu o olho por alguns instantes, encontrando os olhos azuis mais doces que já vi.

— Sim, é algo que pode ser feito desde o reinado de Aragão, seus antepassados. É uma forma de garantir que os herdeiros tenham escolha. Sua mãe não quis governar, mas isso não significa que a senhorita também não queira.

— E como não sabiam disso? De que forma um documento desse passa despercebido?

Essa história tem tantos furos...

— Acalme-se, princesa — pede visivelmente nervoso. — Trabalho para a monarquia desde que sua mãe começou a ser treinada para assumir como rainha. Ninguém teve motivos para suspeitar da existência de tal documento. Bem, na verdade sua avó sabia, mas, em respeito ao desejo de sua mãe, preferiu manter-se em silêncio para que vocês tivessem a oportunidade de uma vida normal.

— E agora você veio me pedir para reconsiderar a vontade de minha mãe — termino por ele. — Porque Sassari está à beira de um colapso.

A forma como abaixa a cabeça é resposta o suficiente.

— As manifestações estão concentradas em uma província próxima a Sassari, contudo as demais estão se juntando à causa. Sua família governa por toda aquela terra e é responsável pela prosperidade de seus súditos. Margareth era inteligente e sabia que tal documento poderia existir, mas nunca imaginou que o próprio pai o redigiria — termina de explicar, aliviado por colocar todas as cartas na mesa.

Cresci sendo preparada para assumir o trono, com aulas particulares, reuniões com aliados e tudo o que pudesse precisar. Na época, achei bobagem, já que nunca poderia fazer jus ao legado da família. Agora, contudo, vejo como meu avô e minha mãe haviam preparado o meu futuro.

— E o que o senhor me aconselha a fazer? — pergunto.

Tenso, ele solta um longo suspiro antes de responder.

— Por ora, precisamos de cautela. Não podemos conversar com a mídia por nenhum motivo, e já estamos retirando os jornalistas que estão em frente ao palácio. Não queremos que nada que a família real tenha a dizer seja distorcido. O conselho da corte, por sua vez, está avaliando a legitimidade do documento. Se for legítimo, e a você interessar, a coroa será sua. Teremos apenas de esperar o pronunciamento do rei, abdicando.

E simples assim, o impossível passa a ser possível. Posso ser *rainha*. Busco o olhar de Maximiliano, fixando-me no brilho reconfortante dele, que deixa claro que irá me apoiar.

Sinto os olhos de papai em mim, orgulhosos. Nunca o vi assim, ainda mais se levar em conta o desgosto que sente pela monarquia. É um lado seu que não conheço e que me faz pensar que ele deseja, sim, que eu assuma o lugar do meu primo, mesmo que Felipe III já tenha filhos aptos a herdar a coroa.

— Tenho apenas mais uma pergunta — digo, antes que possam dar a reunião por encerrada. O primeiro-ministro se mostra atento, disposto a responder tudo e qualquer coisa que eu possa querer saber. — O povo me aceitaria? Aceitaria a filha da princesa que abdicou da coroa por amor, que se casou com um homem divorciado que tem uma filha de outro relacionamento?

Sei que essas palavras magoam papai, como também sei que ele entende o motivo de tê-las dito.

— Sim, alteza. O povo pede por um herdeiro legítimo, e seu primo não atende todos os requisitos. Ele foi coroado apenas por ser o único que poderia assumir na época. — Ele faz uma pausa e olha de soslaio para meu pai. — Além do mais, o coronel Giuseppe é descendente direto da família Garibaldi, o que torna você, princesa, a sucessora de um famoso revolucionário italiano.

Noto o pequeno sorriso que estica os lábios de papai e sei que ele está bem com a situação, em especial agora que a família real parecia reconhecê-lo como um nobre.

CAPÍTULO DEZESSETE

O sol brilha com força atrás da colina, coberta pela mata que circunda o Grand Canyon. Depois de uma madrugada turbulenta e um sábado desafiador, papai acordou cedo no domingo e, intimando Cristóvão e Elena, decidiu nos trazer para o sítio de caça da família.

Não coloco os pés nestas terras desde que mamãe faleceu.

A elite da guarda real está espalhada pela propriedade, ainda que foque a proteção da casa principal — que mais parece uma mansão de pedra e me faz lembrar da casa de minha irmã. Esses homens estão aqui por ser protocolo e "sugestão" do primeiro-ministro, que não demorou a voltar para a Itália, deixando-me cheia de dúvidas e medos sobre ser rainha.

— Muito bem, crianças! — papai começa a falar, empolgado. Volto-me para ele ao mesmo tempo que Cristóvão, Elena e Maximiliano. Antonella e Olívia ficaram com Nora na casa; uma por ser nova demais para caçar, a outra por não gostar e ter medo de entrar na mata. — Peguem o que conseguirem carregar — instrui, indicando a tenda embaixo da qual as espingardas para caçar gansos esperam. — Vamos nos dividir em equipes. Elena e Cristóvão irão comigo, e Louise ficará sob os cuidados do major. Ganha quem caçar mais.

Seus olhos não escondem o brilho desafiador que os toma. Sei que ele se diverte muito com isso, são seus dois passatempos favoritos juntos.

— Não cante vitória antes da hora, coronel — provoco.

Analiso as armas disponíveis e escolho a mais leve. Maximiliano sorri ao meu lado, juntando a munição. Não me demoro a encher os bolsos da grossa jaqueta de couro com as balas.

Estamos todos em roupas confortáveis, quentes e verdes, para melhor nos camuflarmos. As botinas um tanto pesadas são a forma mais segura de andar pela mata — e mais do que qualquer outra coisa, é a parte de caminhar sem apoio que me preocupa; não sei até onde chegarei. É a primeira vez tento caçar desde o acidente.

As equipes se separam, indo em direções opostas. Sigo Maximiliano, mantendo a arma colada junto ao corpo. Seguimos a passos cautelosos, evitando escorregar no musgo espalhado pelo chão.

O sol se estica por entre as copas das árvores, espantando o frio. Aproveito enquanto a mata não se fecha para me aquecer. O ar está leve, puro e cheiroso. Amo o aroma verdejante que quase não alcança o centro da cidade. Aqui tudo se intensifica.

Sei que, em mais vinte minutos de caminhada, encontraremos um grande lago rodeado pelo campo luminoso e vasto em que os gansos gostam de ficar. Maximiliano vem atrás de mim, com os olhos atentos, confiando que conheço o terreno melhor do que ele. Sinto como se fosse a líder da equipe.

Lembro-me dos dias que passávamos à beira do lago espelhado em meio a um delicioso piquenique e mergulhos.

Ainda consigo sentir o aroma da torta de morango que mamãe fazia... As lembranças trazem consigo uma sensação nostálgica gostosa, que parece envolver meu coração.

— Estamos quase chegando? — Maximiliano quebra o silêncio.

O orvalho escorre pelas folhas das altas árvores, molhando nossos casacos. Ao redor do pescoço, carregamos um cachecol grosso; na cabeça, uma touca de lã coberta pelo capuz do próprio casaco impermeável.

Olho de relance para ele, e não consigo deixar de notar que seus lábios continuam bonitos, mesmo que o frio comece a ressecá-los. A ideia absurda que um beijo lhes devolveria a maciez passa pela minha cabeça.

— Precisamos andar um pouquinho mais, Max — respondo, forçando-me a ficar no presente.

Ele abre um sorriso de canto.

— Meu pai me chamava assim — revela, surpreendendo-me. Passando a arma para o outro braço, oferece: — Quer que eu carregue a sua?

Nego com a cabeça.

— Não se preocupe, preciso dela para derrubar os gansos antes de você. — Dou de ombros, convencida. Seu sorriso se alarga com minha resposta bem bolada. Ainda assim, sei que algo o incomoda. — Desculpe, não quis despertar memórias ruins ao chamá-lo por um apelido tão íntimo. Vou pensar em outro.

— Tudo bem, já faz muito tempo. Ninguém mais me chama assim.

Assinto e decido dar o assunto por encerrado. Com o silêncio, posso ouvir os gansos ao longe.

— Estamos quase chegando — aviso, empolgada.

Apresso o passo, sentindo um leve desconforto nas pernas. Cogito a possibilidade de estar imaginando coisas, quando, além dos gansos, ouço um barulho diferente — oco e certeiro, como se algo corresse em nossa direção.

— Está ouvindo isso? — Maximiliano pergunta e para de forma abrupta, erguendo a arma. Faço o mesmo, e, em instantes, nós dois estamos prontos para disparar contra qualquer animal selvagem. Recuso-me a acreditar em qualquer outra possibilidade; a propriedade é monitorada por câmeras e drones. — Fique atrás de mim, princesa.

Maximiliano se coloca à minha frente, usando seu corpo como escudo e obstruindo parte de minha visão. Não reclamo, estou exausta demais para bancar a forte.

Ao me concentrar mais no barulho, percebo que as batidas parecem o pulsar de um coração. E, então, o som se torna óbvio: é o galopar de cavalos, os cascos duros e robustos indo de encontro ao chão escorregadio da mata.

Penso em dizer algo ao major, mesmo tendo a certeza de que ele deduziu o mesmo, no entanto não tenho tempo de fazê-lo ao que dois belos animais surgem diante de nossos olhos. Um homem e uma mulher montam dois garanhões e disputam uma corrida, as capas pretas que os protegem da garoa esvoaçando atrás deles.

Fico fascinada com os cavalos – um marrom e menor do que o garanhão branco ao seu lado. Detenho-me no cavalo branco, notando a postura alerta e assustada, coisa que não parece incomodar seu cavaleiro. Abaixo a arma, permitindo-me relaxar, e aciono a trava de segurança. Maximiliano faz o mesmo.

– Ora, ora, ora. – Heitor revela seu rosto arrogante por baixo do capuz. – O que temos aqui? Um soldadinho e uma menina que gosta de brincar de ser *rainha*.

Ele solta um riso zombeteiro, parecendo convencido de que isso é o suficiente para me magoar. A bela moça ao seu lado não se arrisca a baixar o capuz; ainda assim, consigo ver os olhos escuros e a pele clara que parece reluzir sob a luz do sol. Pelo tom escuro de suas sobrancelhas, deduzo que tem os cabelos cor de chocolate. É o tipo de mulher com quem Heitor raramente se envolve.

– Está com inveja porque não se tornará rei? – pergunto, colocando-me ao lado de Maximiliano, adorando provocá-lo. – E pelo visto você não sabe o que "propriedade privada" quer dizer.

Faço questão de erguer a cabeça para manter a melhor postura. Heitor dá um sorrisinho zombeteiro, ressentido pelo fato de que jamais terá posse da coroa. Mas não ousa voltar a tocar no assunto ao falar:

— Há um buraco no cercado depois do lago, é fácil ter acesso a essa região, que muito em breve voltará a ser da cidade.

Suas palavras fazem meu sangue ferver. Heitor sabe que meu pai comprou estas terras em uma tentativa de proteger milhares de hectares de vida silvestre, impedindo que empresas desmatassem por completo a região.

— Já chega! — Enfurecida, caminho em sua direção.

Perdida em diferentes planos de como derrubá-lo do cavalo, esqueço-me de que ele é uma cobra traiçoeira. Com um comando, obriga o animal a cabrear assim que estou a poucos passos. Um flash do passado passa em frente aos meu solhos e, assustada, recuo, tropeçando e caindo de costas, a espingarda deslizando para longe de minha mão.

À minha frente, o garanhão continua no ar, com as patas dianteiras encolhidas junto ao corpo musculoso, pronto para me pisotear como se fosse uma barata. Em um reflexo, ergo as mãos para proteger o rosto, apenas esperando pelo momento em que os cascos pesados e duros me subjugariam.

O momento não chega. Ergo os olhos, encontrando as costas largas de Maximiliano à minha frente, protegendo-me. De sua boca saem palavras estranhas, que fazem o animal arregalar os olhos.

Quase como se compreendesse o que o major tem a dizer, o animal volta as patas ao solo e abaixa as orelhas pontudas antes de desaparecer floresta adentro, levando Heitor consigo. O homem grita em vão para que o cavalo pare, desesperado.

Sem pronunciar uma palavra sequer, a moça que o acompanha aperta as rédeas e cutuca a barriga do animal com a ponta de suas botas, galopando apressada atrás daquele encrenqueiro.

Em vez de me sentar e bater a sujeira da roupa para me levantar, permaneço no chão coberta de folhas secas. Se a roupa de caça não fosse impermeável, estaria molhada dos pés à cabeça.

Percebendo que estou imersa em pensamentos, Maximiliano me oferece a mão, puxando-me e me ajudando a ficar em pé.

— Obrigada — falo quase em um sussurro.

Seus olhos estão cheios de preocupação.

— Está tudo bem? — O som de sua voz me acalma.

Concordo com um movimento de cabeça, torcendo para que não faça mais perguntas.

Resolvo questioná-lo primeiro.

— O que foi aquilo?

Uma expressão de confusão se mostra em seu rosto. Após alguns instantes, Maximiliano cede à minha curiosidade.

— Os antigos gregos costumavam falar com os cavalos de uma forma diferente. Acho que eles estavam certos, existe mesmo uma língua a qual eles ouvem.

— Pediu ao cavalo que disparasse? — suponho um tanto impressionada.

Ele assente.

— Minha mãe era grega, aprender o idioma me aproxima dela.

— Sei bem como é. — Suspiro, voltando a andar. — Vamos prosseguir com a caçada...

Estou mancando, embora não saiba se por ter caído e se pelo cansaço. Torço para que o incômodo passe, senão não conseguiremos voltar à casa principal, estamos muito longe. Seguimos pela trilha e, tão logo me alcança, Maximiliano trata de perguntar:

— Por que estava com tanto medo daquele cavalo?

Esboço um sorriso sem emoção e continuo olhando para frente. O céu nublado esconde o sol e reflete o que sinto neste momento. Mesmo não querendo responder, o faço:

— Não estava com medo. Ele só me lembrou de alguém. — Desconfortável, sei que seu interesse em me questionar terminará em breve. — Quando praticava hipismo, tinha uma égua branca, que ganhei dos meus pais. Era muito parecida com aquele cavalo. Achei que...

— Fosse ela — completa, capaz de identificar tudo o que guardo dentro de mim. Ele tem essa pose de homem durão e perigoso, mas não é difícil enxergar seu coração. — O que aconteceu? Ela fica no estábulo do palácio?

Nego com a cabeça e sinto minha garganta queimar.

— A minha última competição foi poucos dias depois da minha mãe falecer. Acredito que o luto me afetou tanto que acabou interferindo em minha performance — conto, sem me importar com as lágrimas que molham meu rosto. — Quando caí, perdi a sensação nas pernas na mesma hora e demorei muito para voltar a sentir qualquer coisa.

Paro diante do lago, admirando as margaridas branquinhas que o abraçam. Mais à frente, os gansos se agrupam no gramado, enquanto outros aproveitam para nadar.

Maximiliano para ao meu lado, admirando a natureza escurecida pelas nuvens cinzentas que escondem o céu.

Não falta muito para que a chuva caia.

Sem perder mais tempo, miro o ganso distraído em meio às margaridas, cinzento e robusto. Engatilho a arma e dou o primeiro disparo, acertando-o com perfeição.

— Você é boa — o major observa, admirado.

— Temos que voltar com alguma coisa, senão papai vai pegar no nosso pé. — Sorrio ao me lembrar de sua competitividade voraz. Maximiliano acerta dois, mais afastados. — Está querendo competir para ver quem acerta o ganso mais distante? — Dou um empurrãozinho em seu ombro.

Ele me devolve uma piscadela e vai recolher as aves. Enquanto isso, acho uma pedra lisa, boa para sentar. Relaxo e aguardo seu retorno. Maximiliano pendura os três gansos no ombro direito, como se não pesassem nada.

Eu o observo retornar, confiante, ao meu encontro. Não consigo compreender como ainda não está casado. É bonito demais para ficar solteiro por muito tempo; dedicado e fiel ao trabalho. Talvez esse seja o motivo.

— Algo me diz que esse lago também a faz se lembrar da égua branca — analisa ao me encontrar na pedra.

Certeiro, como sempre.

Algumas lágrimas ainda escorrem pelo meu rosto, mais mansas e em menor quantidade. Além do lago me fazer recordar os abraços e o carinho de mamãe, também traz imagens nítidas de Tordilha.

— Foi aqui que a ganhei. Seu nome era Tordilha. — Enxugo as lágrimas. Não quero mais chorar com essa lembrança. — Depois da queda, fiquei com tanta raiva que pedi ao meu pai que a sacrificasse. A égua me fazia sentir a presença da minha mãe o tempo todo. E, você sabe, os cavalos são conhecidos por sentirem como somos, e Tordilha sabia pelo que eu passava. Nunca mais fomos as mesmas.

Maximiliano ouve com atenção.

— E ele seguiu com seu pedido?

Sinto sua decepção, mas não que me julga.

— Sinceramente, não sei. Eu nunca mais a vi.

CAPÍTULO DEZOITO

Maximiliano não diz mais nenhuma palavra sobre o assunto. Caçamos mais alguns gansos e os colocamos dentro de uma bolsa. Eu o ajudo a depenar os animais, deixando-o terminar a limpeza sozinho; não gosto de ver sangue e não faço ideia de como são os cortes necessários para a preservação do alimento.

Ao nosso redor, o clima de Gramado muda a cada minuto. Espessas nuvens escuras cobrem o céu ao que a garoa fina ganha força. Precisamos voltar para a casa principal o quanto antes.

— Louise, é melhor começarmos a andar — sugere assim que termina de fechar o saco.

O céu parece escurecer ainda mais em um único segundo, de forma que o dia vira noite. Não gosto de me sentir vulnerável, ainda mais em meio à tempestade que se forma. É perigoso caminhar pela floresta nessa situação, eu sei, sem guarda-chuvas e com o barro cada vez mais denso. Se levar em conta a ventania, o perigo fica ainda maior.

— Não podemos entrar na mata com esse tempo — decido, lutando para manter os olhos abertos. — Podemos nos machucar.

O lago mais parece um pequeno mar tamanha a força do vento contra a água. A chuva despenca de vez, forte e impiedosa, encharcando-nos.

— Então precisamos de um abrigo temporário — ele anuncia.

Ele não parece temer que algo possa dar errado; nem sequer parece muito preocupado, provavelmente acostumados aos riscos de fazer parte do exército.

— Venha comigo, conheço um lugar.

Dando-lhe as costas, caminho pelas margaridas, suas folhas se enroscando em minhas botas e calça ao que meus pés parecem afundar no solo. Sei que Maximiliano enfrenta o mesmo problema, já que não consegue se manter ao meu lado.

Se estiver certa, um chalé nos aguarda logo depois de algumas fileiras de árvores, em cima de uma grande rocha plana — papai o construiu para passar as férias com sua princesa, e era onde passávamos a noite sempre que fazíamos nossos piqueniques. É seguro e aconchegante.

Conforme caminhamos em direção à mata, o vento parece tentar nos empurrar, e é um alívio alcançar a proteção das árvores. Não demoro a encontrar a trilha de pedras sujas de limo, e a preocupação afrouxa o aperto que tem em meu coração.

Depois de anos sem visitar o local, não tenho certeza de que o chalé continua em pé, e uma grande tristeza se apossa do meu coração assim que noto a sombra da pequena construção. À distância, o chalé parece mal-assombrado em meio à escuridão da floresta e com as marcas que o tempo deixou nas paredes.

Ao meu lado, Maximiliano se mostra curioso, apesar de preferir se manter em silêncio. Alcanço os degraus da entrada e tento empurrar a porta de madeira, feita de cedro. Apesar de haver um puxador antigo, está pesada demais para abrir.

Temos apenas alguns segundos para resolver o problema, já estou batendo os dentes de tanto frio. É então que lembro que a chave costumava ficar embaixo do pesado vaso ao lado. Dou um jeitinho de o tirar do lugar; por conta do peso, não é uma tarefa tão simples, porém encontro a chave intacta.

Destranco a fechadura e empurro a madeira antes de entrar apressada e dar um passo para o lado, permitindo que Maximiliano também entre. Juntos, lutamos contra a força do vento para fechar a porta.

Um nó se forma em minha garganta tão logo me viro para o interior. Está em perfeito estado, como me lembro. Os relâmpagos clareiam a sala, atravessando as janelas desprotegidas pelas cortinas finas demais.

O piso está lustroso, feito de madeira pura em um tom dourado como o mel. As paredes, que, por dentro, são rebocadas, estão pintadas de branco, trazendo uma sensação ainda mais acolhedora. A mobilha é quase toda de madeira e continua em perfeitas condições. Com os estofados macios e sedosos, o sofá e as cadeiras estão dispostos em frente à grande lareira de pedra, ao lado da qual há uma abertura cheia de lenha, pronta para alimentar o fogo.

A cozinha ao lado esquerdo recebe luz pela veneziana que corre fora a fora, dando acesso ao pátio de trás. O fogão a lenha, o fogão gás e os armários continuam em ordem, tão novos como me lembro. Os lustres no teto alto estão apagados, e o relógio de parede, sem pilha.

O tempo de fato parou neste lugar.

Controlo a vontade de chorar pela saudade que sinto, embora também esteja feliz por adentrar o chalé como a Louise que sempre fui.

— É da sua família?

A pergunta me faz lembrar que não estou sozinha. Quando o olho, percebo que Maximiliano está sem a parte de cima da roupa. Seus ombros largos e fortes estão à mostra, assim como o tórax definido e a barriga dura.

Balanço a cabeça, desconcertada.

— Sim. Meu pai o construiu muitos anos atrás — conto, tirando as botas encharcadas. — E ao que tudo indica não deixou de ser preservado.

Retiro o casaco grosso, embrulhando-o no canto ao lado da porta. Tento não acompanhar os movimentos de Maximiliano por educação. Apesar disso, pelo canto do olho, vejo-o tirar a calça.

Céus, isso não vai dar certo!

Fico sem jeito, mas, se não me livrar das roupas molhadas, logo estarei doente, ainda mais em um inverno rigoroso como este. Meu corpo é coberto apenas pelo blusão fino de lã, que mal cobre meu bumbum. Se não estivesse atenta a Maximiliano, nem perceberia que sua atenção me acompanha.

Vou em direção ao interruptor e tento acender as luzes do chalé, porém nada acontece. Talvez a residência não receba mais reparos elétricos frequentes. Bufo frustrada e levo as mãos ao topo da cabeça, puxando todos os fios de cabelo em um coque desajeitado.

— Você pode providenciar o fogo? — peço, voltando-me para encará-lo na penumbra do chalé.

Tenho os olhos brilhantes de Maximiliano sobre mim. Ele está agachado, já recolhendo lenha da pilha. A posição que está realça os traços de seu corpo de uma forma extremamente sexy.

— Vou conferir o banheiro. Precisamos de um banho e estamos sem energia elétrica.

Tento disfarçar o meu nervosismo. O frio me abandona toda vez que meus olhos cruzam com os seus. Há um calor crescente entre as minhas pernas.

— Se o seu pai ainda usa esse chalé, talvez ele tenha instalado placas solares — sugere. — É algo comum em lugares frios assim.

— Ótima ideia — concordo e rumo para o segundo andar.

Percorro o corredor e adentro o banheiro luxuoso demais para um simples chalé no meio da mata. Atrás da porta encontro o painel que conecta a energia solar. Maximiliano estava certo, papai é esperto demais para não se precaver. Ligo a chave e algumas pequenas luzes se acendem pelo chalé.

O lugar ainda parece escuro demais; ainda assim, o ambiente se torna ainda mais aconchegante. Suspiro, aliviada, e vou em busca de toalhas, encontrando-as no armário embaixo da pia dupla. Tudo está limpo demais, sem a presença de poeira sobre os móveis.

Em alguns fins de semana, papai costuma caçar sozinho. É aqui que afoga as mágoas e chora por mamãe. Ele sempre foi um homem que preza pela limpeza e organização, não me admiraria se limpasse o chalé. Contudo, se este não for o caso, algum empregado deve manter o lugar.

Largo as toalhas em cima da cuba antes de puxar o blusão pela gola e o retirar. Livro-me do top e da calcinha, e adentro o box do banheiro, exageradamente grande, capaz de acomodar umas quatro pessoas. A banheira está afastada, limpa, com o branco acetinado reluzindo. Ligo o chuveiro e entro embaixo do jato de água, observando as cordilheiras pela janela.

Enquanto meu corpo se aquece com a água quente, não percebo a entrada de Maximiliano. Quando me dou conta, ele já está entrando nu no box. Levo um susto; a penumbra do banheiro o deixa ainda maior e corpulento. Evito ao máximo conferir suas partes íntimas, mas sei que o encontrarei duro entre as pernas.

— O que acha que está fazendo? — questiono, arredia.

Minhas mãos tremem com um nervosismo que não quero que ele veja.

— Podemos economizar água se formos mais rápido — sugere, olhando para minha bunda empinada.

Ele se aproxima e fica atrás de mim, compartilhando a água do chuveiro comigo. Viro o rosto para observá-lo de olhos fechados, como se apreciasse o momento. Nada indica que está incomodado ou até mesmo envergonhado com a nudez.

É como se fizéssemos isso o tempo todo.

— Seu cheiro me fascina — sussurra, com os lábios em minha nuca.

— Não faça isso, por favor — peço, com a voz arrastada e mansa.

Prendo o corpo contra o seu à medida que seus lábios se arrastam pela extensão de meu pescoço. Como se pegasse fogo com o simples contato, cravo as unhas em seus braços, que agora abraçam minha cintura fina.

— Temos alguns minutos até que o fogo esteja baixo o suficiente para fazermos o jantar — revela, virando meu corpo de frente para o seu. — Posso fazer o que quiser nesse intervalo.

Sua boca desce por meu busto, abocanhando meu seio esquerdo com ferocidade. Emito um grito de dor misturado ao prazer. Maximiliano não é gentil dessa vez.

— Major... — chamo, tentando manter o autocontrole.

— Me peça, Louise. — As palavras sopram contra minha pele, arranhando o bico sensível todo arrebitado. — Sei o que você quer. Peça que eu farei.

Agarro sua nuca e puxo sua cabeça para trás, interrompendo-o.

— E se eu não pedir?

Exibindo um sorriso sem-vergonha, ele fala:

— Farei da mesma forma.

Passo o polegar por seus lábios e o vejo abocanhá-lo. Isso me faz imaginar como seria se sua boca estivesse em outros lugares, em partes que queimam como brasa e que não param de latejar por um instante sequer.

— Está me forçando a fazer isso? — provoco, suspirando com a visão que tenho.

— Sabe que não.

Maximiliano se ajoelha diante de mim. Pega o tubo de sabonete líquido, derrama algumas gotas na palma da mão e a leva ao meio de minhas pernas. Ao senti-lo me tocar, meu corpo se arrepia violentamente; tanto que preciso apoiar as mãos em seus ombros.

Seus dedos passam sobre os grandes lábios, acariciando e ensaboando toda a região exposta. Seu rosto se aproxima, e Maximiliano inala meu cheiro natural. Não sei dizer se estou lisa pelo sabonete ou se minha própria lubrificação me deixa assim. Acredito serem ambas as coisas.

Depois de me enxaguar, ele passa a bucha cheia de espuma pelas minhas pernas, tocando e alisando toda a extensão, dando-me uma última conferida antes de se jogar de boca em minha intimidade. Não sei colocar a sensação em palavras, mas seus lábios me chupam com tanta voracidade que mal consigo me sustentar em pé.

Maximiliano passa os lábios em todos os lugares, sugando e chupando, como se fosse uma verdadeira fruta suculenta. O som que produz ecoa pelo banheiro. Como se não fosse o suficiente, ele introduz um dedo em mim enquanto suga meu clitóris inchado.

— *Passione*. — Consigo gemer para ele.

Um misto de sensações entra em conflito dentro de mim. Lá em baixo, algo extremamente quente ameaça eclodir, prestes a desmanchar; meu corpo vibra e minhas costas arqueiam, pendendo meu corpo para frente ao sentir o impacto do primeiro orgasmo que tenho na vida.

— Você é deliciosa, *amore mio* — fala, afastando-se do meu corpo com os lábios lambuzados. — Mal posso esperar para enterrar meu membro duro em você. Nunca senti tanta vontade de gozar dentro de alguém como sinto agora.

Acaricio seu rosto, ainda buscando o ar para me recuperar. Maximiliano é um perigo mortal para minha sanidade e a cura para todos os meus problemas.

CAPÍTULO DEZENOVE

Depois de secos, vestimos as roupas limpas que encontro no antigo guarda-roupa no quarto de meus pais. Maximiliano usa um moletom um tanto justo e apertado para o seu tamanho, no entanto as calças do pijama lhe servem à perfeição.

Tomo a liberdade de usar um dos vestidos de seda de mamãe e seu robe cor-de-rosa preferido. Se inspirar com força, ainda consigo sentir seu cheiro.

Maximiliano carrega um grande colchão até a sala, e eu o protejo com lençóis limpos e cubro com vários travesseiros para tornar a cama improvisada aconchegante, sem me esquecer dos cobertores de lã de ovelha que nos aquecerão durante a noite.

Observo a carne assar no espeto escorado de forma improvisada dentro da lareira. Paciente, ajeito os pratos e as taças, pegando emprestada uma garrafa de vinho tinto da coleção de papai, guardada na adega embaixo da escadaria. É quase impossível resistir a ela, ainda mais quando está tão perto.

— No que está pensando? — ele pergunta atrás de mim.

Sua boca está ao pé do meu ouvido enquanto minhas costas repousam em seu peito.

— Como assim? — Faço-me de desentendida.

— Seu silêncio — comenta, massageando minhas mãos sobre seus joelhos.

O cobertor nos envolve, aquecendo nossos corpos. Posso ficar dessa forma para sempre.

— Acho que essa não é a sua real preocupação. — Procuro seus lábios macios para beijar. — Você tem medo do que penso sobre você. E no fundo sabe que me deve explicações para as respostas incompletas.

Maximiliano aprofunda o beijo antes de falar:

— O que gostaria de saber?

Sinto-o receoso, ficando apreensiva sobre o que quero saber. Talvez Maximiliano esconda muito mais do que transparece.

— Eu estou doida ou a forma que o vejo é mesmo real? — quero saber, curiosa com a resposta que posso receber.

Seus olhos escurecem ao que mergulha em um passado que o atormenta. Porém, não deve ser o único motivo. O major terá de revelar a verdade — não há para onde correr desta vez.

— Não, Louise. Você nunca esteve maluca. — Seus olhos pousam sobre os meus com intenso carinho, abandonando qualquer resto de escuridão. — O efeito que a minha presença e, em especial, minha aparência causa nas pessoas é bem visível. Devo isso à minha mãe. As mulheres costumam cair aos meus pés por conta disso. Em contra partida, as que já amam alguém não se interessam.

— É por isso que minha irmã não consegue ver você como eu.

Ele assente.

— Ainda assim, seu jeito de me ver é diferente.

— Diferente como? — Fico curiosa.

— Espero que não fique furiosa comigo e que não me entenda mal. Mas sua forma de me ver é cheia de uma inocência e pureza que não há nas outras mulheres. Seus olhos revelam a todo o momento que se sente segura e realizada ao meu lado. Quando lhe dou prazer, seja com um beijo, seja a tocando, você almeja o meu amor. — Sua mão segura meu rosto como se eu fosse quebrar. — Até então, nunca alguém me viu assim. Sempre fui mira de cobiça e desejo. Um objeto, algo passageiro.

— E o que é isso? Algum tipo de encantamento? — quero saber, intrigada.

— As coisas se tornam cada vez mais difíceis de explicar quando chegamos nessa parte. — Ele sorri sem humor, atento a cada reação minha. — Como sabe, fui criado pelo meu tio. Ao que parece, minha mãe não teve condições nem estruturas para me criar sozinha. Eu a vi apenas uma vez, aos dez anos. Ela era linda. A mulher mais maravilhosa em que já coloquei os olhos.

— Tenho a sensação de já ter ouvido uma história parecida com a sua — comento, esforçando-me para lembrar.

— Na época, era apenas um garoto e não compreendi os fatos. Apesar disso, ainda consigo me lembrar da voz dela, melodiosa e encantadora. Senti vontade de partir com ela no momento em que a vi deixar o regimento. Quando passou por mim, acariciou meus cabelos e beijou minha testa uma última vez.

Quase bebo suas palavras, interessada em seu passado tão turbulento quanto o meu.

— Meu tio ficou furioso com ela. Não sei bem qual foi o assunto entre os dois, para mandá-la partida. Depois que minha mãe foi embora, nós tivemos uma conversa bem esclarecedora. Ele me contou quem ela era e que, com o passar dos anos, meus dons especiais começariam a parecer, me tornando um filho legítimo da deusa que era.

— Dons especiais, Maximiliano? Significa que você puxou mais a sua mãe do que seu pai?

No fundo eu já sei a resposta. O major nunca foi um homem comum.

Não depois de curar as minhas pernas e se mostrar um ser humano tão cheio de qualidades, com costumes simples, que todos deveríamos adotar para sermos alguém melhor. Ele o faz por natureza própria, como um instinto.

— Minha mãe é uma divindade muito antiga, Louise. Uma deusa grega olimpiana, que vaga pelo mundo desde o início dos tempos. Seu nome é Afrodite.

— A deusa do amor? — questiono de queixo caído. Qualquer outra pessoa, no meu lugar, diria que Maximiliano enlouqueceu. Ainda que pareça mesmo um delírio, eu acredito fielmente nele. — Eles existem mesmo?

Devolve-me um sorriso cansado, como se tivesse tirando um grande peso de seus ombros.

— Alguns. Estão espalhados pelo planeta, se acostumando com o rumo que nosso mundo toma — explica.

— E quais são os poderes que herdou de sua mãe?

Estou curiosa demais para não perguntar.

— Minha voz soa aos mortais como um encantamento. Posso pedir o que quiser que eles o farão. O charme que meu corpo e aura carregam é quase que irresistível, você bem sabe.

— É, sei disso. — Minhas bochechas coram. Então uma dúvida passa pela minha cabeça e, quando percebo, já a verbalizei. — Já usou seus poderes em mim? Me refiro à sua voz...

— Nunca — responde de pronto, parecendo rezar para que eu acredite em sua confirmação. Seus olhos adquirem um brilho sereno, tão límpido e vivo que se assemelham a lágrimas. — Louise, você é imune a tudo o que eu sou. Desde que nos conhecemos, o que cresceu entre nós foi algo nosso. Nunca teve a ver com o que posso fazer.

— Fico feliz em saber disso. — Dou-lhe um selinho cheio de amor.

O beijo se intensifica e, a cada carícia, tento demonstrar o quanto valorizo o que temos. Quando ficamos sem ar, nossos lábios se separam, e nos olhamos por alguns minutos.

— Então é assim que vai me chamar? — pergunta, sorrindo de orelha a orelha. Franzo o cenho e sorrio timidamente, sem entender nada. — *Passione*...

Seus lábios umedecem ao pronunciar o italiano perfeito.

— O que acha?

— Gostei muito.

CAPÍTULO VINTE

Não faço ideia do que Maximiliano está tramando. Depois que chegamos à casa de campo no outro dia de manhã, fomos direto para o palácio. Ninguém nos questionou, apenas entregamos os gansos e acabamos descobrindo que caçamos mais do que o trio.

Elena, esperta como é, parecia estar se mordendo para me encher de perguntas. Ainda assim, de algum modo ela conseguiu se manter em silêncio. E agora, com a rotina no palácio voltando ao normal, mal consigo vê-la. Meu tempo livre se resume aos encontros que tenho às escondidas com Maximiliano, que planeja algo para me surpreender.

Outro convite para sair, foi o que me pediu.

— Aonde acha que iremos, Hórus? — pergunto ao meu gato, que relaxa deitado em cima de minha cama.

Sua cor laranja-escuro se destaca nos lençóis brancos. As patinhas amassam pãozinho e, ao ouvir o som da minha voz, logo trata de responder:

— *Miau!*

Pela postura despreocupada que adota, Hórus diz que algo extremamente bom me aguarda. Talvez fôssemos passear por algum dos vários pontos turísticos da cidade. Afinal, Maximiliano ainda não conhece muito bem a região.

Apesar disso, exigiu que eu colocasse uma calça de ginástica, botas de cano alto e um casaco quentinho. Optei por levar luvas, pois a manhã foi muito fria, com uma temperatura abaixo de zero. Esta tarde de terça-feira não está diferente do que algumas horas antes.

Estou feliz por não ter ficado gripada com o banho de chuva que tomamos na tarde de domingo. Precavida, faço uso de um cachecol de lã e touca. Ao deixar o quarto e descer até o primeiro andar, sem muletas e cadeira de rodas, avisto Maximiliano no lado de fora.

Não perco tempo e vou ao seu encontro.

— Que corajoso, querer sair para passear neste frio — provoco, beijando seus lábios e passando os braços em torno de seu pescoço. Ele sorri de lado, está galanteador na roupa de montaria. — Espere, vai me levar para ver cavalos? — deduzo, admirada.

— Talvez. Não estrague a surpresa antes de chegarmos lá. — Devolvendo-me um beijo, ele abre a porta do seu Bugatti para que eu possa entrar. — Você vai gostar, Louise. O frio valerá a pena.

Ainda que esteja curiosa, acabo por desistir de fazê-lo contar. Gosto de surpresas boas e tenho certeza de que não me decepcionarei. A única coisa que me deixa desconfortável nesta situação é que não tenho contato com esses animais há muitos anos.

Depois de entregar Tordilha a um destino fatal e cruel, senti-me extremamente culpada. Jurei que nunca mais colocaria as mãos em um cavalo. Foi uma decisão infantil e irracional para alguém que sempre amou equinos. Só não quero que este passeio faça com que eu me sinta ainda pior.

— Fique aqui e só tire a venda quando eu falar — Maximiliano instrui.

Ele me trouxe até um haras muito bonito e organizado. Não conheço o lugar, deve ser uma área nova na cidade. Ao que sou vendada, sinto a maciez da grama sob as botas. Um grande mar verde ocupa diversos hectares e a mata cerca o lugar.

O cheiro da natureza invade meus pulmões de uma forma pura e refrescante. Sinto Maximiliano apertar um pouco mais o laço atrás de minha cabeça e se afastar. Não consigo pensar no que pode ser a surpresa. Se ele estiver prestes a me dar um cavalo de presente, vou recusar.

Sem me dar conta, minhas mãos já estão suando, fazendo com que tenha de secá-las na calça. Ao longe, entre o canto melodioso dos pássaros e o relinchar dos cavalos, posso ouvir o som do galopar de um equino. Parece determinado até certo ponto, mas se detém abruptamente por algum motivo.

— Louise, pode tirar a venda! — Ouço Maximiliano gritar muito longe de onde estou.

Faço o que pede. Puxo o laço e a venda se desfaz, revelando algo que jamais acreditei que voltaria a encontrar. Meu corpo inteiro treme e logo minha garganta começa a queimar de emoção. Em instantes, as lágrimas ocupam meus olhos.

Lá está ela, parada, estudando-me como se também não acreditasse no que vê. As orelhas em pé, alertas a qualquer movimento. Os músculos de seu corpo tensos, disposta a fugir se for preciso. O tempo só lhe fez bem; deixou de ser uma égua pequena e frágil para se tornar madura e forte.

Erguendo a cabeça, ela busca algo no ar, encontrando o meu cheiro e logo voltando a me encarar com desconfiança. Embaixo de um pé de ameixa, permanece acanhada, rodeada pela floração das árvores, delicadas na cor rosa. O contraste com seu pelo branco como a neve ressalta cada traço perfeito dessa égua.

Dou-me conta de que não conseguirei ficar parada, olhando-a sem fazer nada. Sempre tive a certeza de que, se a revisse — o que achava ser impossível –, sairia correndo sem coragem de lidar com o passado, com a queda, com a dor e a rejeição.

Mas nada disso acontece. Meu coração bate tão feliz dentro do peito que não consigo desfazer esse sentimento. Quero-a de volta para mim a todo custo. A dor que sinto agora é por não ter lutado por ela antes. Lutado por nós duas.

– Tordilha... – sussurro baixinho, quase sem voz.

Ao longe, suas orelhas baixam, atenta a tudo.

Sei que ela está quase lá e que cederá se a chamar como sempre fiz. Durante nossos treinos intensos, tínhamos hábitos que funcionavam bem entre nós, e chamá-la com um assovio era a forma que a trazia até mim.

Ao fazer o movimento, alto e em bom som, Tordilha se agita, como se houvesse enlouquecido. De início, acho que não vai obedecer e se aproximar, porém sua demora apenas demonstra que ela está feliz, assim como eu; trata de correr em minha direção no segundo seguinte, como se estivesse lutando pela própria liberdade.

Vendo-a desta forma, poderia confundi-la com um cavalo selvagem, independente e dono de seu próprio destino. Quando ela está quase me alcançando, posso observá-la melhor. As quatro patas têm uma coloração acinzentada, bem como sua boca e narinas. Os olhos castanhos, que costumavam ser dóceis e amáveis, estão enormes e furiosos, deixando claro que, assim como eu, Tordilha não é a mesma égua jovem que um dia já foi.

Essa, sem dúvida, é a *minha* égua.

Veloz como se mostra, Tordilha pode escolher se me quer ou não. Ela pode me derrubar com facilidade e pisotear aquela que a abandonou anos antes. Eu lhe dei todos os motivos para isso. No entanto, diminui a velocidade assim que me alcança e, quando ficamos frente a frente, leva sua grande cabeça até meu ombro, deitando-a, pedindo por carinho, como tantas vezes pediu antes de competições e em todos os treinos.

Ela está cansada; exausta, como eu. Apenas quem tem um cavalo pode descrever a sensação que momentos como este podem proporcionar. É como se nossas almas estivessem conectadas, como se eu fosse dela e ela, minha.

— Me perdoe. — Choro, desesperada, meu coração se partindo ao meio. — Sinto tanto pelo que fiz.

Ela relincha fazendo sons baixinhos, sua forma de derramar as próprias lágrimas. E isso acaba comigo, tanto que me vejo deslizando, ficando de joelhos, enquanto acaricio sua crina e a mantenho grudada ao meu corpo.

Tordilha se deita e rola, ficando de barriga para cima no gramado, convidando-me a me aproximar. Não hesito e me jogo de encontro a ela, sem medo de me ferir. A saudade que sinto não cabe no peito, e choro tudo o que preciso.

Até que vejo Maximiliano ao lado de um homem, sorrindo como um bobo. Os dois nos observam; ele está alegre por mim, como se esta fosse a surpresa ideal. Ele realmente fez um ótimo trabalho.

Enxugo o rosto, envergonhada pela minha postura, e me coloco de pé. Tordilha faz o mesmo e permanece ao meu lado, recebendo carícias.

— Não entendo. Como ela pode estar viva? — pergunto ao homem.

Ele parece ser o dono do local, usa roupas de cowboy e adota uma pose que só homens do interior donos de gado e cavalo têm. Suas mãos seguram seu chamativo cinto com uma fivela na forma de uma cabeça de touro. Se não estivesse tão emocionada, teria rido disso.

— Seu pai ligou para a fazenda pedindo um lugar para ela, deixando claro que seria algo passageiro, mas durante oito anos ninguém veio buscá-la — explica, fascinado com a conexão que há entre nós duas.

— Pensei que a tivessem sacrificado, papai nunca mais falou dela. — Passo a mão sobre a crina macia e bagunçada de Tordilha. — Cuidaram muito bem dela, vejo que está forte e saudável. Ela era muito nova quando montava e competíamos.

— É curioso como os cavalos escolhem seus cavaleiros. São animais de instinto selvagem, que gostam da liberdade e prezam pela conquista de seu próprio destino. Tordilha não é uma égua fácil de se dobrar — o cowboy comenta, sorrindo, como se minha égua lhe desse um trabalho imenso. — Quando o major solicitou uma visita ao nosso parque, nos informando de que a égua teria um reencontro com sua antiga dona, logo pensamos que seria um problema.

— Por que o senhor diz isso? — quero saber, um tanto chateada por talvez Tordilha já não pertencer a mim.

— Essa égua não segue as regras, não aceita pessoas à sua volta e não permite que limpem o estábulo sem que esteja fora dele. Quando a soltamos no potreiro, ficamos cientes de que para pegá-la novamente seria uma luta de semanas. — Seu sorriso se amplia com fascínio. — Vendo sua interação com ela, posso dizer que é quase impossível imaginar que alguém consiga domesticá-la se não a senhorita. Vossa alteza real, espero que tenha vindo buscá-la, Tordilha esperou por um longo tempo.

Meu coração fica apertado. Isso significa que ela sempre foi minha?

— Ela não é sua? — pergunto quase sem voz.

Maximiliano me olha de um jeito diferente, como se sentisse tudo — o choro sufocado, a garganta queimando e meu coração em disparada.

— Minha fazenda e meu parque foram apenas um lar temporário. Seu pai imaginou que você se arrependeria e que um dia fosse querer Tordilha de volta.

— Como vamos levá-la para casa?

Tordilha relincha e sai em disparada pelo gramado. Assustada por sua reação inesperada, volto-me na direção que correu e a observo se afastar cada vez mais. A corrida cessa quando a égua branca entra na arena de saltos, ficando na posição inicial da sequência de rodadas.

Essa não!

— Ela só pode estar de brincadeira — sussurro, desacreditada.

— Acho que velhos hábitos não morrem. — Maximiliano me abraça por trás, depositando um beijo cálido em minha bochecha. — Nunca duvide da lealdade de um cavalo, Louise. Ela esperou por você.

— Se serve como estímulo, princesa — o cowboy se intromete, começando a nos guiar por uma caminhada até Tordilha —, sua égua nunca foi montada. E não foi por falta de tentativa e persistência. Tentamos várias vezes, e ela derrubou todos. Sua lealdade está apenas com a senhorita, e isso é extremamente valioso.

Nossa amizade detém tantas dificuldades e desafios que passo a acreditar que devo isso a nós duas. Provar do sabor que é saltar com um cavalo que se manteve leal. Quebrar uma promessa proferida com tanta raiva e dor não me parece errado. Tordilha me aguarda, paciente, cercada pelos alunos de hipismo e seus cavalos. E lá se mantém no propósito que tem, como se esta arena nos pertencesse.

Na linha de partida, ela cavouca a terra com o casco da pata direita, como se esperasse a vida toda por isso.

— Aqui, use isso, vossa alteza. — Ele me estende um capacete preto. — Comece subindo nela.

Aceito o capacete, retirando a touca e o coloco com a ajuda de Maximiliano. Olho para ele por alguns instantes e o puxo para um beijo calmo e quente.

— Obrigada — murmuro contra seus lábios. — Amei a surpresa. Você resgatou uma Louise que há muito estava perdida. E não estou me referindo ao agora, e sim ao dia em que nos esbarramos. Encontrei o meu coração dentro de você.

Suas mãos seguram o meu rosto com delicadeza e afeição.

— Não precisa agradecer, talvez viesse atrás dela com ou sem mim. Eu também sinto que uma parte sua sempre foi minha. Eu amo você, Louise.

Ouvi-lo confessar algo tão forte faz meu corpo formigar e meu coração disparar ainda mais.

— Amo você mais do que tudo, Max. — Ele sorri ao ouvir o apelido. — Desculpe, esqueci.

Abaixo a cabeça e me volto para Tordilha toda sem jeito.

— Tudo bem, *amore mio*. Gosto quando me chama assim — fala.

Maximiliano me ajuda a pegar impulso para subir na égua. Em um movimento rápido e certeiro, passo a perna esquerda sobre seu corpo e a monto com perfeição.

A sensação é incrível. É a mesma alegria que senti toda vez que montei; ela continua aqui, viva. Tordilha não se assusta nem me joga, apenas espera pelos meus comandos. Quando percebo, há muitas pessoas nos observando, alunos e professores de montaria e até mesmo as que trabalham no local.

Parece que minha égua deu um trabalho danado a eles, e agora nosso reencontro os deixa curiosos — diria até ansiosos — para ver o que podemos fazer juntas. Sem sela e rédea, não será fácil montar.

Celulares são apontados para nós e pela primeira vez não me importo com a divulgação.

— Vamos lá, garota. — Dou uma tapinha carinhoso em seu longo pescoço. — Vamos mostrar o que sabemos fazer.

Cutuco sua barriga com a ponta da bota, e Tordilha parte em um trote calmo e firme. É como se desfilássemos pela arena agora vazia, liberada apenas para nós duas. Começo a rir com a sensação gostosa de liberdade que só um cavalo pode proporcionar, e logo concluímos a primeira volta. Para a minha surpresa, fui muito bem.

Não pensei em saltar, trotamos perto dos obstáculos, contornando alguns deles. Mas a égua não se demonstra satisfeita e se alinha ao primeiro obstáculo. O salto de barras duplas, onde seu trote fica mais ligeiro. Em passadas mais longas, aproxima-se do cavalete e, a três metros dele, seu corpo pega embalo.

Não posso recuar e puxar sua crina, estou sem rédeas; mesmo que as estivesse usando, poderia ser jogada no meio do pulo. Estou com medo, apreensiva com o que pode acontecer. Minha primeira opção a ser raciocinada em milésimos de segundos é parar e me ferir ou saltar e dar um grande passo em direção ao desconhecido.

Fico com a segunda opção e alinho meu corpo, inclinando-o para frente, pegando impulso junto de Tordilha e dando um salto perfeito sobre a baixa estrutura. Quando voltamos a tocar o solo, aplausos são ouvidos. No entanto, não tenho tempo para acenar e agradecer; passamos para o segundo obstáculo, e depois o terceiro e o quarto, até chegarmos ao muro de pedra, o último dos sete obstáculos.

Tento fazer com que Tordilha desvie da trilha, mas é como se ela estivesse disposta a tudo comigo. Só não tenho certeza de que serei capaz de realizar um salto tão alto, tão pouco tempo depois de ter voltado a andar. Uma altura de um metro e setenta é considerada difícil, ainda que não a mais desafiadora.

Sendo honesta, não sei como consigo ficar montada e ainda por cima saltando. Há poucas semanas ainda utilizava uma cadeira de rodas e um par de muletas. Agora, sentada em Tordilha, percebo que talvez só precise tentar, independentemente do que aconteça.

Por debaixo do capacete, tento encontrar Maximiliano, que nos observa com atenção. Não consigo decifrar sua expressão, no entanto a postura parece relaxada. Acho que está adorando nossa performance. Deveria de ter sido apenas um passeio, uma forma de nos reencontrarmos, e acabou sendo muito mais do que isso.

Preciso dar um voto de confiança a mim mesma. Se o major for mesmo um semideus, ele saberá como me salvar se algo sair dos trilhos. Se eu cair hoje, as coisas acabarão de outra forma, porque, querendo ou não, esta Louise é diferente, mais forte e corajosa. Com certeza tomaria medidas distintas das que tomou no passado.

Então encaro o desafio, pegando o máximo de embalo para executar o salto. Quase grudo o corpo na lombar da égua enquanto saltamos em perfeita sintonia, levando o público à loucura ao finalizarmos o percurso.

Quando me dou conta já estou em lágrimas, porque essa foi a experiência mais incrível que já tive em vida. Eu a amo e preciso voltar aos saltos, porque isso foi tudo para mim durante muito tempo. Se não fosse por Maximiliano, teria deixado Tordilha para trás pensando que estava morta.

CAPÍTULO VINTE E UM

Quando chego montada em Tordilha, Nora e papai tomam chá na companhia de Olívia na varanda dos fundos do palácio. Surpreso com a visão, o coronel derruba em seu suéter de lã todo o chá que está na xícara. Eu não paro de sorrir desde que deixei o haras para trás.

Maximiliano retorna ao palácio com seu Bugatti acompanhado de uma tropa de SUVs pretas com a elite da guarda real. No portão do palácio, jornalistas e paparazzi fotografam tudo que conseguem capturar. Desta vez, paro para que tenham um material de qualidade. Os cliques vão aos milhões em frente ao portão.

Do galope, Tordilha segue troteando em direção ao estábulo principal, onde sempre morou. A cocheira e sua divisória dentro do galpão de madeira permanecem nas condições adequadas para que ela se sinta bem. Tudo está limpo demais, como se todos soubessem que a traria de volta.

Desmonto quando chegamos na cocheira e retiro as rédeas de sua cabeça junto da sela, equipamentos emprestados que devolverei para o haras.

— Muito bem, garota, estamos de volta em casa. — Acaricio seu pescoço enquanto a observo beber água e partir para a ração. — Prometo vê-la em breve.

Sinto-me um pouco cansada e rumo até o palácio, onde papai e Nora me aguardam com um sorriso no rosto.

— Que alegria vê-la montando outra vez! — Nora seca as lágrimas. — Você está tão bem, Louise.

— Isso é coisa do Maximiliano — explico, corando.

Não consigo esconder minha alegria. O major fez muito por mim nas últimas semanas.

— Eu realmente espero que ele a peça em namoro. — Papai adquire um semblante um tanto mal-humorado, que faz com que Nora e Olívia caiam na risada.

— É o que pretendo, senhor.

Maximiliano sai do palácio, parado na porta de correr. Ele nos analisa com um sorriso sereno e quase imperceptível.

— Ótimo. — Papai sorri.

O coronel então volta sua atenção para mim e abre os braços, em um convite para um abraço caloroso. Não demoro a aceitar seu ato de carinho, ainda mais por não lembrar quando foi a última vez que o fiz tão demoradamente. Este é um abraço que costumávamos compartilhar quando Elena e eu tínhamos pouca idade — apenas duas menininhas com seu pai.

— Sabia que iria querê-la de volta — sussurra para que apenas eu possa ouvi-lo.

— Obrigada por tê-la protegido esse tempo todo — agradeço, apertando mais o abraço.

— Não tem o que agradecer, querida.

Dou-lhe um beijo na bochecha e me volto à procura do homem por quem estou apaixonada.

— Major Maximiliano? — Um guarda da elite real se apresenta, batendo continência e roubando a atenção do major.

Pelas roupas mais escuras do que a dos demais guardas, suponho que detém uma patente alta. Não me lembro de já tê-lo visto pelo palácio.

— Pois não? — Maximiliano parece pressentir que algo não está certo.

— Carlos Eduardo, chefe da elite da guarda real — apresenta-se, oferecendo a mão. — Venho a pedido da rainha consorte. Trago uma ordem para que o senhor retorne ao palácio de Sassari para chefiar a guarda.

Um sotaque leve se sobressai ao pronunciar as palavras, o que me faz pensar que talvez a guarda real esteja em peso na propriedade. A notícia parte meu coração ao meio. Se Maximiliano precisar voltar, posso perdê-lo para sempre.

— Por qual motivo? — Antecipo-me, marchando furiosa até eles.

Evito olhar para Maximiliano, pois sei que faz o mesmo.

— O palácio está sob constantes ataques e não está sendo fácil controlar. Sua majestade, a rainha consorte Ana, solicitou a preparação da guarda principal.

— Mas ele não faz parte dela! — exalto-me, indignada.

A guarda principal é um batalhão de soldados altamente treinados que faz a proteção da família real no nível mais extremo — isso para não mencionar que a ilha da Sardenha possui as forças armadas que ficam ao lado do palácio em Sassari.

— Louise. — Papai alcança o meu braço ao se aproximar. — Está tudo bem. Deixe-o falar.

O chefe da guarda real parece agradecer pela interferência de meu pai.

— O senhor foi escalado pela própria rainha, é um pedido sem exceções. Tem que ser o senhor — determina ao explicar, entregando a carta de vovó para Max.

Minha cabeça gira e vários pensamentos pairam sobre ela, até que algo preocupante se sobressai.

— Isso significa que o major subirá de cargo. A guarda principal está acima da elite e defende o soberano em particular — falo, apressada, encarando o papel que agora Maximiliano estende para mim.

Pego-o sem tardar enquanto ele passa as mãos pelo seu cabelo crescido. Se eu não estivesse tão furiosa, teria o beijado ali mesmo. Corro os olhos pela caligrafia impecável de vovó, o italiano é quase poético de tão perfeito. No fim, há uma menção da colocação de Maximiliano como marechal.

— Mas vovó só pode fazer isso se estivermos em guerra — lembro, nervosa. — Ou se estivermos sob grave ameaça.

Carlos Eduardo assente e, pela expressão em seu rosto, a situação piorou demais nos últimos dias.

— Isso mesmo, vossa alteza real. Estamos passando por um momento muito delicado. — Ele volta a se dirigir ao novo marechal. — O senhor precisa partir imediatamente. Suas coisas já estão no porta-malas do carro que o levará até o aeroporto. Antes precisamos ir até a praça da Igreja de São Pedro, onde pegaremos carona com outro veículo particular.

Com isso, desaparece palácio adentro, suponho que saindo pela porta da frente. Perco o chão. Não consigo encarar Maximiliano e também não pretendo ceder à tentativa de me acalmar. Eu o quero comigo, não na Itália para defender um rei que o povo não ama.

— Não se preocupe, princesa. — Ele segurar meu rosto, forçando-me a encará-lo. Em um instante estamos sozinhos na varanda, com o anoitecer surgindo atrás de nós. Teria sido uma visão linda, não fossem as circunstâncias. — Estaremos juntos de novo quando menos esperarmos.

Seus lábios quentes se demoram ao depositar um beijo no topo da minha cabeça. E desta vez não consigo controlar o que sinto. Talvez só não queira mais perder quem amo, porque é isso que guardo por ele dentro do meu coração; o mais puro amor.

— Sabe que não é tão simples assim, não é? — Busco seus olhos, desesperada. Vejo-o embaçado, seu pequeno sorriso distorcido. — Não quero ter que dividir você com mais ninguém. Será que é pedir demais?

— Eu sei. — Sua mão acaricia minha bochecha quente e molhada pelas lágrimas, como se seu coração doesse ao me ver desta forma. — Se serve como consolo, não é de minha vontade que vou. Mas sei que, se não for, seu destino como rainha pode estar comprometido.

— Está fazendo isso por mim?

Não consigo compreender o que diz. Maximiliano foi solicitado pela antiga rainha, sem ter o poder de escolha. Ainda assim, não mostra querer se referir a isso, e sim a outra coisa. Algo que esconde.

— Estou, Louise, sempre a protegi e vou continuar o fazendo, mesmo estando a um mar de distância de você.

— Então por que acho que está me escondendo alguma coisa? — Ele abaixa a cabeça, afundando nos próprios pensamentos, que parecem tão obscuros que tenho medo de perguntar. A única certeza que tenho é a de que são sobre mim. — Maximiliano — chamo, chateada. — Quero a verdade.

Balançando a cabeça inconformado, fala:

— Se lhe disser, vai me odiar para sempre.

— É tão grave assim? Mais sigiloso do que me contar que é um semideus? — sussurro, erguendo seu queixo, trazendo-o para mais perto. — Me diga.

Pensativo, ele toma sua decisão ao sentir minhas mãos suadas em seu rosto.

— Conhecê-la não foi uma coincidência, Lou. Seu pai me contratou para ser um tipo de guarda-costas. Ele sabe quem sou e acreditou que pudesse ajudá-la a voltar a andar — confessa com dor em sua voz, deixando-me desestabilizada. Mesmo assim, em algum lugar Maximiliano encontra coragem para continuar. — Achei que você fosse diferente, que não iria olhar para mim, a menos não do jeito que passei a vê-la, mas foi recíproco. Desde o começo.

Afasto-o, magoada, desequilibrando-me na tentativa de proporcionar alguma distância física entre nós. É como se a minha alma se desfizesse aos poucos, como se um véu fino e tênue se rasgasse. Maximiliano me pega em seus braços, e eu desmorono com o rosto afundado em seu peito.

— Como pôde fazer isso comigo? — questiono, sufocada pela dor; ainda assim, é reconfortante estar em seus braços.

O silêncio prevalece até que meu choro cesse. O que mais dói é saber que ele é sincero. Embora seja um segredo que guardou muito bem — e que poderia ter me contado —, o major não o fizera.

— Não usei a sedução para curá-la — revela, segurando meu rosto com extrema culpa. — O amor que sinto por você é que a curou, Louise. Repito que era apenas seu coração que precisava de uma cura. Suas pernas sempre foram perfeitas. *Você* é perfeita.

Toda vez que ouço suas declarações meu corpo se aquece, como se suas palavras fossem a minha base para viver e respirar. Porém, são muitas coisas que estão em jogo; tanta informação para processar.

— Preciso de um tempo — peço o mais firme que consigo, deixando-o visivelmente abalado.

Acabo de partir seu coração. No entanto, ao contrário do que penso, Maximiliano não insiste. Dá-me uma última olhada e cogita tentar me beijar. Espalmo as mãos em seu peito, impedindo que continue a piorar ainda mais a nossa despedida.

Vejo-o dar alguns passos para trás, as lágrimas ocultando uma visão limpa ao que o vejo virar de costas e desaparecer. Assim que fico sozinha, abraço meu próprio corpo, agachando até o chão.

Quando perdi minha mãe, chorei por vários dias; contudo, neste momento fica claro para mim que não chorarei dessa forma outra vez.

Com a partida e o término do que tinha com Maximiliano, passarei a chorar por uma vida inteira.

CAPÍTULO VINTE E DOIS

Na mitologia grega, a prole mortal de um deus é conhecida por seu povo como um herói; um guerreiro que vive por batalhas dadas pelos próprios deuses que habitam o Olimpo. Ao longo de sua passagem pela Terra, sua vida se torna curta devido aos inúmeros inimigos que adquire pelo caminho.

Alguns semideuses recebem a imortalidade em troca de sua lealdade, bravura e coragem. Na atualidade, são eternizados em palavras, em histórias que as crianças ouvem antes de dormir. Por diversas vezes, desacredito das palavras de Maximiliano, um filho de Afrodite. É impossível acontecer. Apesar disso, as lembranças dos momentos que passamos juntos me fazem acreditar que nunca foi uma mentira.

Semanas se passaram desde a sua partida e ainda consigo sentir seu cheiro em todos os lugares, principalmente em minha boca e pele. A forma que me abraçava, que sorria e me beijava, até o jeito que chupava cada parte do meu corpo...

Fecho o livro de mitologia grega e descanso as costas na cadeira. A capa chamativa instiga o leitor a não deixar a leitura de lado — uma grande Hidra de sete cabeças assombra um herói semideus chamado Perseu; uma perfeita ilustração. Passo os dedos sobre o homem quando a porta do meu escritório se abre.

Uma Nora sorridente passa por ela, fechando-a logo em seguida. Presumo que há assuntos que deseja tratar em particular comigo. Não posso faltar com respeito à forma que todos no palácio estão se dedicando a mim, pacientes e cuidadosos.

A elite da guarda real e a guarda inferior continuam ao nosso dispor, conforme se aproxima o dia em que receberei a coroa. Suspeito que meu conselheiro e papai tentam esconder vários assuntos, coisas que devo saber.

— Bom dia, querida. Como tem passado? — Ela abre um pouco mais o sorriso, notando que me dedicava à leitura. Noto que em suas mãos há o que parece um porta-retratos e um embrulho cor de chumbo. — Trouxe duas correspondências para você, uma delas não tem procedência.

— Bom dia, Nora. Eu estou muito bem, e você? — respondo com educação, sem ânimo para abrir correspondências neste momento. Porém, alguém desconhecido tê-las enviado desperta algo dentro de mim. — Gostaria de vê-las.

— Claro! — Entrega-me os pacotes.

Logo de cara encontro uma fotografia minha com Maximiliano dançando no baile. Estávamos tão bonitos e elegantes; eu não parava de sorrir em sua companhia, assim como ele. Parecíamos um casal feliz e apaixonado.

Solto um suspiro, sentindo-me ainda mais culpada. Fui muito dura com ele.

— Querida, sinto muito. Não queria deixá-la chateada e também não faço ideia de quem possa ter feito isso — assegura, como se eu estivesse prestes a acusá-la.

Deixo o embrulho de chumbo em cima do livro, na mesa, e retiro o papel transparente do porta-retratos. Atrás do suporte há um pequeno cartão, com um número estranho. *10, Ilha de Creta.* Eu já ouvi isso antes.

Elena!

A história da fonte do amor eterno. É de lá que vem a indicação, mas por quê?

— 10, ilha de Creta. Por acaso sabe o que isso significa, Nora?

— Peço por sua ajuda.

Ela pensa por algum tempo e acaba negando logo em seguida.

— Acredito que nunca tenha ouvido falar, mas diria que parece um endereço. Ou é isso, ou talvez seja algo muito específico.

— Concordo. Minha irmã conta que essa é a gravura da fonte ao lado da Igreja Matriz de São Pedro.

— Isso fica no centro da cidade, não é mesmo?

— Sim, Nora. O que me faz acreditar que esse lugar chama por mim — constato, ainda duvidosa.

Se realmente for isso, alguém que me conhece muito bem está tramando algo.

— De toda forma, senhorita. Essa é uma foto muito bela para não ser exibida na sua mesa de trabalho. Se me permite dizer, nunca vi um casal dançar tão bem como vocês.

Seus olhos se enchem de uma alegria imensa, e Nora segura seu coração com as duas mãos junto ao peito.

Passo os olhos sobre a foto outra vez, admirando a beleza incomparável desse homem. Ele roubou mesmo o meu coração, que insiste em doer a cada segundo longe dele. Controlo-me para não começar a derramar lágrimas, estou cansada de chorar o tempo todo.

Coloco o porta-retratos sobre a mesa de forma que possa ver nossa dança em um ângulo bonito.

— Obrigada pelo carinho e apoio que tem me dado, Nora. Nada do que aconteceu é sua culpa e sei que, se pudesse, evitaria toda dor que estou sentindo — a tranquilizo.

Ela assente mais relaxada; ainda assim está inquieta. Imagino que vá dar meia-volta e sair pela porta, entretanto, antes que o faça, enche-se de coragem para dizer:

— Sei que ainda prefere não conversar com seu pai, não que esteja defendendo seus erros. Mas acredito que ele não tenha seguido com o plano de pedir ao oficial para usar o charme na senhorita.

— Ela se aproxima um pouco mais, sentando-se na poltrona em frente à minha mesa. — Um dia o vi falar ao telefone, e hoje sei que o homem do outro lado da linha era o major Maximiliano. Eles planejavam sua estadia no palácio e o tempo que permaneceria aqui. Devo dizer que achei que uma semana fosse um tempo curto para alguém tão importante permanecer.

— O que quer dizer com isso, Nora?

Minhas mãos suam ao passo que tento escondê-las embaixo da mesa.

As linhas de expressão em sua face se comprimem enquanto prossegue:

— Teve outro momento em que ouvi parte de uma conversa. Sei que é feio ouvir atrás das portas, mas acredito que o coronel jamais desconfiará. A verdade é que, ao ouvir seu nome sendo mencionado, Louise, fiquei preocupada. — Faz uma pausa, olhando-me de modo amoroso, como se suas próximas palavras fossem me dar a solução de tudo. — Maximiliano discutia com seu pai sobre a cura para que você pudesse voltar a andar. E antes que pense, sei da verdade. Sei que o major é um homem diferente. E que, mesmo tendo um sangue divino, jamais poderia promover a cura para os seus problemas.

— Como soube? — Fico perplexa. — Ele lhe contou também?

Ela sorri e nega.

— Meu pai nasceu na Grécia, vindo de uma linhagem antiga. Cresci ouvindo-o contar sobre os deuses gregos e sobre os filhos que tinham com as mortais. Meu pai contou que, em certo período de sua vida, conheceu um herói. Ele falava sobre o quanto eram especiais e raros.

— Acredita mesmo nisso?

— Mas é claro que sim, querida. Seu Maximiliano é especial, e desde o começo lhe disse a verdade. Um filho de Afrodite jamais poderia promover a cura a alguém, porque são filhos do amor.

— Isso quer dizer que Maximiliano pode promover o amor, fazer alguém se apaixonar por sua própria vontade. Apenas isso?

— Exatamente — afirma. — Louise, Maximiliano se apaixonou por você primeiro. O amor que cresceu entre vocês foi verdadeiro, tão puro e transparente que nenhum relacionamento se iguala.

Suspiro, aliviada. Estou surpresa com os conhecimentos de Nora, mas ter sua opinião sobre o assunto me faz ter esperança outra vez.

— Não sei se ele ainda vai me querer depois do que disse — lembro-a com tristeza.

Nora se coloca de pé e aponta para o embrulho em cima do livro.

— Ele escreveu para você.

É como se meu coração parasse de bater por alguns segundos. Encarando o embrulho à minha frente, nem percebo a saída de Nora da biblioteca. Fico sozinha com uma correspondência de Maximiliano.

Com as mãos trêmulas, pego o embrulho envolto por uma fita azulada, formando um laço apertado. Há o carimbo com as siglas e nome do regimento das forças armadas do palácio de Sassari, um escudo de aço com duas espadas e uma pomba branca usando a coroa real. Está um pouco amassado, porém não me importo com isso. Esse detalhe indica que passou algumas semanas em transporte até chegar em minhas mãos.

Rasgo com cuidado o papel espesso e me deparo com envelopes brancos, vários deles. Há pelo menos dez cartas, todas escritas a mão, contendo o nome e a assinatura de Maximiliano. Começo a ler a primeira carta, escrita no dia 07 de julho de 2022, no momento em que o major chegou no palácio de Sassari.

Nela Maximiliano conta detalhes de sua estadia e declara suas preocupações para comigo, bem como um pedido de desculpas. As cartas se tornam um diário que quis compartilhar comigo, mesmo sem saber quando eu as receberia. Até a sétima carta, não há nada demais, muitas me fizeram sorrir e perceber o quão imatura fui por não ter lhe dado a chance de se explicar.

Com as cartas em mãos e entretida com a leitura, posso sentir o cheiro de seu perfume em cada palavra escrita. Imagino-o sentado sobre uma escrivaninha, trajando seu uniforme oficial, dedicando seu tempo de folga para escrever para mim. Lágrimas se acumulam em meus olhos, e as enxugo incontáveis vezes. Sua prima Antonella viajou junto com ele para o palácio, onde ficou como hóspede até que decidiu retornar para Roma.

Ao longo das horas, debruçada sobre a mesa, chego até a última carta, a mais volumosa. Seu início é o bastante para me fazer ficar sem ar.

Minha querida e amada Louise,

Peço desculpas pelas inúmeras cartas escritas nesses quase dois meses na Itália. Não consegui tomar coragem para ligar para você, por medo de rejeitar minhas intenções. Repito: sinto saudades suas todos os dias, e não há uma manhã que não acorde pensando em você.

Não saberia dizer o que seria de nós se ainda estivesse no Brasil, naquela cidade encantadora que tanto se parece com um pedaço europeu. O palácio de sua família aqui é grande o suficiente para se perder e frio demais para um coração que se encontra partido, sofrendo de amor.

Longe de mim parecer um homem insistente, contudo acredito que cartas sejam um ato de amor raro; bonito demais para pessoas comuns. Nós somos dois corações raros, e você me inspira a ser alguém melhor. O tempo que fico longe de você me obriga a ser mais forte do que já tive de ser. E se isso não se iguala a uma luta constante, então diria que se assimila a uma prova de amor.

Gostaria de deixar registrado que, desde o começo, tive uma afeição sincera por você. Seu jeito me encanta profundamente, a honestidade, a beleza e a sabedoria que tem é algo pelo qual meu coração almeja a cada instante. Ter você para mim, Louise, é muito mais do que um querer. É um desejo que minha alma carregará para sempre.

Magoá-la nunca foi minha intenção e quero que saiba que me arrependo de não ter sido sincero desde o início. Sei que lhe devo motivos, e o principal deles foi o medo de perdê-la. E foi o que acabou acontecendo.

Hoje, no dia 10 de setembro de 2022, fui convocado a comparecer frente às tropas na divisa entre a província de Sassari e Nuoro. Estarei liderando as tropas para assegurar a proteção do palácio real. Louise, é apenas questão de tempo para entrarmos em guerra.

Parte da ilha apoia seu retorno, e a outra é dominada pela sordidez de seu primo, apesar de ser a minoria. Ainda assim, nunca é pouco se precaver. Além disso, devido a estas circunstâncias, você será convocada em breve.

Saiba que estará sempre em meu coração e pensamentos, e cada vez que eu respirar, será seu aroma que dominará o ar. Não importa o que aconteça, quero que fique claro que você é a mulher da minha vida. E que terei o prazer de torná-la minha esposa se tiver a oportunidade.

Se tudo correr bem, nos veremos mais cedo do que imagina. Espero que seja tempo suficiente para que pense sobre o pedido. E que, no fim de tudo, diga sim.

Amo você, Lou.

De seu major.

Ele não pode fazer isso comigo.

Se havia pedaços de um coração quebrado em meu peito, agora eles viram pó. Minhas lágrimas molham a carta por inteiro. Largo o papel em cima da mesa junto das outras cartas, e não me importo de guardá-las em um lugar seguro.

Deixo a biblioteca às pressas e corro para o fim do corredor, subo as escadas e abro a porta do escritório de papai de supetão. Ele está sozinho, apoiado sobre a mesa, fumando um charuto. Não consigo ver sua reação com nitidez, apenas me jogo em seus braços e choro em desespero.

— Querida. — Papai massageia as minhas costas com carinho. — Está tudo bem?

Nego com a cabeça e choro por longos minutos, meu peito dói tanto que parece ter sido ferido. Permaneço no abraço por um tempo, até que minha respiração volte ao normal, tendo a certeza de que conseguirei lhe dizer algo.

— Maximiliano foi convocado para a guerra — despejo ao olhar para papai, tendo a visão embaçada pelas lágrimas. — Será o responsável pela liderança das tropas. É por isso que vovó o nomeou marechal, para que ele possa lutar.

Sinto as mãos de papai subirem para meu rosto e enxugar pacientemente cada uma das minhas lágrimas. Então posso focar melhor a visão de seu rosto, encontrando-o com os olhos marejados.

— Sinto muito, Louise. — Seus lábios se contorcem, acho que meu amor por Maximiliano o faz se lembrar de mamãe e tudo pelo que passaram. — Me perdoe pelo que tentei fazer a você. Subestimei a mulher forte que é. Você é inteligente e responsável, sem contar que ama esta família com todo o seu coração. Jamais deveria de ter feito escolhas que eram apenas suas.

Nunca o vi mexido dessa forma, não desde o velório de mamãe.

— Nora me contou tudo. Ela sabia sobre os poderes de Maximiliano, desde o começo.

— Sim, Nora é muito esperta. Então você sabe que Maximiliano se negou a aceitar a minha proposta? — pergunta, buscando uma resposta em meu rosto.

— Sim. O senhor o chamou para me curar. Ele veio, mas não podia realizar o seu pedido. E também não partiu porque não conseguiu, já tinha se encantado por mim — falo rápido demais, aumentando o vazio que sinto.

— Ele se apaixonou, Lou. Maximiliano ama você — fala ao acariciar meus cabelos, e deposita um beijo cheio de sentimentos no topo da minha testa. — Independente dos desafios que ele encontrar naquele campo de batalha, o coração dele será para sempre seu, minha menina. Quando um homem ama de verdade, ele passa a lutar para permanecer vivo para alguém. Para voltar aos braços daquela que o ama também.

— Mas eu não tive tempo de dizer que o amo.

— Você terá, assim que pousar na ilha. — Observo-o, confusa. — Acabaram de ligar. Você foi reconhecida pelo conselho real da Sardenha como a herdeira legítima do trono. É seu direito escolher se aceitará ou não — papai fala, calmo demais perante a notícia. Para mim soa como uma dinamite prestes a explodir. — Você tem dois dias para pensar e então terá de dar uma resposta. O povo está pressionando cada vez mais o palácio e a notícia será entregue à mídia em alguns instantes.

Eles jogaram a responsabilidade sobre mim. Eu tenho o direito de escolher, como papai mencionou, mas não é uma escolha de verdade. Se aceitar, serei arqui-inimiga de meu primo, o rei. Por outro lado, deixarei mais da metade do povo satisfeito, o resto conquistarei durante o reinado.

— Como se sentiria se sua filha fosse rainha? — questiono depois do choque. — Acha que mamãe aprovaria?

Indico o lindo retrato atrás de sua mesa. Entre a moldura de ouro, está a imagem de minha mãe quando ainda era princesa; usava uma coroa de diamantes e um vestido amarelo com uma faixa azul-marinho, sorrindo docemente.

— O orgulho que sinto de você, Louise, cresce a cada dia. Você é perfeita, filha. Bondosa, linda e trabalhadora. Nunca deixou o palácio na mão, sempre apresentou boas ideias, mesmo que muitas tenham sido recusadas por seu primo. Se você se tornasse rainha, eu estaria à sua disposição como um súdito leal à coroa italiana. Como pai, estarei satisfeito se escolher o que a faz feliz. — Ele admira a imagem de mamãe. — Ela a abraçaria e aconselharia a tomar a decisão de cabeça fria. Mas tenho certeza de que ela amaria vê-la se tornar rainha. Uma coisa que Margareth nunca lhe contou é que sempre quis ser rainha. Porém, abriu mão de tudo para ficar comigo.

— Ela sabia que isso poderia acontecer? Que eu seria chamada para assumir? — pergunto, mais interessada do que nunca.

Papai fica pensativo por um tempo, e acaba discordando.

— Sua mãe nunca escondeu nada de mim. Ainda assim, acredito que ela e sua avó sabiam da verdade. — Assinto, confiando em sua palavra. — Tem mais uma coisa, querida. — Ele chama minha atenção. — Dei a minha bênção e permissão para que Maximiliano firmasse um compromisso sério com você no dia em que tivemos a reunião neste escritório. Conheço bem demais a paixão e o amor para não notar que ele a amou no instante que a viu pela primeira vez.

Assim que chego em meu quarto para descansar um pouco e reorganizar a cabeça, encontro Hórus tomando um banho de sol embaixo da janela. Ele me encara todo manhoso, deixando a barriga para cima quando me aproximo.

— Seu espertinho. Está entediado, não é? — comento, massageando sua barriga laranja e peluda. — Agora não temos mais o major para lhe entreter. Ele foi para a guerra. — Hórus lambe minha mão e me fita com seus olhinhos verdes. — Homens bons sempre morrem na guerra — exponho, certa de que coisas ruins podem acontecer.

Contornando seu pescoço pequeno, deparo-me com uma coleira fina de couro vermelho. Nela, há um pingente em forma de coração, no qual está gravado o nome do felino. O item é preso à coleira por um minúsculo cadeado, fazendo-me me lembrar da fonte do amor eterno no mesmo instante.

— É isso! — Levanto-me em um salto. — Como não tinha pensado nisso antes? Horus, você é genial! — Ele fareja o ar e ronrona alto. — Se eu aceitar me tornar rainha, você vai comigo para a ilha?

— *Miau*. — Ele assente, rolando. — *Miau, miau*.

— Junto de Tordilha, é claro. Não vou deixá-la para trás, não desta vez — afirmo, decidida.

Sei que não preciso decidir por ora, que tenho dois dias para pensar. Contudo, é muito provável que a vida de Maximiliano e a de muitas outras pessoas dependam desta escolha — ao custo de minha privacidade ao sair para as ruas, obrigada a seguir as regras reais à risca. Passarei a ser o centro de tudo, a mais importante dentre todos daquela ilha.

Fui treinada desde pequena para isso, mesmo não sabendo da possibilidade de herdar a coroa. Mamãe fez questão que eu recebesse os ensinamentos e instruções que ela recebera. Aprendi a dominar o italiano como uma segunda língua e, em especial, o sardo, o idioma materno do reino.

Vou em direção ao telefone fixo e disco o número da loja que vende cadeados no centro da cidade; cadeados muito especiais. O homem atende no terceiro toque.

— Alô? — falo, esperançosa. — Gostaria de encomendar uma gravura específica para um cadeado. Passarei todas as informações necessárias para o fazer e irei buscar ainda hoje, se possível. Pedirei que mantenha isso em sigilo, o senhor será recompensado por isso.

Alguns segundos, e o lojista responde:

— A senhorita pode vir buscar em meia hora.

— Obrigada! — Desligo o telefone.

Os sinais estavam à minha frente o tempo inteiro, e eu percebi a verdade apenas agora.

Pelo menos não é tarde demais.

CAPÍTULO VINTE E TRÊS

Observo meus dedos ao redor do pequeno cadeado vermelho. O coração cor-de-rosa carrega uma gravura delicada:

Sua Majestade, a rainha Louise, & major Maximiliano.

Sorrio para nossos nomes, que serão eternizados na fonte do amor eterno. Se não posso o proteger do jeito que gostaria, então clamarei para que sua mãe, a deusa do amor, o guie. Torço para que ela sinta o meu amor por seu filho, para que sua bênção recaia sobre nós.

Deposito um beijo suave no objeto e prendo o cadeado na barra da fonte, passando a chave para trancá-lo. O vermelho se mistura com os demais cadeados coloridos, que dão à fonte uma aparência belíssima. Dou alguns passos para trás, e fito a fonte em silêncio ao arremessar a chave dentro das águas.

Pelo pátio da praça em frente à igreja há um aglomerado de turistas e moradores aguardando-me pacientemente, com uma euforia que nunca presenciei. É claro que os jornalistas não poderiam faltar, tinham deixado o palácio junto comigo quando pedi a Antônio por um passeio.

Caminho em direção à multidão, seguida por uma gama de seguranças e guardas da elite. Aceno para as pessoas, que se espremem para ter uma melhor visão. Ainda assim, não paro para falar com ninguém, sugestão de meu conselheiro, pois o atual rei se encontra relutante em soltar a coroa.

Mesmo ela sendo minha.

Com isso, quanto mais educada eu for, melhor.

Entro no carro para voltarmos ao palácio. A essa altura, Nora já está fazendo minhas malas. Pedi a papai que alugasse um avião para transportar Tordilha, que chegará em Sardenha antes de mim. Ainda tenho uma semana para ficar com a família, pois alguns detalhes para a minha chegada ao país precisam ser acertados.

Entrarei em contato com o palácio de Sassari para que recebam minhas coisas. Não estou pronta para deixar a minha casa e o meu país, ainda mais dizer um "até breve" à família. Sentirei muita saudade de tudo. Não me sinto confiante o suficiente para assumir uma posição alta como essa, no entanto preciso tentar.

— Vou morrer de saudades, tia Lou.

Chorosa, Olívia me fita do colo de Elena. Seu pequeno e precioso semblante transparece a profunda tristeza que sente. Quando os adultos dizem que crianças são os seres mais sinceros, é porque realmente condiz.

— Eu também, minha bonequinha. Já estou sentindo um vazio enorme dentro do peito — falo, acariciando sua bochecha rosada. Nada do que eu digo parece convencê-la. — Assim que eu desembarcar na ilha, irei preparar o palácio para receber todos vocês no meu aniversário. Nos veremos em breve.

Olívia volta a chorar baixinho, descrente, escondendo o belo rosto no pescoço da mãe.

— Não se preocupe, irmã. Faremos um esforço para aguentarmos até o início de dezembro. — Elena sorri para mim, esforçando-se para esconder a tristeza que sente. — Todos nós sentiremos a sua falta.

— Imaginem a mim, nunca fiquei longe. Será estranho e muito desafiador — comento, nervosa.

O casaco de lã me sufoca, meu corpo sua frio por baixo da roupa. Não gosto de despedidas, e não quero me sentir assim, como se nunca mais fosse vê-los. A Itália me parece ser muito mais longe agora.

— Pode me ligar sempre que precisar conversar. Na verdade, estarei aguardando por suas ligações a todo o momento. — Ela me puxa para um abraço demorado. — Estaremos sempre torcendo por você.

Desfaço o abraço e assinto, beijando as maçãs rosadas de suas bochechas. Então me despeço de Cristóvão, Nora, Justina e, enfim, chego até papai, que me aguarda na porta da frente. O coronel dá as últimas instruções ao meu conselheiro. Ambos estão eufóricos, torcendo pelo meu triunfo.

— Tchau, papai. — Jogo-me em seu abraço assim que o alcanço e obtenho sua atenção. — Vou sentir saudades do senhor, sabe disso, não é?

Ele solta um suspiro pesado, como se respirar fosse difícil. Com o tempo aprendi a perceber que esses são os sinais de que papai está se controlando para não chorar. E vê-lo dessa forma ainda continua sendo raro.

— Vamos nos falar por telefone todos os dias. E se precisar que eu vá até Sardenha, é só me chamar, filha.

Aperto o abraço uma última vez antes de desfazê-lo.

— O senhor será bem-vindo no palácio de Sassari sempre que desejar me visitar.

Seguro suas mãos e me inclino para beijar sua bochecha.

Seus olhos já estão marejados e avermelhados. Isso me deixa abalada e me faz pensar em desistir. O problema é que já está na hora de eu decidir meu próprio destino. Talvez, se eu tivesse nascido sem título real algum, tudo seria mais fácil.

— Louise, se me permite, gostaria de lhe dar um conselho importante — ele fala, levando as mãos aos bolsos da calça de alfaiataria. — Tome cuidado com seu primo, ele certamente tentará recuperar a coroa a todo custo. Não confie em ninguém naquele palácio além de sua avó e sua própria equipe. Ainda assim, mantenha os olhos atentos sobre eles, o inimigo pode ser quem menos esperamos.

— Acha que o rei Felipe III fará algo para me prejudicar?

Ele balança a cabeça.

— Apenas tome cuidado, filha. Seu primo é um homem ganancioso e sádico. Ele ama estar no poder, é o que sempre quis.

— Tudo bem, tomarei cuidado.

Dou uma última olhada para a minha família assim que alcanço a porta. Pego Hórus em meus braços e aceno para eles. Quando foco em descer as escadas da entrada, encontro um carro blindado à minha espera. O motorista da própria rainha Ana veio ao Brasil para me buscar, junto de uma equipe treinada e preparada para qualquer situação. Carros da guarda e da polícia militar local vão nos escoltar até o aeroporto de Porto Alegre.

A viagem até a cidade levará pelo menos quase duas horas; tentarei dormir no percurso. Será difícil descansar com tantas coisas na cabeça. Tenho medo de deixar minha família para trás e enfrentar um povo inteiro em outro país. Por dentro, clamo pelo amor e proteção de mamãe, para que ela ilumine o meu caminho.

Acredito muito nisso, que as pessoas que perdemos continuam a nos proteger do outro lado da vida. Porque talvez seja isso mesmo. Não podemos acreditar em Deus sem vê-lo em essência, sentindo-o com o coração. Acredito no mesmo em relação à figura de Jesus Cristo. Mamãe o adorava. Quando era criança, ela me ensinou a rezar de joelhos em cima da cama, para um retrato.

Penso agora na imagem tão bonita que muito amparou os meus sonhos e ideias. O espiritual habita nos corpos de cada pessoa, o que torna possível saber que nunca estamos sozinhos no mundo.

— Obrigada — agradeço ao guarda que abriu a porta do carro para mim.

Fico confortável no assento do carro e logo recebo a companhia de meu conselheiro. Ele parece cansado. Apesar de estar na meia-idade, Gregory ainda é um homem solteiro, e deixará seus pais em Gramado para encarar o desafio comigo.

— Fico feliz por ter aceitado continuar conosco, conselheiro — agradeço, colocando Hórus em meu colo.

Ele sorri, nervoso.

— Espero que eu continue fazendo um ótimo trabalho, vossa alteza. — Gregory passa as mãos pelos cabelos bem penteados, desfazendo o gel seco. — Desculpe, acho que agora devo chamá-la de sua majestade.

É a minha vez de sorrir.

— Ainda não, só quando pousarmos na Itália.

Não gosto de altura.

Sempre tive medo de viajar de avião. Foram poucas as vezes que viajei, e fui acompanhando mamãe até a Itália na maioria delas. Mas gosto de observar pela janela e ver as nuvens; parece que daqui, em algum momento, eu verei seu sorriso entre elas. Para espantar meu nervosismo, pego um bloco de notas de tamanho A4, com textura especial, e peço a Gregory uma de suas canetas pretas emprestada.

Há algumas horas tento pensar no que escrever para Maximiliano. Não é fácil encontrar as palavras certas, até porque acredito que ele é melhor nisso do que eu – a mulher romântica que não sabe escrever cartas de amor.

– *Miau*.

Hórus me estuda de dentro da gaiola no assento ao meu lado.

Sorrio para ele e passo os dedos por entre a grade, alcançando sua cabeça peluda.

– Sinto muito por terem o colocado aí. É para a sua segurança.

Ele ronrona e volta a cochilar.

A aeromoça apenas concordou em deixá-lo dentro do avião junto comigo se Hórus estivesse em uma gaiola confortável até chegarmos na Itália. Assim como para mim, para meu gato a viagem está sendo cansativa. De Porto Alegre voamos até São Paulo e, de lá, partimos para a Europa.

Cinco horas já se passaram, além as duas horas que tivemos de esperar por conta de o voo ter atrasado. Ficamos em um hotel durante meio dia, até recebermos a liberação. É claro que, em todas as embarcações, permaneci dentro do setor privado, na primeira classe, que fica mais à frente na aeronave.

Aperto mais a caneta sob meus dedos e começo a rabiscar a primeira linha da minha carta.

Querido Maximiliano,

Escrevo em resposta a todas as suas belas cartas. Já aviso de antemão que não sei lidar com as palavras da forma exemplar que trabalha com elas. Assim como você, também recebi uma convocação. Estou deveras nervosa.

Ser rainha não era algo pela qual eu estivesse esperando. Para mim, receber a coroa tinha acabado com a abdicação de minha mãe e com sua morte precoce. Mas o destino quis mostrar que tem coisas que, quando são para ser nossas, nada as impede de acontecer.

Sinto sua falta na mesma proporção que sente a minha. Cada instante que estive ao seu lado valeu a pena, foi especial de uma forma que nunca pude sentir com outro. Meu coração dói com a distância e, para ser sincera, meu principal motivo para ter aceitado a coroa é que, viajando até a Itália, reencontrarei você.

Max, preciso de você do meu lado. Sei que antes você seria no máximo um príncipe se ficássemos juntos. Agora vou precisar que você seja um rei. O rei consorte da rainha regente. Apesar disso, sou apegada ao seu antigo título, gosto de chamá-lo de major.

"Marechal" também não é ruim, contudo "rei Maximiliano" soa ainda melhor. Então sim, quero ser a sua esposa. Mas devo alertá-lo de que não encontraremos dias fáceis pela frente e, mesmo que tenhamos recebido treinamento, teremos de ser o porto seguro um do outro. E se você não puder ser a minha ilha e o coração que preciso para amar, então não quero ter outra pessoa em minha vida.

Eu acredito em você. Acredito que não tenha usado seus poderes sobre mim e que o amor que sentimos um pelo outro tenha me curado. Você tinha razão, não eram minhas pernas que precisavam de conserto, e sim meu coração machucado e sofrido pela maldade de Heitor, pela perda da minha mãe e pelas minhas próprias frustrações.

Tenho que demonstrar a gratidão que sinto pelas coisas lindas que fez por mim. Sem sua iniciativa, eu jamais me reconectaria comigo mesma, nem procuraria por Tordilha. Obrigada por não me julgar em nenhum momento. Obrigada pela maravilhosa dança que tivemos, pelo banho no Lago Negro e pela caçada.

Esteja ciente de que nosso amor está gravado na Fonte do Amor Eterno, onde nos esbarramos. Nosso amor está protegido para todo *o sempre. Assim que o encontrar, saiba que nunca mais vamos nos separar. Não quero vê-lo na guerra, Max. Quero tê-lo ao meu lado.*

Amo você,

Louise.

Estou esperançosa na crença de que esta carta baste como resposta. Tentarei enviá-la para Maximiliano de alguma forma, mesmo sabendo que ele já não se encontra mais dentro do palácio real, e sim no campo de atividades. Rezarei para que esteja protegido de alguma forma. Espero que, até minha chegada em solo italiano, tudo continue bem.

Não faço ideia de como estará o cenário na província de Sassari, nem mesmo o que me aguarda dentro do palácio. Não conheço os empregados, nem a rotina do lugar, os visitantes e as funções de cada um. Certamente terei ajuda, porém, desta vez, não terei Nora e Justina ao meu lado. A saudade que já sinto delas faz com que um nó surja em minha garganta.

Não posso chorar a esta altura do campeonato. Pelo menos, quando eu chegar nas terras do palácio real, encontrarei Tordilha me esperando.

CAPÍTULO VINTE E QUATRO

E lá está ele, o imponente e magnífico palácio de Sassari.

O grande portão de entrada carrega o brasão da casa, um escudo com duas espadas e um pássaro. Ao que ele se abre automaticamente, os milhares de guardas reais que fazem a guarda batem continência.

Para eles e para a nação da ilha, a nova rainha regente acabou de chegar. E isso me deixa arrepiada dos pés à cabeça. Diferente do que pensei, não sinto medo, ao menos não mais. É como se, ao estar de volta a estas terras, tudo se conectasse.

O carro segue pelo caminho de pedra ao lado direito, que acompanha todo o comprimento do lago artificial entre as duas passagens. O lago é belíssimo, de águas cristalinas, cheio de trepadeiras, que sobem em altos pergolados nas pequenas ilhas que flutuam por ele.

Estou tão entretida admirando a paisagem que já me esqueci do cansaço da viagem. Estou boba com o quanto a grama se mostra mais verde aqui, o céu límpido e incrivelmente brilhante. Conforme Nora me avisou, o verão aflora na ilha — ao contrário do Brasil, cujo sul sofre com as geadas anuais.

Coloquei um vestido leve e refrescante, que toca o chão com seus babados longos. Escolhi o azul-celeste para compor a cor principal da peça, combinando com a coroa que usei no baile que papai ofereceu. Tenho de passar uma boa impressão, afinal, conforme meu conselheiro, a mídia local está nos aguardando. Fazem a cobertura da minha chegada.

Já posso vê-los do carro, estão mais concentrados na escadaria de entrada do palácio, mas há pessoas perdidas pelo jardim. Em vez de ficar ressabiada e discutir sobre a presença deles, não me sinto incomodada. Agora estar na mídia a todo instante será uma coisa corriqueira e normal. Afinal, até a moeda da ilha terá o meu rosto. Não preciso mais me importar com isso. Os jornais do sul do Brasil com certeza não ficarão para trás e noticiarão tudo o que os títulos internacionais publicarem — se não mais.

— Nossa, este lugar é maravilhoso.

Gregory sorri, encantado com a visão.

Assinto, verificando o gramado se estender até se perder de vista.

— Agora essa será a sua casa também. Seja bem-vindo, conselheiro.

Dou uma piscadela divertida para ele.

Gregory está todo arrumado, como se tivesse nascido para o cargo. Além de levar o trabalho muito a sério, ele costuma ser perfeccionista em tudo o que faz, sem deixar passar um detalhe. É Gregory quem me alertará de tudo, pelo menos até que eu seja apresentada à minha nova instrutora.

Sim, rainhas precisam de uma guia, quase como uma dama de companhia. A diferença entre elas é que a instrutora participa das relações políticas e dos eventos a que a rainha deve comparecer e socializar.

Logo o carro para em frente às escadas recheadas de jornalistas com suas lentes afiadíssimas. Minhas mãos começam a suar quando Gregory desce pela porta aberta do outro lado. Há uma grande quantidade de guardas, a elite está a postos, formando uma fila de cada lado da escadaria, dando as costas às pessoas que se encontram ali. Os jornalistas terão que se esquivar bastante se quiserem fazer um bom trabalho.

Pela primeira vez na minha vida, posso ver a guarda principal, que desce as escadarias de concreto. Usam um uniforme militar todo preto, com uma faixa prateada atravessando o peito. O quepe em suas cabeças é preto também e ostenta o brasão da família real, assim como no portão principal.

— Majestade, farei as honras. — Gregory me oferece a mão para sair do carro. — A senhorita está deslumbrante, tenho certeza de que Maximiliano ficaria orgulhoso.

Meus olhos quase marejam; poderia ser ele no lugar de Gregory. Sou obrigada a afastar a dor que sinto ao desejar o major e foco no que preciso fazer. Aceito sua mão e deslizo para fora do carro. Com os dois pés no chão, levanto-me e caminho de modo elegante em direção à escadaria, sendo recebida pela guarda principal. O capitão surge entre eles, que abrem espaço.

— Seja bem-vinda ao lar, majestade. — Ele bate continência e faz uma reverência.

Sempre achei essa atitude linda, apenas um monarca na casa da realeza da Sardenha pode receber uma continência sem ser detentor de uma patente militar. É uma regra que seguem, como se demonstrassem sua lealdade ao rei ou à rainha regente. E isso que eu ainda nem assinei o termo de aceitação à regência.

— Obrigada, capitão.

Sorrio e aperto sua mão com força.

Estou me esforçando para falar um italiano perfeito, apesar de, curiosamente, uma das línguas exigidas pelo palácio ser o português de Portugal. Então ao menos, se eu falar o português do Brasil, a maioria compreenderá. Houve uma época em que o governo da Itália solicitou que Sardenha não tivesse apenas o sardo como idioma, e que a população pudesse aprender inglês americano e britânico, o italiano e um que fosse da escolha da realeza. Vovó me encarregou de fazer essa escolha, por isso sugeri o português de Portugal.

Sei que ela queria me fazer me sentir útil, foram inúmeras as vezes que o palácio me mandou e-mails e correspondências solicitando os meus serviços. Eram coisas pequenas em que meu nome acabava aparecendo. Trabalhos que meu primo, o antigo rei, não gostava de fazer.

O som de câmera sendo acionada é constante. Chegamos após o meio-dia, um bom horário, já que o jornal local vai ao ar depois das catorze horas; suponho ser por isso que a maioria dos jornalistas está cobrindo minha chegada ao vivo. Aceno para eles e me deparo com a multidão aglomerada à esquerda, impedidos de invadir os jardins por uma alta grade de ferro.

Sorrio para eles, que gritam eufóricos, e aceno timidamente. Estou acostumada com poucas pessoas, mas aqui há quase um país inteiro. É uma multidão tão grande que a ficha parece cair ainda mais.

— O povo estava ansioso pela sua chegada, senhora — o capitão menciona, observando meu ato. Seus olhos escuros brilham com satisfação. — É muito parecida com a sua mãe, eles gostam disso.

— Fico feliz em saber.

Faz um gesto para que eu siga em frente, subindo as escadarias. A monarca principal sempre deve ser a primeira em tudo, o restante sempre a segue. Chego ao topo e me deparo com uma calçada feita de mármore branco polido, em perfeito estado, que leva a mais um lance de escada até a porta principal.

Antes que possa dar mais algum passo, admiro o palácio, que deve de ter mais de duzentos metros de comprimento só de fachada. Suas altas paredes brancas se perdem no infinito do céu azul-claro. As vidraças são de um transparente puxado para um azul-cristalino e o telhado se reveste de uma cor chumbo-arroxeado. Estou diante de um monumento único, um patrimônio da ilha da Sardenha, o maior que há neste lugar.

Louise.

Ouço um doce sussurrar que me faz olhar para os lados, intrigada. Não encontro ninguém me chamando. Decido me voltar para trás à procura da voz. Por sobre a linha dos ombros de Gregory, seguido pelo capitão, vejo uma estátua. É um lindo e extraordinário chafariz, bem no meio do lago. A escultura parece ter sido feita a mão por um raro artista.

É a imagem de uma mulher nua, o corpo envolto por uma túnica de forma frouxa, ao que um dos braços esconde os seios. Os cabelos longos, moldados às suas costas, e todo o corpo delicado e escultural repousavam sobre uma concha enorme, e espumas da água boiam sobre a concha e pelos pés delicados da estátua.

— Não pode ser — murmuro, atônita. — Ela está em todos os lugares.

— É porque ela tem seus preferidos.

Uma voz suave ressalta ao meu lado. Levo um pequeno susto e me volto para uma mulher belíssima, que me faz lembrar de alguém. Com um sorriso gentil, ela se curva em uma reverência, dando-me tempo para analisá-la: cabelos loiros presos em um coque de tranças, traços delicados e olhos de um intenso verde-água indecifrável. Conhecidos demais para o meu gosto.

— A deusa Afrodite é um símbolo da corte real da Sardenha. A senhorita a verá em quase todos os lugares.

Ela não perde a explicação e se volta para que continuemos a caminhada até a porta do palácio.

Entramos e percorremos um longo corredor, embrenhando-nos cada vez mais pelo interior da construção. Diferente do que me lembro, o ambiente não é escuro demais, e sim amplo o suficiente para se perder com facilidade.

— Nos últimos tempo, eu a vejo em todos os lugares. — Suspiro, exausta pela primeira vez. Quando me dou conta, vejo Hórus correndo ao meu encalço, esqueci-me do danadinho dentro do carro. — Ela me faz lembrar de alguém.

Penso que a mulher não vá responder; na verdade, acredito que não tenha compreendido o que quero dizer. Mas ela me surpreende ao se pronunciar:

— Não se preocupe, majestade. Ele irá voltar para você. — Dizendo isso, encara-me com uma expressão misteriosa, e um intenso tom de dourado passa por seus olhos. — O poder do amor é incontestável, e a deusa gosta de uma história comovente.

Assinto, tranquilizada de alguma forma.

— É o que tento dizer para mim mesma todos os dias.

— *Miau*. — Hórus ronrona aos meus pés, saltitante pelo corredor, que acaba em poucos passos.

O salão principal se abre diante de nós, e pegamos o lance da maior escadaria que já vi na vida. Parece coisa de filme, seus degraus são feitos de um mármore branco antigo. Um tapete vermelho aveludado o cobre na medida certa, tornando a estrutura ainda mais chamativa e elegante.

Imagino quantos outros reis e rainhas caminharam por aqui e fizeram uso deste palácio.

— Serei sua instrutora por ora — explica, subindo as escadas. — Sua avó a espera junto do primeiro-ministro e do conselho real na sala de reunião do monarca regente, que em breve será a sua sala. Para começarmos, precisarei repassar algumas coisas com a senhora. – Fico atenta a suas palavras e o nervosismo começa a querer dar as caras. – A senhora terá de assinar o livro vermelho, em que constará a documentação de sua posse como a nova monarca. Posteriormente, sua avó e seu primo também assinarão um documento que comprove que foram testemunhas da passagem da coroa. O capitão da guarda principal também foi convocado para esse feito, bem como o primeiro-ministro e seu atual conselheiro, majestade.

– O que mais preciso saber? – pergunto ao segurar a saia do vestido para subir o último degrau.

Tenho a sensação de que a escadaria nunca terminará. Se minhas pernas não estivessem melhores, jamais conseguiria subir todos esses degraus.

– Esse momento será gravado pela transmissora local, o Jornal Sassari. É uma forma de conseguirmos trazer um pouco de participação do povo a essa transformação marcante do futuro da ilha. Espero que não se importe.

– Tudo bem, não costumo ter um bom entrosamento com jornalistas, mas podemos fazer isso – confesso, atordoada pelos momentos que vivi em Gramado.

– A senhora não precisará responder pergunta alguma para eles. Além disso, sua coroação ocorrerá no Natal deste ano. Já estamos providenciando tudo.

Umedeço os lábios, ansiosa, e paramos no fim de um corredor incrivelmente limpo e claro. As vidraças transparentes deixam o sol do início da tarde entrar por completo. O calor na ilha é bem agradável, os raios luminosos do sol aquecem minha pele de uma forma maravilhosa.

– Abrirei essa porta quando estiver pronta, majestade – alerta com as mãos sobre a maçaneta.

— Pode abrir. Vamos logo com isso — decido.

Respiro fundo e endireito a postura ao que Gregory e o capitão acabam de nos alcançar. Dou graças a Deus por termos almoçado no aeroporto assim que pousamos em solo italiano. Pelo menos não me sentirei enjoada de tanto nervosismo.

Assim que as portas se abrem, vejo o semblante de vovó Ana se iluminar. Ela está muito elegante, como sempre foi. Quem não a conhece costuma dizer que não aparenta a idade que tem. Para falar a verdade, mamãe e eu temos muito dela. O mesmo tom de vermelho nos cabelos, os traços mais finos e delicados.

Vovó ganhou ao menos dez quilos desde que a vi pela última vez e completou oitenta e seis anos de vida há algumas semanas. Usa um vestido bege que vai até o meio de suas canelas e uma tiara quase imperceptível repousa sobre a cabeça. A única coisa que não temos em comum é a cor de nossos olhos. Vovó e mamãe têm olhos castanhos; o azul que carrego pertence ao meu pai.

Ao seu lado, meu primo me estuda. O antigo rei traja um uniforme que os príncipes da província devem usar. Acredito que não seja fácil para ele ter de largar a posição de rei e voltar a ser apenas um príncipe.

Vejo uma sombra furiosa em seus olhos verdes — visível para quem quisesse ver. Pouco o conheço e nunca o vi pessoalmente. Assisti à sua coroação pela TV, pois não tinha condições de viajar para a Itália depois da morte de mamãe.

— Minha querida neta. — Vovó é a primeira a se aproximar, puxando-me para um abraço aconchegante. — Como você cresceu! — Ela se afasta e segura meu rosto com a ponta dos dedos, analisando cada detalhe. — Está tão linda! — Emocionada, seu semblante demonstra dor pelas próprias palavras. — É tão parecida com sua mãe que poderia dizer que estou diante dela se não fosse pelos olhos azuis.

Faço uma reverência para ela. Vovó assumiu como a monarca principal até que eu assine o livro vermelho, por isso lhe devo obediência e lealdade.

Meu primo, ao se aproximar, executa uma saudação a mim antes de falar.

— É um grande prazer conhecê-la, prima.

Sorrio para ele, meio sem jeito. Querendo ou não, estou o destronando.

— A gentileza é reciproca, alteza. — Consigo dizer.

O príncipe Felipe não demonstra agrado com a minha presença, logo voltando a se afastar, indo para perto da mesa principal, onde ao menos vinte homens ocupam seus lugares. Todos estão em pé, reverenciando sua futura líder.

Uno as mãos em frente ao corpo e os cumprimento com um leve aceno de cabeça. Deixarei que vovó faça as honras, afinal o palácio ainda é seu. O primeiro-ministro vem até mim, deixando para trás sua posição ao lado dos demais homens. Cordial, ele faz uma reverência, e eu aperto sua mão. Em seguida ele indica meu assento.

— Seja bem-vinda, majestade. Esperamos que a viagem tenha ocorrido bem e que sua chegada esteja sendo agradável. — Ele parece mesmo preocupado, como se tudo precisasse ser perfeito. Percebo que é deveras importante, pois o momento atual será um marco histórico. — Queira ocupar o assento atrás da mesa principal, o livro está à sua espera, senhora.

Senhora.

Uma pequena palavra que ainda soa estranha. Devo me acostumar com ela, pois será o modo pelo qual me chamarão.

— Obrigada, senhor ministro. Estou um pouco cansada, mas a viagem foi bastante proveitosa, certamente — tranquilizo, passando a andar ao seu lado, ocupando logo em seguida uma grande cadeira de couro branco.

— Vamos começar em breve, o chefe do conselho real fará a leitura de sua posse. É um texto muito antigo, escrito em sardo, talvez a senhora não consiga compreender o que é dito, no entanto, não há com o que se preocupar. Estarei aqui para auxiliá-la.

Ele permanece ao meu lado e sorri para as lentes de três jornalistas, que se agrupam à nossa frente com suas equipes de filmagens.

Estou sentada à ponta da mesa de reuniões, de forma que tenho uma visão ampla e perfeita de todos os presentes. Desconheço muitos, mas a idade avançada de cada um mostra que estão no cargo há um bom tempo.

Vovó Ana repousa a mão sobre a minha em cima da mesa e pisca para mim. Endireitando a postura, ela também sorri, o que me incentiva a fazer o mesmo. Muitas cosias passam pela minha cabeça. Quantas pessoas estão nos assistindo? Será que papai e Elena estão orgulhosos de mim? Onde está Maximiliano neste momento?

O capitão e meu conselheiro se colocam ao lado do primeiro-ministro, chamado Osório. Mais cliques se dispersam, e a atenção dos homens à nossa frente se mantém cada vez mais ávida. É como se estivessem me estudando, tirando a temperatura do que se passa. Pelo o que entendi, foram eles que avaliaram a possibilidade de o documento de vovô ser plausível.

Assim como Osório explicou, o chefe do conselho real começa a fazer a leitura de abertura. A língua antiga e materna da ilha é quase indecifrável, muito difícil de se pronunciar. Assim como qualquer idioma, ela se modificou, modernizando-se com os anos, o que torna os costumes quase extintos.

Após a longa leitura, vovó é a primeira a assinar o livro, que está aberto à minha frente sobre a mesa. O primeiro-ministro e meu conselheiro passam a registrar seus nomes do mesmo modo, seguidos pelo capitão. E então chega a vez do príncipe Felipe, que o faz demoradamente a contragosto, quando o livro passa por suas mãos na mesa de reuniões.

Ao longe, minha instrutora está atenta, volta e meia seus olhos repousam sobre mim. E é como se ela sentisse tudo o que eu sinto, o nervosismo, a angústia, o medo e a sensação de que tudo isso não pode ser real. Observo meu primo apertar com firmeza a caneta de ouro no momento em que o chefe do conselho o orienta a assinar a documentação da passagem da coroa.

Ele chega a fazer uma pausa, olhando-me com frieza. Eu sabia que não seria fácil para Felipe, que há quase seis anos ocupa o lugar de líder na nação da Sardenha. Não poderia esperar menos do que isso. Apesar disso, o documento é assinado e, em instantes, o livro retorna para as minhas mãos.

– Quando a senhora assinar esta página, bem aqui – Osório aponta, discreto, para a linha preta bem embaixo dos escritos –, a coroa será sua para sempre e ninguém terá o poder de tirá-la. Sua majestade só a perderá quando partir deste mundo, deixando o trono para seus descendentes.

Pego a caneta, uma especial, toda prata com o brasão real carimbado sobre o material. Caprichosa, assino, declarando que peguei de volta tudo o que me pertence por direito. Espero que esta seja a decisão correta e que mamãe possa me guiar pelo bom caminho.

CAPÍTULO VINTE E CINCO

— Espero que goste, querida. Já tem algum tempo que o reformamos constantemente — vovó explica ao dar mais alguns passos no imenso cômodo. — Ele foi de sua mãe, pensei que gostaria de dormir aqui se um dia viesse a morar conosco. Esta é uma ala do palácio que não permiti que a família de Felipe infiltrasse.

Vovó fala como se seu sobrinho fosse um homem indigno. E talvez esteja certa.

— Nem sei o que dizer, *nonna*. Vou amar ficar neste quarto, ele é muito maior do que preciso — comento, emocionada.

Estou sem fôlego com a visão. Poucas horas se passaram desde a nossa chegada. Estou cansada demais para continuar acordada, porém, após a assinatura do livro, não tive tempo para um cochilo. Conversei com tantas pessoas diferentes, testado meu inglês, o sardo e o italiano que minha cabeça parece pesada.

Mas assim que entramos neste cômodo, descobrindo que a ala norte do penúltimo andar será toda minha, fico atordoada de tão empolgada. Há mais de quinhentos quartos de hóspedes no palácio, e duas bibliotecas que contam quase com o dobro da mansão de Elena e Cristóvão. Sem falar no restante, nem consigo imaginar.

O quarto tem paredes brancas, com alguns contornos em ouro e gesso; o teto é todo trabalhado em pinturas feitas à mão, moldando uma espécie de pluma, como se as nuvens do céu fizessem morada aqui. O piso, polido e brilhante, é feito de um mármore marfim extremamente raro hoje em dia.

A cama é três vezes maior do que a minha em Gramado. Cheia de travesseiros em fronhas brancas, com uma colcha tão aveludada que tenho muita vontade de me jogar nela. Quem a aproveita é Hórus, quase desmaiado. Há dois móveis em cada lado da cama, com um vaso de vidro preenchido com rosas cor-de-rosa.

— Minhas preferidas. — Sorrio ao vê-las.

— Isso foi um detalhe que Dite sugeriu — vovó elogia minha instrutora.

Franzo o cenho e a procuro pelo quarto quase no automático. Encontro-a organizando a penteadeira cor-de-rosa perto de uma das janelas.

— Esse nome... — começo a dizer, mais para mim mesma do que para elas; são tantas similaridades.

Não consigo encaixá-la...

— É um apelido, majestade. — Suas bochechas coram, mas noto que fica incomodada. — Gosto dele, é o único nome que tenho.

Percebo que fui grosseira com ela, arrependendo-me por ter comentado.

— Desculpe, é que a senhorita me faz lembrar de alguém. Parece que nos conhecemos há muito tempo.

Dite abre um pequeno sorriso enquanto guarda algumas paletas de maquiagem novas, todas Dior e Mac. Fico ainda mais sem jeito por vê-la ter de se entreter com algo apenas para não me encarar. Então lembro que trouxe uma maleta cheia de produtos de beleza do Brasil.

— Não sei se conhece esta marca, mas gostaria que ela fosse uma opção também — falo, pegando a maleta e a entregando para Dite, que fica curiosa. — MariMaria Makeup, já ouviu falar?

Ela pega a maleta e puxa a fivela, espiando os produtos aglomerados dentro do couro.

— Na verdade não, senhora.

Toco seu ombro com carinho.

— Pode me chamar de Louise.

Suas bochechas coram e ela nega.

— É contra as regras, mas lembrarei disso.

Sorrio, satisfeita.

— Querida, preciso me retirar. Amanhã de manhã podemos tomar um café juntas e conversar bastante — vovó chama minha atenção, acompanhada agora de seu secretário particular. — Tenha uma ótima noite de sono.

— Até amanhã, vovó — concordo, acenando para ela.

Vovó sai do quarto conversando com o secretário, interessada no que tratam juntos. Não sei sobre o falam, mas ela não demonstra satisfação alguma com o que ouve.

— Não se preocupe, sua avó é esperta o suficiente para lidar com os imprevistos — Dite comenta, terminando de guardar as paletas de maquiagem na gaveta.

— Presumo que talvez se trate do meu primo. Ou estou errada? — questiono, puxando o banquinho estofado cor creme em frente à penteadeira.

— Em parte. — Sua expressão não é boa. — Nas últimas semanas, Felipe tentou de tudo para não perder a coroa. Contudo, nem mesmo os cinco filhos homens que teve foram o suficiente para isso.

— Não me parece gostar dele.

Ela me olha de soslaio, caminhando pelo quarto e deixando alguns cadernos de capa dura para anotações em cima da escrivaninha.

— Acho que ninguém dentro deste palácio tem favoritismo por ele. Muitas coisas mudaram desde que ele foi coroado e nenhuma de suas exigências agradou. A senhorita aprenderá como lidar com a realeza, mas saiba que será bastante desafiador.

Mordo o lábio inferior e suspiro um tanto angustiada. Olho-me no espelho à minha frente e tiro a coroa pesada da cabeça. Dá para ver pelos meus olhos que o cansaço me consome aos poucos, o rosto mais pálido que o normal.

— Ficarei feliz se pudermos nos tornar grandes amigas — comento ao vê-la me olhando através do espelho. — Pelo menos espero que eu tenha começado bem hoje.

Ela se aproxima para soltar meu cabelo das tranças. Enquanto tira os nós com uma escova fofa, permito-me fechar os olhos. Amo quando mexem em meus cabelos com tanta delicadeza.

— É claro, senhora. Tenho certeza de que formaremos uma bela equipe. — Seus dedos massageiam meu couro cabeludo e sua voz parece se distorcer e soar de uma forma tão serena que todos os problemas desapareceram do mundo. — Agora é o momento de descansar. Tenha bons sonhos, majestade.

Na manhã seguinte, encontro Dite disposta a me ajudar a escolher o vestido que usarei. Depois de tomar um banho e me arrumar, às sete em ponto desço para tomar o café da manhã na companhia de vovó Ana. É o meu primeiro dia de "reinado"; apesar de a coroação ainda não ter acontecido, já posso tomar certas decisões.

E é exatamente o que ocorre quando chego até a mesa. O primeiro-ministro me aguarda, sentado à mesa farta ao lado de vovó. Dite me acompanha até cômodo arejado, ocupando um assento mais afastado. Dou um bom-dia e me sento ao lado de Osório.

— Como dormiu em seu primeiro dia no palácio, majestade? — ele pergunta, sorridente, ao tomar um gole de café.

Passo as mãos pelos joelhos por cima do tecido laranja queimado. Apesar de nervosa, sinto-me linda com as sugestões que minha instrutora passou. Dite me ensinou que as rainhas precisam estar sempre bem-vestidas e que apenas aos sábados posso usar qualquer outra roupa, porque, aos sábados, a rainha e sua corte não trabalham, nem aos domingos, a não ser que tenhamos compromissos irrecusáveis a comparecer.

Agora, é uma questão de dar preferência a vestidos longos ou que ao menos caiam até os joelhos, deixando apenas as canelas ou tornozelos à mostra; usar luvas em lugares públicos, saltos escarpam e cores chamativas, dependendo do ambiente. Uma tiara simples deve ser usava todos os dias, e a coroa, nos eventos reais.

— Sim, senhor ministro. Dormi maravilhosamente bem no meu novo quarto — afirmo, lembrando-me do quanto gostaria de ter permanecido na cama macia e aconchegante com Hórus.

— Soube que ficou com a ala norte, é a mais antiga e importante do palácio — ele comenta, como se os velhos tempos retornassem à sua memória. — Talvez vossa majestade devesse explorar mais o palácio. Há inúmeros lugares que guardam muita história, tenho certeza de que irá gostar.

— Tenho certeza que sim — concordo, aceitando uma fatia de bolo de baunilha com cobertura de chocolate; acrescento alguns morangos e algumas uvas ao pequeno prato e me sirvo de café.

Depois de comermos e discutirmos sobre vários assuntos aleatórios, crio coragem para perguntar o que mais quero saber no momento, algo que se mostrou esquecido pelos demais: a guerra.

— Quando Maximiliano voltará para o palácio?

Vovó e o primeiro-ministro se entreolham discretamente. Este é um assunto que se mostrou deveras sigiloso. Algo que não cabe a mim saber. Mas agora, sou a rainha e amo Maximiliano. Eu o quero ao meu lado.

— A concentração da revolta populacional ainda é intensa na região da divisa, majestade. Creio que o marechal Lucchese não estará entre nós tão cedo — Osório responde, nervoso.

Minha decepção fica tão nítida que até mesmo os guardas reais percebem.

— Não fique assim, querida. Maximiliano está fazendo um excelente trabalho em nome do trono sardenho. Seu namorado é muito bem-visto pela corte, poderão marcar a data do casamento muito em breve — vovó tenta me animar, esboçando um sorriso terno assim que direciono minha atenção a ela.

Sua atitude, contudo, torna a me mergulhar em um mar de preocupações. Não sei se Maximiliano está mesmo bem. E não consigo pensar em casamento sendo que ele está em um campo de guerra, impedindo que rebeldes invadam as províncias.

— O que exatamente Maximiliano e nosso exército estão defendendo? — quero saber, adotando um tom mais sério.

Se quero ser respeitada, tenho que adotar uma postura que mostre que jamais brinco em serviço.

— Os trabalhadores estão se revoltando contra os donos das terras de mineração, senhora. Grupos rebeldes de outras províncias menores e remotas da ilha estão unindo forças e o número é cada vez maior. — Osório não sabe onde se ajeitar no assento, como se houvessem milhares de espinhos no estofado de sua cadeira. — Estamos lidando com um povo que sempre foi nossa responsabilidade, mas que mal sabemos quem são e do que necessitam.

Paro um instante para refletir e chego a uma conclusão que deixa vovó surpresa.

— Creio que esteja enganado, senhor ministro. A força emana do povo e se podemos fazer algo por ele, faremos. Conhecendo-os bem ou não, é nosso dever estabelecer um diálogo com as partes menos agraciadas pela coroa.

— Não estou conseguindo acompanhar seu raciocínio, majestade. — Ele fica ainda mais nervoso, o que chama a atenção de Dite até mim.

— Os jornalistas ainda estão pelo palácio? — pergunto, decidida.

Ele tenta compreender o que tenho em mente, no entanto, perde-se na metade do caminho.

— Sim, alguns decidiram se instalar em frente aos portões para cobrir os próximos dias.

— Então gostaria que os chamasse. Quero sua ajuda e a de Gregory para escrever uma carta aberta às indústrias e aos donos das terras de minas. Iremos transmiti-la ao vivo o quanto antes. Deixaremos claro que continuaremos mantendo laços com eles, e que também daremos mais atenção à população carente daquela parte da ilha.

— Como a senhora sabe... — Ele tenta falar, mas eu o impeço.

— Sempre estudei as relações políticas de nossa ilha e o quanto a realeza abrange as localidades de todas as províncias. Mamãe sempre me dizia que Nuoro é um pedaço de terra especial demais para ser desprezado, mas que Cagliari também merece ser valorizada. É isso o que começaremos a fazer, será o primeiro passo.

Osório não fica contente com minhas palavras, ou talvez seja muito mais do que isso.

— Senhora, veja bem o que irá propor à população. Nosso povo já foi machucado demais pelas atrocidades de seu primo.

Franzo o cenho, inconformada com o que diz. A situação entre o povo e a monarquia é mais frágil do que eu poderia imaginar.

— O que não estou sabendo?

Ele permanece calado e, antes de sair, toca meu ombro como em sinal de que depois conversamos. Respeito sua decisão, ávida para poder ouvir mais durante nosso trabalho no gabinete. Se minha família não pode trazer Maximiliano de volta ao palácio, eu o trarei sozinha. E se há algo que farei é ajudar a população que, ao que parece, foi esquecida.

As câmeras ligadas e focadas em mim teriam me assustado algumas semanas antes. No entanto, a urgência da ocasião deixou bastante claro que, se eu não fizer nada, as províncias correm o risco de colapsar — em especial as mais remotas, compostas pelos mineradores de minério de ferro, além das pedras preciosas que fazem parte da coleção real.

Tive uma longa conversa com Osório, que me contou o verdadeiro tamanho do problema. Quando meu avô, Edward, era rei, ele instaurou a obrigatoriedade de uma renda especial para as famílias com membros adoentados. A ordem era mantida nas mais longínquas províncias e o minério estava em constante transporte pelas ferrovias que ligavam as minas até as indústrias.

Já o rei Felipe III desviou dinheiro do povo para investir em negócios fora da ilha. No momento em que vovó pediu para que os documentos da regência de Felipe fossem analisados a fim de que a coroa passasse para mim, muitas coisas foram encontradas — coisas que alma alguma denunciaria, afinal, os trabalhadores do palácio respondem apenas ao soberano.

O conselho precisou entrar em um consenso, e, pelo o que Osório falou, jamais poderiam ignorar algo tão importante. Se vovô tivesse solicitado meu direito ao trono antes de morrer, Felipe jamais teria se tornado rei. Ainda assim, na época eu era nova demais para assumir.

Vovô Edward faleceu dois anos depois de mamãe, vítima de uma intoxicação misteriosa, embora os médicos tenham dito ter sido pela idade e o estresse do trabalho. É claro que a parte da família mais íntima a ele teve suas dúvidas. A morte de mamãe nunca me passou batida. Eu sabia que era injusto demais uma pessoa que dirigia com tanto cuidado morrer em um acidente de trânsito por alta velocidade. Ainda me lembro da noite fria em que me deram a notícia de sua morte. A explicação que me deram, na época, era de que mamãe provocou sozinha uma batida em alta velocidade contra um muro de contenção em um morro próximo ao palácio. Após o trabalho da perícia e do corpo de bombeiros, o carro mostrava problema de desgaste nos freios. Desconfio desta versão, para mim há alguma coisa mal contada.

Respiro fundo mais uma vez, buscando reorganizar minha cabeça, que não para de pensar um minuto sequer. No tempo que levei para ser preparada, vovó e Dite se empenharam para me deixar perfeita para as câmeras. Vovó foi uma rainha muito amada pelo povo, assim como meu avô Edward. Ouvi atentamente seus conselhos e o pedido de que eu fosse prudente e falasse apenas o necessário. Então, ela me disse como estava orgulhosa da iniciativa e que, desde a liderança de meu avô, nenhum outro monarca foi tão caridoso e preocupado com seu povo.

As pessoas não se cansam de dizer o quanto o rei Felipe III não fez seu trabalho direito, e os murmúrios pelo palácio mostram-se cada vez mais certeiros. Eu moro aqui há um dia, e meu nome está em todos os jornais do país e da Europa. Com certeza no Brasil não é diferente, no entanto nem tive tempo para sentir saudades de lá.

— Assim que estiver pronta, autorizarei o início das transmissões.

Osório me entrega a carta aberta, já aprovada por ele.

Gregory e o primeiro-ministro deram suas opiniões sobre alguns pontos, mas no geral me saí melhor do que a encomenda. Citei tantas questões esquecidas há tanto tempo que Osório se prontificou a agendar tudo o que fosse preciso para tornar real o que eu propunha.

— Estou pronta. Podemos começar. — Dou o sinal, endireitando a postura.

Sinto-me melhor graças ao assento macio da cadeira em que vovô trabalhava em seu gabinete real. É como se ainda existisse um pedaço da essência dele e de mamãe. Ambos trabalharam dia após dia neste gabinete, que agora é todo meu.

Quando Osório pediu que eu decidisse onde montaria meu próprio gabinete, perguntei se poderia ocupar o que pertenceu a vovô. Ninguém protestou, e o lugar voltou à vida com minha vontade de usá-lo. Quando Felipe era o rei, fez questão de se mudar para a outra ponta do palácio e restaurar um andar inteiro, tudo para mostrar à população que a monarquia teria outro rosto.

A luz vermelha das câmeras pisca e a preparação da iluminação é checada.

— Estamos no ar, vossa majestade — um dos jornalistas fala, concentrado em pegar meu melhor ângulo.

Com as mãos repousadas sobre a mesa, seguro a carta e aguardo alguns milésimos de segundo.

— Na tarde desta quarta-feira, ouso tirar uma parte do tempo de nossos súditos para saudar toda a população de nossa ilha. Em união, me dirijo às províncias de Sassari, Nuoro, Oristano, Sud Sardegna e, não menos importante, Cagliari. Como sua atual rainha e recém-designada monarca, venho agradecer pelo apoio que estou recebendo com a presença de tantas pessoas empolgadas atrás dos portões do palácio. — Faço uma breve pausa para tomar fôlego e, antes de prosseguir, encaro a câmera. – Apesar de ter tido pouco contato com meu avô, o rei Edward, afirmo com convicção que meu reinado será inspirado em suas boas ações e conduta honrosa para com o povo. Desde a criação da monarquia nesta ilha, nunca houve o reinado de uma rainha. Serei a pioneira e de forma alguma pretendo decepcioná-los.

Preciso puxar o ar com mais força para que as lágrimas não cheguem aos meus olhos. Em um instante eu era uma princesa que jamais seria rainha e que seu povo mal conhecia. No outro, a coroa recaiu sobre minha cabeça, exigindo que eu a assumisse na esperança de melhorar as condições da população.

No minuto seguinte, ao pensar em Maximiliano, encorajo-me a continuar. Assim que as câmeras fossem desligadas, e a transmissão, encerrada, tudo mudaria.

Para melhor ou para pior.

– Há oito anos minha família e eu tentamos aprender a viver com o luto da perda da antiga princesa, Margareth. Tenho certeza de que minha mãe teria sido uma rainha extraordinária, como sei que desejavam que fosse. Vocês, o povo, a amavam infinitamente e talvez esse seja o motivo de eu ser recebida com tanta afetuosidade. Se estou aqui, em frente a estas câmeras, disposta a ser transmitida para cada televisão, em cada residência desta adorada ilha, é porque fui vítima de um milagre. – Lembrar-me de toda a dor não é fácil, mas conseguir falar sobre ela sem chorar significa que estou curada do passado turbulento. – Já fui uma campeã olímpica regional no Brasil, na pequena cidade onde residi por muitos anos. Depois de uma grave queda em decorrência do luto, fiquei sem o movimento das pernas e durante esse tempo vivia com a ajuda e o auxílio de uma cadeira de rodas e de um par de muletas. Apesar de toda a dificuldade, meu caso era reversível e continuei trabalhando como princesa. Hoje, assumo o posto da coroa e me torno sua rainha. Saibam que pretendo continuar a amar cada província desta ilha como meu avô e minha mãe amavam. Gostaria que ficasse claro a minha vontade de visitar os lugares mais afetados pela falta de atenção do palácio para com a população nos últimos anos. Tenho curiosidade e interesse em fazer uma visita às minas e terras de exploração para conhecer nossas indústrias, que tanto trabalham para manter nosso maior patrimônio.

"Por isso peço que as pessoas aglomeradas nesses locais liberem o espaço. O palácio trabalhará para garantir uma renda extra a cada família pela falta de salário e insatisfação com a situação de sua província. Para que, deste modo, as forças armadas, que fazem a nossa guarda organizada, possam retornar até a província de Sassari em paz e em solidariedade ao próprio povo. Ciente desta situação, gostaria de dizer que em nenhum momento pretendo tornar nosso povo um inimigo à monarquia. O processo é exatamente o oposto. Somos os responsáveis por providenciar o bem-estar e segurança da população. E este será um dos principais objetivos do meu reinado. Com isso, para finalizar, gostaria de prestar meus agradecimentos e citar que novas medidas serão tomadas daqui para a frente."

CAPÍTULO VINTE E SEIS

O vento contra meu rosto é libertador. Tordilha galopa a mil pelo gramado em volta do palácio. É divertido estar no ar fresco, respirando o cheiro da mata e sentindo os últimos raios de sol tocarem minha pele. Queria ter a companhia de Maximiliano para assistirmos ao pôr do sol deitados na grama macia, abraçados e trocando carícias. Ele teria gostado disso.

Cansada, Tordilha começa a trotar e logo alcançamos o estábulo do palácio, onde a deixo sob os cuidados do jovem garoto que trabalha com seu pai. Minha égua parece gostar deles, pois em nenhum momento reclamou ou tentou fugir. Vendo que ela está bem à vontade, aproveitando a sombra e água fresca como dizem por aí, deixo o galpão.

Rumo em uma caminhada lenta e cansada até o palácio, que se encontra em constante movimentação. Algo estranho está acontecendo; ouço gritos, e logo penso que é uma invasão. No entanto, as camareiras, cozinheiras e faxineiras que perambulam pelo corredor secundário estão sorrindo.

Elas ainda não me viram; aqui é a área dos trabalhadores, os fundos do palácio, por onde poucos ou nenhum integrante da família real circula. Curiosa como sou, aproximo-me e sou vista. Ao menos sete mulheres me encaram, surpresas, e se apressam a me reverenciar.

— Senhora, o que faz aqui? — a mais velha perguntou, com os braços em volta de uma pilha de lençóis dobrados.

— Estava cavalgando — comento, colocando as mãos para trás. — Vejo que o cair da noite está sendo divertido.

Elas sorriem.

— O exército está voltando, majestade. Seu anúncio trouxe grande satisfação à população — conta uma delas.

Seu olhar brilhante e a voz suave denunciam uma moça apaixonada, que deve estar esperando pelo amado.

Assim como eu.

Satisfeita com sua explicação, despeço-me delas e saio correndo para o corredor principal, encontrando soltados ocupando o espaço em meio à guarda principal. Não vejo nenhum conhecido entre eles e acho que a maioria não me reconheceria em uma roupa de montaria.

Há apenas um homem que sabe me encontrar em meio à multidão, e seus belos olhos estão fixos em mim, parado bem no meio do corredor, recebendo aplausos e tapinha nos ombros de seus colegas. Contudo, nenhuma bajulação o faz desviar sua atenção. Maximiliano usa um traje oficial galanteador; se não estivesse usando cores escuras, diria que ele era o próprio rei. Uma de suas mãos segura o cabo de uma espada, presa em seu cinto, e a outra ajeita o quepe enquanto sorri todo bobo para mim.

Não perco tempo e corro ao seu encontro, jogando-me em seus braços assim que o alcanço. É o abraço mais gostoso que já dei e recebi. E é aqui que quero ficar para sempre. Sinto seu coração batendo forte contra o meu, como se a qualquer momento fossem se tornar um só.

Tremo e, sem perceber, começo a chorar. Tive tanta saudade dele que parece que anos se passaram. O cheiro amadeirado de

Maximiliano preenche o ar à nossa volta, e afundo o rosto na curva de seu pescoço, agarrando-me cada vez mais ao seu corpo perfeito.

— Louise — ele sussurra bem perto do meu ouvido. Meu corpo amolece por inteiro e, quando me afasto para fitá-lo, encontro-o fascinado. — Mal conseguia contar os minutos para poder vê-la de novo, meu amor.

Sorrio para ele, segurando seu rosto. Roço meu nariz no seu e selo nossos lábios em um beijo profundo. Não me importo com o barulho de seus homens armados, nem mesmo se vovó ou qualquer membro da realeza nos vejam. Sei que beijar é algo íntimo e precioso para a monarquia da Sardenha e que os deveres reais devem ser encarados como um trabalho.

Mas desta vez não dou a mínima importância para isso. E nunca mais terei receio de o beijar como o faço. Maximiliano corresponde ao beijo na mesma intensidade, com cuidado e carinho ainda maiores do que em qualquer outro beijo que já demos. É tão fácil encontrar o seu amor quando nos unimos em um beijo que me sinto a mulher mais linda e poderosa deste mundo.

— Eu amo você, Max — falo ao desfazer o beijo e encará-lo, apaixonada.

Quero que ele veja que é tudo verdade, que jamais lhe farei promessas vazias.

Seu olhar recai sobre mim com intenso desejo e um brilho de admiração tão grande que me deparo com um céu cheio de estrelas que combina com o cair da noite que reflete nas vidraças às suas costas. Amo a minha família, minha irmã, meu cunhado e minha sobrinha. E jamais deixarei de amar meus pais e Nora.

Porém, o que sinto por Maximiliano parece ultrapassar tudo o que já senti. É amor, que se multiplica a cada instante que passo ao lado dele.

Abrindo a boca para falar algo, ele se afasta para segurar a minha mão. Estou tão interessada em admirá-lo que não vejo vovó Ana se aproximar. Ela nos observa com um olhar afiado e ao mesmo tempo bondoso. O primeiro-ministro e o capitão a seguem, e devo dizer que demonstram satisfação.

O capitão Leopoldo faz uma reverência a mim e bate uma linda continência a Maximiliano, que retribui. Já o primeiro-ministro permanece atrás de vovó, com um sorriso sereno nos lábios.

— Enfim estão juntos outra vez — vovó começa a falar, procurando vestígios de ferimentos em seu memorável marechal. — O senhor fez um excelente trabalho, oficial. Nosso exército retornou ao palácio com poucos arranhões e teve misericórdia perante o povo. Uma atitude nobre para um futuro rei.

— Obrigado, senhora. Servirei à coroa com todo meu empenho — agradece, segurando minha mão e entrelaçando nossos dedos.

Sua ação me deixa confortável. Depois de semanas longe, posso sentir um pouco mais de seu carinho e proteção.

— Louise, peça à sua instrutora que leve seu namorado até os aposentos reais que preparamos para ele. Tenho certeza de que o marechal gostará de descansar um pouco antes do jantar especial que preparei para a nossa família — ela dita as instruções, que me surpreendem.

Não há como negar o quanto vovó se mostra a favor de nosso relacionamento. É aí que percebo que ela o convocou para liderar as tropas em uma tentativa de provar à monarquia e ao povo que o meu escolhido é digno. E pelo que passa nos jornais, a mídia nos apoia juntos, como um casal.

Maximiliano é um homem de princípios, amoroso e que demonstra me amar intensamente. É obediente, trabalhador e prestativo, qualidades que a realeza busca em um pretendente para sua rainha. Tenho certeza de que, se eu já não o tivesse escolhido, vovó ou os conselheiros reais buscariam para mim um pretendente ideal.

Se quero ser rainha, tenho que estar casada. Mesmo tendo direito à coroa, o soberano precisa garantir herdeiros legítimos. Além disso, preciso considerar que não existe a possibilidade de o casamento do monarca acabar; ou seja, se eu me casar com Maximiliano, será para sempre. E não me importo, porque é ele.

— Alguns membros do conselho real estarão presentes e tomei a liberdade de convidar seu tio Gaspar e sua prima Antonella — vovó finaliza, esperando uma confirmação nossa.

— É muita bondade sua, vovó, pensar em um jantar com tanta minuciosidade de detalhes — elogio. — Farei o que a senhora pediu. Levarei Maximiliano até a suíte e nos prepararemos para a noite.

Ela leva as mãos ao peito e, com um pulinho leve e inesperado, suspira. Suas mãos sedosas seguram os ombros de Maximiliano; inclinando o corpo para a frente, ela sussurra no ouvido dele. Por breves segundos, os dois se dedicam a um segredo que é apenas deles. Logo vovó Ana se afasta para seguir seu caminho, há um grande jantar para organizar.

— Por que estão de segredinhos? — pergunto, após começarmos a nos afastar da multidão de guardas e soldados. — O que eu não sei?

Não tenho resposta até que subimos a escadaria principal e nos deparamos com um corredor vazio. Maximiliano aproveita a ausência dos guardas para me prensar contra a parede e mergulhar em um beijo profundo e quente, que me tira o ar. Suas mãos sobem pela minha cintura, apertando meu corpo contra o seu. Meu sangue ferve e estou prestes a ficar em chamas.

— Estava com saudades de sentir a sua boca na minha — ele sussurra ao soltar meus lábios. Sua testa encosta na minha. — De sentir o seu corpo tremendo contra o meu e ouvir a sua voz tão mansa e doce contra os meus ouvidos. Louise, não sou capaz de ficar longe de você e pretendo permanecer do seu lado pelo tempo que eu viver.

Solto um gemido prazeroso em resposta às belas palavras e esfrego nossos lábios, produzindo faíscas; uma sensação que eletriza meu coração, como se fôssemos uma perigosa armadilha. Antes que eu possa me declarar e me entregar aos seus beijos intermináveis, Dite aparece para nos separar.

— Marechal — ela chama, calma, observando-nos de longe. Quando Maximiliano direciona sua atenção para minha instrutora, Dite continua: — Preciso que me acompanhe, irei levá-lo até o segundo quarto principal, que fica ao lado do quarto da rainha.

Ele franze o cenho e por um instante penso que os dois se conhecem. Maximiliano fica em transe, e, assim que ela passa por nós, ele me puxa para segui-la.

— Está tudo bem?

Aperto seu braço enquanto apresso o passo para acompanhá-lo.

Distante e mais frio do que nunca, Maximiliano se refugia em seus próprios pensamentos. Acaricio-o e seguro sua mão. Temos muito trabalho pela frente, há um jantar para comparecermos.

Ao nos depararmos com a porta do glorioso quarto, Dite nos deixa a sós. Ela parte para preparar nossas roupas e verificar os instrutores de Maximiliano. Bem, eu ainda não fui pedida em namoro e já estamos o pressionando para se tornar o novo rei.

Seguro sua mão com um pouco mais de força, fazendo-o me olhar.

— Desculpe por isso. Se não gostar do quarto me avise, pedirei que encontrem o que estiver do seu agrado. — Estou um pouco nervosa, Maximiliano ainda está estranho, apesar de o afastamento de Dite tê-lo deixado mais aliviado. — A conhece de algum lugar? Está tudo bem?

Talvez eu não deva importuná-lo com este assunto, mas preciso saber.

— Ela me faz lembrar de alguém — confessa, demonstrando sua frustração ao passar a mão livre pelos cabelos, que estão mais longos do que me lembro.

— Bem, então somos dois. Dite é curiosamente similar à...

— À minha mãe — termina por mim.

Vejo tristeza em seus olhos e quero afastar esse sentimento tão doloroso.

— Ei. — Seguro seu rosto com carinho. — Sabe que uma deusa dificilmente estaria entre nós. Não é? — Ele assente, contrariado. — Tenho algo que gostaria de lhe dar antes do jantar — revelo, apreensiva com sua resposta. Porém, o meio-sorriso que abre me faz continuar: — Pode esperar um minutinho? Irei pegar, está no meu quarto.

Maximiliano assente, permanecendo no corredor enquanto eu entro em meu quarto para pegar a carta. Quando retorno, encontro-o acariciando Hórus, que passeia pelo palácio desde que acordamos.

— Ele ama você — falo, cruzando os braços sobre o peito ao me aproximar.

Hórus pula para os braços do marechal, esfregando o corpo rechonchudo e cheio de pelos laranja pela roupa do oficial. Ele se diverte fazendo isso e sabe que Maximiliano jamais o rejeitará.

— Acho que ele também sentiu a minha falta. — Ele sorriu, divertindo-se.

— Isso é verdade, Max. É difícil não sentir a sua falta, fica um vazio. — Aproximo-me e lhe entrego o envelope. — Por favor, leia quando estiver sozinho. Escrevi em resposta às suas belas cartas. — Meus olhos ardem conforme tento me manter firme. — Saber que pensou em mim enquanto estava no campo de conflito me levou a estar mais perto do seu coração.

Ele sorri e pega a carta, inclina-se e estala um beijo quente no topo da minha testa.

— Você sempre estará em meus pensamentos, Louise. Meu coração não sabe mais bater sem pertencer a você.

Beijo seus lábios e permito que entre no quarto para descansar.

— Eu sinto o mesmo, querido. Não sei mais viver sem você, Max.

Ele sorri, radiante.

— É bom saber disso.

Assinto, vendo-o recuar devagar até a porta, abrindo-a e entrando no quarto com meu gato.

— Nos vemos no jantar — ele assegura, como se precisasse da minha confirmação.

— Vou esperar por você. Descanse um pouco.

CAPÍTULO VINTE E SETE

Dite retorna ao meu quarto quando estou finalizando meu banho de banheira na companhia das criadas. Há uma equipe de cinco mulheres à minha volta; a mais velha, Judite, faz uma escova caprichada em minhas madeixas. O vermelho está tão vivo, que o brilho do cabelo parece um espelho.

As mulheres da realeza sempre devem estar com os cabelos em algum penteado, o que traz uma imagem mais clara, chique e respeitável. A criada trouxe uma bandeja de prata cheia de tiaras e coroas. Escolho a coroa de diamantes, que pertence à família há muitos anos e foi usada por uma das primeiras rainhas consortes a ser coroada.

Isso trará uma imagem ainda mais cheia de história e significado. Preciso manter o cuidado para que os jornalistas, que perambulam pelo palácio, tenham apenas coisas boas para falar. Não porque me incomodo se as coisas que faço não agradam, e sim para pelo menos tentar ser um exemplo e mostrar que ainda sou a princesa do interior de Gramado.

Depois de pronta, Dite traz o vestido que devo usar à noite. É de um tom estonteante de verde-escuro. Há brilho por toda a parte e bordados de renda na barra da saia. O tomara que caia deixa os ombros à mostra, para que o colar de diamantes receba toda a atenção. As mangas bufantes começam a cair até meus pulsos, fazendo-me parecer uma rainha de verdade.

Não costumo usar verde e agora percebo que deveria usar mais vezes. A cor realça a tonalidade dos meus cabelos e ressalta o brilho dos meus olhos.

– O oficial irá se apaixonar pela senhorita. – Uma das criadas suspira, unindo as mãos em frente ao peito.

Sorrio para ela, jovem e pequena; deve ser iniciante. A touca em sua cabeça cobre boa parte de seu rosto, motivo pelo qual não consigo ter clareza em seus traços. Mas ela mostra ser doce e gentil.

– Não diga bobagem, Ágata. O marechal Maximiliano já a ama. – Judite eleva o tom de voz para a moça e se volta para mim. – Perdão, majestade, isso não voltará a se repetir.

– Está tudo bem, eu também acho que ele irá gostar. – Acaricio a saia do vestido enquanto me olho no espelho. – O alarme do palácio ainda não tocou, sinal de que ele não desistiu de ficar comigo.

Todas nós rimos. Dite inspeciona o trabalho das criadas e as dispensa quando se dá por satisfeita.

– Está tudo bem com a senhora? – Ela toca o meu braço ao perguntar.

Seus olhos carregam um pouco de preocupação.

Ofereço um sorriso um tanto forçado.

– Não sei. Só estou com uma sensação ruim no peito – confesso.

Apesar de todo aquele tecido, da maquiagem e das joias pesadas, eu não me sinto bem. Por algum motivo, após o cochilo da tarde, acordei com um peso absurdo em meu peito. Não sinto dor de verdade, está tudo certo. É algo mais simbólico.

– Dará tudo certo. – Seus olhos me fitam através do espelho.

Acabo concordando e me direciono para a porta, decidida a encontrar a sala de jantar e rever Maximiliano e sua família. Afinal, conhecerei o tio que o criou desde que nasceu.

O som de uma trombeta ecoou pela sala.

— Senhoras e senhores! — o guarda saúda com seriedade. — Sua majestade, a rainha.

Entro no cômodo sozinha, recebendo a atenção das várias pessoas espalhadas pelo local. Estão bem-vestidas e me reverenciam assim que posso ser vista. Encontro vovó, acompanhada do príncipe Felipe, Maximiliano, Antonella e um outro homem que não conheço. Sua prima sorri radiante para mim, usa um vestido amarelo lindo. Faz um bom tempo que não a vejo.

Passo a observar Maximiliano, que está absurdamente belo em um uniforme branco com costuras em prata. Qualquer pedaço de pano o deixa gracioso, mas sem dúvidas, por baixo deles, há um homem de pele quente, disposto a me dar todo o amor do mundo. E essa é a parte de que mais gosto.

Conforme me dirijo ao canto em que estão, recebo a atenção dos demais convidados. Apenas aceno e digo algumas palavras, já que o ideal é que eu me reúna à família real. Este sempre foi o protocolo: só devo falar com os convidados durante ou depois do jantar.

A guarda da elite está em todos os lugares, observando cada passo que os convidados dão. A segurança do palácio foi redobrada com o retorno do exército. Seus uniformes de serviço são os mais curiosos para esta noite, em uma tonalidade quase preta de tão escura, caimento mais justo e uma faixa lateral azul-claro. O quepe esconde boa parte dos rostos deles, mas são soldados sérios e que nunca vemos sorrir.

Se eu fosse alguém de fora, teria medo de estar na presença deles, pois são o tipo de caras que usam a espada a qualquer momento. Pelo menos nossa segurança é uma prioridade.

Antonella é a primeira a me cumprimentar. Esquecendo-se de que agora sou a rainha, ela parte para um abraço caloroso.

— Louise, você está tão linda! — elogia, eletrizada, apertando minhas costelas com força. — Amei o seu vestido. Quem fez? — Sorrio com sua reação espontânea. Logo ela se dá conta do erro que cometeu. — Me perdoe, majestade — pede, fazendo uma profunda reverência tão encantadora quanto eu mesma poderia fazer. — É uma imensa alegria poder revê-la.

Faço um sinal simples, quase imperceptível. Quero que Antonella se sinta bem, não envergonhada. Apesar de nos vermos tão pouco e mal conhecê-la, a jovem é o tipo de amiga que todas amam ter por perto. Preciso confessar que tenho um círculo de amizades pequeno, que se resume a Elena, Nora e Justina. A doutora Cassandra também foi uma profissional que serviu como um ombro amigo. Mas eu nunca tive amizades fora do meu ciclo de convívio.

— Querida — Maximiliano chama minha atenção. — Gostaria que conhecesse meu tio e pai de Antonella. — Sua voz rouca provoca um reboliço dentro do meu peito.

Um homem da idade de meu amado pai me olha dos pés à cabeça. Contudo, não o vejo me analisar com indiscrição e más ideias na cabeça. O tio de Maximiliano traz um pequeno sorriso confortável e carismático. O brilho que seus olhos castanhos carregam é amoroso. Os trajes do exército, em um verde-escuro, declaram que possui um alto cargo.

— Majestade, sou o tenente-coronel de seu exército. — Ele dá um passo à frente, bate uma continência e estende a mão para mim. Não hesito, e a seguro com um grande sorriso. — Gaspar, ao seu dispor.

— É um prazer enorme conhecê-lo. Maximiliano falou muito do tio que o criou como um pai. O senhor fez um ótimo trabalho. Meu major é um homem excepcional.

— Minha neta, agora ele é marechal. Vai confundir as pessoas desse jeito — vovó me lembra, toda orgulhosa.

— Não me entendam mal, foi assim que o conheci. — Não posso evitar corar.

Sinto Maximiliano me puxar, fazendo com que eu recue até seus braços, repousando as costas em seu peito. Seus lábios estalam em minha bochecha, aquecendo minha pele.

— Nunca vi um casal tão bonito — ressalta o príncipe Felipe, buscando se enturmar na conversa.

Não consigo decifrar com exatidão o que ele de fato quer dizer. Se está incomodado com algo, disfarça muito bem.

— Diria que a deusa do amor derramou suas bênçãos aos dois em abundância — vovó ressalta, concordando com meu primo. — O que acham de nos sentarmos à mesa? Acabaram de informar que está tudo pronto.

Ninguém ousa discordar do pedido de vovó, afinal estamos famintos. A viagem de Gaspar e Antonella certamente foi cansativa, apesar de rápida. Além disso, tenho certeza de que Maximiliano ainda não conseguiu se recuperar dos vários dias sem dormir no campo de batalha. E eu só não vejo a hora de ter um momento a sós com ele.

O jantar segue da melhor forma possível. Fico em um assento em frente ao de Maximiliano e sua família. Vovó está sentada ao meu lado e mantém um diálogo afoito com o primeiro-ministro. Do outro lado da mesa, está Gregory, que não para de trocar olhares íntimos com Antonella. Ficarei feliz se os dois se tornarem um casal.

O príncipe Felipe fica ao meu lado direito e, de minuto em minuto, faz uma média com os homens à sua volta. Apesar disso, em nenhum momento se dirige a mim, age como se ainda fosse o rei. De certa forma, fico intrigada com a ausência de sua esposa e de seus filhos.

Gregory comentou que eles saíram do palácio antes da minha chegada, por precaução e uma forma de fazer com que meu primo se mude logo da propriedade, o que ele ainda não se mostra disposto a fazer.

A comida desta noite de verão está fabulosa. O prato principal é um tipo de polenta cozida com um molho elaborado de frango desfiado. Há um peru assado, enorme, bem no centro da mesa. Massas de todos os tipos, com várias almôndegas de carne bovina. E, é claro, não poderia faltar a diversidade do vinho italiano.

Se há uma bebida que amo, é o vinho.

Em particular o que meu cunhado produz em suas terras. E que saudades que tenho da minha família no Brasil! Estive tão atarefada que mal consegui falar com eles.

Ao beber o primeiro gole, sinto o gosto puro e amadeirado. Curiosamente, o vinho se parece com o de Cristóvão a ponto de me fazer engasgar ao reconhecer.

– Vá com calma, majestade – o príncipe Felipe alfineta, debochado demais para o meu gosto.

A maioria dos convidados têm seus olhos em mim, achando graça do meu comportamento. Movida pela raiva e ousadia, não deixarei que Felipe me diminua da forma que o faz.

– Por favor, qual é a procedência deste vinho? – Chamo a atenção do mordomo que nos serve.

Ele fica nervoso, mas, ao perceber que gostei da bebida, suspira, aliviado.

– É de um exportador brasileiro, senhora. Monte Belo, é o nome do selo. – Ele passa os olhos pela embalagem. – Provém de uma fábrica na Sicília.

– Não pode ser – discordo, bebendo mais um gole para ter certeza. E não tenho dúvidas. – Se parece tanto com o vinho que meu cunhado produz no Rio Grande do Sul que poderia lhe dizer com total certeza o tipo de uva que foi usado. — O vinho não pode ser da região, disso tenho certeza. Mas não discordo, há algo de errado nisso, e descobrirei sozinha. A sensação ruim que senti ao acordar se mantém ainda mais em alerta. — Certamente uma produção de renome — elogio, erguendo a taça na altura do peito.

O príncipe Felipe fica em silêncio, amargurado com a atenção que os convidados me dão. Sua tentativa de me deixar desestabilizada e humilhada em frente a eles não funcionou.

Uma hora depois, o jantar terminado e a mesa, limpa, Maximiliano se levanta e caminha para o centro do cômodo, chamando-me para ficar ao seu lado. Todos os olhos estão sobre nós. E quando o vejo se ajoelhar diante de mim, buscando por uma caixinha de veludo no bolso do casaco, quase desmaio.

— Louise, você é a mulher da minha vida e a princesa dos meus sonhos. — Uma pausa é feita. Eu mal consigo vê-lo com as lágrimas que surgem em meus olhos. — Me daria a honra de ser o homem mais feliz desse mundo, sendo a minha esposa?

Esperava por um pedido como este, porém não imaginei que seria nesta noite, em frente a tantas pessoas e a mídia, que se espreita com suas câmeras. Olhando no fundo de seus olhos, vejo o homem a quem quero entregar o meu coração. E se não for para compartilhar uma vida ao lado de Maximiliano, não quero o fazer com mais ninguém.

— Sim. Eu quero muito ser a sua esposa, Max.

Ele coloca a aliança de brilhantes em meu dedo e se levanta para me receber em seus braços. Eu o beijo da forma mais bonita que já o fiz e me aconchego em seu peito para ouvir os aplausos em nossa honra.

O reino acaba de receber o primeiro rei consorte.

CAPÍTULO VINTE E OITO

Depois do jantar, vamos para nossos respectivos quartos. Estou muito contrariada com isso. Queria poder conversar um pouco mais com Maximiliano, mas Dite fez questão de deixar bem claro que, se fôssemos vistos compartilhando momentos a sós, daríamos o que falar.

Tive que ceder e me recolher antes de todos os convidados. Pelo menos pude tomar um banho calmante antes de me deitar na cama. O problema é que o sono não vem e, mesmo que o ronronar de Hórus aos meus pés seja um som relaxante, nada funciona.

Há uma inquietação dentro de mim, algo que precisa aflorar ou ser preenchido. Levanto-me e ando descalça pelo quarto, levando um susto com a batida na porta.

Quem será a esta hora?

Caminho na ponta dos pés e seguro a maçaneta, abrindo uma pequena fresta da porta. Sou recebida pela visão deslumbrante de Maximiliano usando calças e uma camisa social branca desabotoada. O peito nu brilha na penumbra do corredor silencioso. Seus olhos estão fixos em meu rosto, como se estudasse o momento certo para atacar.

Só consigo fitar a sua boca; quero beijá-lo mais do que nunca. E é o desejo ardente que sinto por ele que me motiva a puxá-lo pela barra da camisa e arrastá-lo para dentro do meu quarto. Bato a porta e passo a chave, por precaução.

— Eu não a tranquei em meu quarto da última vez. — Ele sorri, malicioso, para mim. — Devo me preocupar?

Dou um sorriso torto, subindo em seu colo.

— Não quero que nos interrompam. — Dou de ombros. — Como conseguiu passar pelos guardas? — Ele morde o lábio inferior e inclina a cabeça para trás, de modo que possa me fitar por um ângulo mais claro. — Persuasão — defino, um tanto surpresa. — Acha que vai funcionar?

— É o que vamos descobrir. Até agora ninguém veio atrás de mim.

Passo os dedos por seu queixo e sinto sua barba rala me pinicar.

— É a primeira vez que usa esse poder?

— Na guarda, sim. — Fico preocupada. — Não tema. A regra é muito clara: não posso usá-lo em alguém se mudará o curso de sua vida — explica, acariciando meus cabelos.

— Entendi. No caso, se você ordenar coisas simples, não se torna uma ação com efeito grave.

— Exatamente — concorda. Suas mãos descem até meu bumbum, fazendo-me apertar as pernas em volta do seu quadril. Sinto algo duro cutucar o meio de minhas pernas. — Mas agora vamos ao que interessa.

Eu o beijo em meio a um sorriso enquanto Maximiliano nos conduz até a cama. Ao chegar aos pés dela, ele me larga com cuidado em cima do colchão e se deita sobre mim. Hórus, indignado, deixa seu lugar e some na escuridão, indo em direção ao closet.

As pequenas luminárias presas às paredes trazem um pouco de luz para a cama. Com a ajuda delas, consigo ver o rosto perfeito do marechal, que continua a me beijar, descendo pelo meu pescoço e busto. Suas mãos não demoram a puxar o tecido fino da camisola ao que seus lábios passam a se divertir com o volume dos meus seios.

— Max — gemo baixinho, acariciando seus ombros. — Acho que a gente não pode...

Perco o rumo dos pensamentos ao sentir as mordidas e chupadas se intensificarem. Com muito custo, ele se senta na cama e me permite ver sua camisa sendo jogada para longe. O peito nu e definido parece uma rocha inquebrável. O desenho de seus músculos é belo e estruturado, como se fossem me partir ao meio.

Livre da camisa, Maximiliano escorrega as mãos por minhas coxas, fazendo cócegas. Se ele fizer o que acho que fará, estarei perdida para sempre, pois não permitirei que pare.

Antes mesmo de seus lábios tocarem minha intimidade, ela já pulsa intensamente, como se sentisse suas intenções e seus olhos sobre sua concavidade. Não aguentarei vê-lo provando do meu sabor sem sentir como se estivesse em chamas.

E é o que acontece.

Seus lábios me tocam com uma agressividade vigorosa, que me deixa tonta com a sensação prazerosa. Ouço o barulho de sua boca e sinto sua língua tocar tudo o que faz parte de mim. Ouso observá-lo e o encontro me fitando como um felino. Seus olhos estão mais escuros do que nunca, as bochechas vermelhas como um pêssego maduro. E seus lábios estão tão lambuzados que não aguento mais.

O gozo sai de dentro de mim aos poucos, eu o sinto escorrer pelas paredes úmidas e latejantes. Maximiliano está atento e suga cada gota que se faz presente. Chego a pensar que vou desmaiar com essa sensação, ainda mais ao sentir o pinicar de sua barba roçando sem parar os grandes lábios.

Tenho certeza de que no dia seguinte encontrarei minha intimidade arranhada e dolorida. Mas não me importo se esse é o preço a pagar por ter a boca de Maximiliano sobre mim. Puxo-o para mais perto e nos beijamos com ardor pelo tempo que conseguimos respirar. Entre uma pausa e outra, sou obrigada a afastar mais as pernas, recebendo-o entre elas. Uma de suas mãos se prende em meus cabelos rebeldes, que estão bagunçados sobre os olhos, enquanto a outra se concentra em minha intimidade, afundando dois dedos na entrada molhada e lisa.

— Louise — ele sussurra, rouco de paixão. — Seu gosto é tão doce quanto o néctar dos deuses. — Esfrega os lábios nos meus. — Me prometa que jamais me negará isso. — Seus olhos fitam os meus, ansiosos por uma resposta.

Seus dedos se enroscam ainda mais em meus cabelos, puxando minha cabeça para trás em uma forma de mostrar domínio e possessão.

— Serei sempre sua, meu amor. E nunca lhe negarei nada. — Engulo em seco. — Na medida do possível. — Ele sorri de lado, satisfeito com a resposta. — Mas eu também o quero.

Passo a mão por seu volume, encontrando dificuldade para respirar depois de sentir sua voluptuosidade exorbitante. Seu rosto se aproxima do meu, nossas bochechas coladas.

— Coloque-o para fora, *amore mio* — pede, a voz falha com a sensação que eu lhe proporciono.

Continuo o tocando, utilizando as duas mãos para abrir o botão e puxar o zíper. Com a folga em suas calças, seu membro salta para fora, louco para me penetrar. A cueca mal pode ser vista sob o tamanho do que tanto guarda.

— Não vai caber — deixo escapar.

— Daremos um jeito.

Maximiliano retira os dedos de dentro de mim e passa a acariciar seu órgão. A cabeça rosada chega a estar lambuzada tamanha excitação que sente.

— Ele é lindo — elogio, levando as mãos ao seu peito, aproximando meu corpo do seu, ponta para encaixá-lo. — Eu não deveria perder a virgindade antes do casamento. É contra as regras da monarquia da Sardenha.

Seus olhos se concentram em meu rosto e suas mãos me guiam a sentar sobre seu membro, e desço lentamente sobre ele, sentindo a pressão da cabeça, fazendo minha entrada arder. Estou tão lubrificada que aguentarei mais um pouco antes de pensar em desistir.

Volto a beijá-lo no momento exato em que me sento por completo em seu colo, cravando as unhas afiadas em seus ombros ao que sinto o canal se alargar e a pele fina estourar. Quando a dor começa a surgir, Maximiliano a faz sumir ao passar a se mover sem dar pausa, proporcionando-me o maior prazer que já senti.

Vejo a paixão e o desejo em seu rosto cada vez que estoca para dentro de mim. Apesar de ter mais experiência no amor e de ter se deitado com outras mulheres, o brilho em seus olhos entrega que sou única em sua vida e que nenhum momento íntimo se iguala ao que podemos fazer juntos.

Na manhã seguinte, acordamos juntos, dispostos a dar um passeio pelos jardins do palácio. Maximiliano parte do meu quarto para o seu, persuadindo os guardas. Em menos de quarenta minutos, já estamos vestidos, e não são nem oito horas da manhã.

Apesar de nossos compromissos, o sábado ensolarado deixa nosso dia de folga ainda mais convidativo. Depois que voltei a caminhar, passear ao lado do marechal se tornou uma das coisas que mais gosto de fazer. O verde do gramado em que pisamos e o cheiro puro da mata no ar trazem um vigor e disposição ainda maiores.

O céu limpo e azul resplandece seu poder, obrigando-nos a levar um guarda-chuva para não nos queimarmos – indicação de

Dite assim que a avisei que sairíamos para uma caminhada. Alguns guardas nos observam de longe, atentos a qualquer tipo de ameaça.

Estamos contornando um canteiro de jasmim e rosas cor-de-rosa quando Maximiliano enfim quebra o silêncio.

— Gostou de passar a noite ao meu lado?

Ele parece curioso de verdade, tanto que seus olhos claros me estudam enquanto processo sua pergunta.

— Acho uma bobagem ficarmos em quartos separados. — Sorrio, sentindo minhas bochechas arderem de vergonha. — Minha cama é grande demais para uma pessoa só. Me alinhar ao seu corpo nu e quente é uma das melhores sensações que já senti.

Maximiliano passa a língua pelos lábios e sorri de orelha a orelha.

— Se essa é a uma das melhores sensações que já sentiu, qual é a primeira?

Detenho meus passos e seguro o cabo do guarda-chuva com mais força, mordendo os lábios para não gargalhar com a expressão em seu rosto, que deixa claro que ele sabe muito bem qual é a resposta. Sua mente trabalha sem parar, sempre disposta a me importunar com os prazeres da carne.

— Você sabe — sussurro, colocando uma mecha de cabelo atrás da orelha.

Não sei como disfarçar em sua frente, seus olhos não largam os meus por um instante sequer.

— Me diga. — Sua boca se aproxima da minha. — Estou ansioso para ouvir.

Olho de esguelha para os lados, certificando-me de que ninguém ouvirá. Dou um passo a frente e encurto ainda mais a distância entre nós.

— A primeira sensação que mais amo sentir é sua boca no meu corpo — murmuro, roçando meus lábios nos seus.

Seus dedos acariciam a curva de meu pescoço, fazendo com que meu corpo se arrepie por inteiro. E então ele sorri para mim, beijando o topo de minha testa.

— Depois do nosso casamento, ninguém poderá nos impedir de nos amarmos arduamente. — Concordo com a cabeça e seguimos andando. — A propósito — Maximiliano coloca os braços para trás —, li a sua carta. E me apaixonei por cada linha que escreveu pensando em mim, Louise.

— Não sou tão boa quanto você é com as palavras, mas dei o meu melhor.

Um sorriso cheio de carinho se revela conforme deixamos os jardins. Maximiliano me estende a mão para me ajudar a subir os degraus e chegarmos ao patamar. Passamos pelo portal de pedra e entramos em um corredor do palácio. O café da manhã já deve estar sendo servido e estamos atrasados.

Nesta manhã, a guarda real parece menos alarmada e mais disposta; ainda assim, o palácio está mais vazio. Penso em perguntar se Maximiliano também percebeu e se por acaso há algum motivo em especial. Porém, não tenho tempo de o fazer; um guarda da elite aparece do outro lado do corredor. Marchando em nossa direção, seu modo de andar me parece familiar. Mais magro e baixo que Maximiliano, ele puxa a espada da fivela e a empunha, apontando-a para o peito do meu noivo. Assustada, não consigo dar mais nenhum passo.

Tento segurar seu braço, que me serve de apoio, contudo Maximiliano já segura a própria espada.

— Louise, saia daqui imediatamente — ordena, calmo demais para o meu gosto.

— O que está acontecendo? — choramingo. — Onde estão os outros guardas?

Ele está sério, embora não haja nem mesmo uma pitada de medo em sua postura.

— Não sei. — Seus olhos me encaram uma última vez. — Corra atrás de ajuda e se esconda. A ausência da guarda real pode significar que uma invasão está próxima.

Meu coração erra uma batida. De repente, vejo-me diante de algo imprevisível. Debaixo do quepe negro, o rosto de Heitor se revela assim que se livra dele. Um sorriso diabólico surge em seus lábios e ele avança para cima de Maximiliano.

Os dois duelam com suas espadas de uma forma que eu jamais vi. Há uma fúria nos olhos de Heitor que nunca testemunhei antes. E isso me deixa apavorada. A forma que ele passa a lutar deixa claro que é bom no que faz, porém não o bastante para vencer meu marechal.

O tilintar das espadas ecoa pelo corredor, e ninguém aparece para ver o que ocorre aqui, nem mesmo vovó, nem as criadas, nem minha instrutora. Só há duas razões para isso: ou Maximiliano está certo em sua suposição de que seremos invadidos, e por isso minha família foi colocada sob proteção, ou estão escondidos pelos cômodos do palácio, esperando por ajuda.

Tenho certeza sobre a invasão quando um grande estouro se faz ouvir no portão principal. Uma multidão marcha fazendo barulho. Se eu sentia medo de perder Maximiliano, agora o pânico se torna ainda mais letal.

— Louise! — Ouço-o gritar.

Não consigo sair do lugar. Não quero deixá-lo sozinho; tenho a sensação de que, se fugir, eu o perderei para sempre.

CAPÍTULO VINTE E NOVE

Fecho o guarda-chuva e o agarro com toda a força que tenho. Heitor me olha sempre que pode.

— Por que a olha tanto? — o marechal urra, furioso. — Louise não é mais sua há muito tempo!

Heitor gargalha com a afronta, disposto a levar o tempo que for necessário com o duelo. Eu o repudio, e, cada vez que seus olhos se fixam em mim, mais o desgosto cresce.

— Isso irá mudar, meu caro — ele fala, confiante. Atinge o ombro de Maximiliano, que logo rebate com a própria espada, usando a força bruta para tentar derrubar Heitor no chão. — Ela ainda será minha.

Mesmo com dificuldade, perdendo o equilíbrio e quase caindo, meu ex-namorado não perde a pose. Há tanta raiva dentro dele que seus passos e golpes se tornam cada vez mais certeiros. Desde quanto ele é bom em esgrima?

Isso não importa agora. O que não consigo fazer é deixar Maximiliano para trás. Logo, criadas aparecem no corredor. Assustadas, desviam da luta e chegam até mim. Os gritos dos guardas e dos soldados ecoam pelos corredores, e as portas do palácio são fechadas.

— Senhora, precisamos tirá-la daqui o mais rápido possível. — Uma delas me pega pela mão enquanto fala. — Sua avó e seu primo já estão em segurança. A senhorita Lucchese também.

Travo no lugar quando elas tentam me puxar, receosa.

— E o tenente-coronel, onde está? Cadê todo mundo? — pergunto, atrapalhada.

Elas conseguem me arrastar até o lance de escadas que se esconde perto do portal de pedra. Não a notei antes por estar concentrada demais no passeio.

— Ele está organizando as tropas para contra-atacar, senhora. O restante de nós está se escondendo — ela fala, aterrorizada. — Aconselho vossa majestade a fazer o mesmo.

— Não posso deixar Maximiliano — imploro com lágrimas nos olhos.

A mais velha delas toma o guarda-chuva de minhas mãos e tira o lenço lilás que está sobre meus ombros. Ela o veste, e entendo que tentará se passar por mim para me proteger enquanto fujo com as outras criadas.

— Senhora, seu noivo sabe o que fazer. Ele é o melhor desses homens. Vossa majestade terá que ter fé em Deus de que o verá outra vez.

Quero discordar, dizer que está enganada, que, se eu o deixar, corro o risco de não o ver nunca mais, ainda mais sem conhecermos a proporção da invasão, do ataque à monarquia. Sem mais encontrar justificativas para me deixarem ficar, apenas concordo e dou uma última olhada em Maximiliano, que empunha a espada com vigor e maestria.

A criada tem razão: se eu entregar a Deus o amor que sinto pelo marechal, posso tê-lo de volta em segurança.

A pequena mão da outra mulher segura a minha com tanta força que chega a doer. Subimos o lance da escadaria estreita até chegarmos no andar superior. Lá, as outras criadas se dividem, duas delas correm à nossa frente e duas ficam para trás.

Estou aflita com a situação; a cada passo parece que o tremor do arrombamento fica mais intenso. Através da vidraça das janelas, vejo o céu azul coberto de caças e helicópteros do exército sardenho. Nossos homens estão na ativa e com sorte deterão os invasores.

Nem mesmo sei contra quem lutamos. Nem vovó, nem o primeiro-ministro deixou claro tal possibilidade. A inquietação deles foi um sinal de que algo estava errado, mas jamais teria imaginado que algo assim aconteceria.

Já estou quase sem fôlego quando paramos em frente a um retrato qualquer, a pintura de um ramo de roseiras com uma garotinha correndo entre elas.

— Kelly, como abrimos essa passagem? — uma das criadas pergunta sem saber como prosseguir.

A criada que segura minha mão toca atrás de uma das bordas da moldura e a parede é empurrada para trás. Uma fresta pequena e escura se revela.

— Majestade, irei lhe acompanhar até que encontre o abrigo em que o restante de sua família está escondida. — Ela então dá uma última olhada em suas colegas. — Vão direto para o abrigo da biblioteca e não saiam de lá até que a guarda abra a passagem. Entenderam?

— Sim! — responderam em uníssono.

Não tenho tempo para falar, Kelly me puxa para dentro da fresta e a passagem se fecha na mesma hora. A escuridão me deixa em pânico e me lembro das palavras de papai: devo tomar cuidado nas pessoas em quem deposito minha confiança. Não que eu ache que ela é uma suspeita, porque está tentando me proteger.

Mas aonde estamos indo?

E com qual frequência a família real utiliza esses esconderijos?

Kelly aperta o passo pelo escuro e parece passar as mãos pela parede à procura de algo.

— Senhora, me ajude a encontrar o interruptor de energia. Os túneis têm iluminação. Se o encontrarmos, será mais fácil e rápido.

Faço o que ela pede e procuro pelo interruptor. Alguns instantes depois, eu o encontro e empurro o botão, fazendo com que o corredor se ilumine.

— Venha, senhora, temos cinco minutos até que essas lâmpadas queimem — explica, seguindo pelo corredor.

— Essa é uma das formas de segurança? Cortar a luz depois de certo tempo? — quero saber.

— Sim, há muitos sistemas espalhados pelo palácio. E também temos câmeras em cada um dos cômodos.

Isso deveria me deixar mais aliviada; no entanto, não me sinto menos preocupada. Mais ou menos após três minutos, deparamo-nos com uma sala cheia de estátuas iguais. São as mesmas que as do lago, uma personificação de Afrodite. Kelly parte direto para a quinta estátua e toca nos pés da deusa, que se encontra sobre uma concha aberta. Desprendendo-se das paredes, a estátua recua e nós passamos por ela, embrenhando-nos no escuro mais uma vez.

Andamos por um bom tempo, que me parece infinito. E então, quando penso em falar que estou exausta e pedir por uma pausa, ouço vozes cochicharem. Uma porta de ferro aparece à nossa frente; pelas frestas das barras, posso ver uma dúzia de guardas principais.

Começo a tremer de alívio assim que vejo vovó pela pequena abertura na altura de meus olhos. Um guarda se aproxima e nos inspeciona, certificando-se de que sou sua rainha e uma criada pedindo por asilo. A porta é destrancada e, quando passo por ela, vovó se atira em meus braços.

— Minha querida. — Ouço-a chorar contra meus cabelos. — Você está bem? Está ferida?

Mantenho-a em meus braços por alguns segundos e, ao ter certeza de que está mais calma, respondo:

— Estou bem, não tenho nenhum ferimento. Não posso dizer o mesmo de Maximiliano ou dos que ficaram para trás.

Vistorio o abrigo, que mais se parece com uma caverna medieval, rodeado por pedras antigas, como se estivéssemos em uma prisão. Não gosto nada da sensação. No entanto, é o melhor que podem fazer por nós.

Em um dos cantos, Antonella está abraçada a Gregory, que mantém a expressão preocupada. Quando seus olhos encontram os meus, sinto alívio. O príncipe Felipe e o primeiro-ministro estão um pouco mais à direita, em silêncio.

A ideia de que estão acostumados a isso me deixa em choque, o que não me permite ficar calada.

— Há quanto tempo isso vem acontecendo?

Vovó treme, provavelmente por mentir para mim.

Acompanho-a até uma cadeira estofada, ajudando-a a se sentar. Aguardo por uma resposta plausível.

— Há alguns meses. — Ela está mesmo cansada. — Tem se intensificado desde o início do verão, antes do major Maximiliano viajar para o Brasil.

Isso significa que ele também estava ciente disso. Sempre esteve.

— Por que esconderam de mim?

Passo as mãos pelos meus braços, inquieta.

O príncipe Felipe tosse, chamando minha atenção.

— Louise, você era apenas uma princesa, não faria diferença se soubesse. Cuidar desta situação cabia a mim, mas eu falhei miseravelmente.

As olheiras embaixo de seus olhos indicam que não vem dormido bem. E isso pode indicar que eu estou errada sobre ele.

— Mas agora preciso saber. De toda a verdade — friso, irritada.

O silêncio se estende pelo lugar. O ar mal tem espaço para circular, o que me deixa sufocada a ponto de sentir calor e querer arrancar o vestido. Todos estão inquietos, com medo. Ainda que estejamos dentro das paredes do palácio, podemos ser encontrados. Sempre há um risco.

— A senhora quer a verdade? — Osório se pronuncia, o semblante mudando por completo para uma expressão fechada e sombria. — Pois bem, finalmente não precisarei mais segurar as palavras e guardar o segredo.

Em um movimento rápido, ele pega uma adaga, escondida por baixo do paletó, e tira a vida do príncipe Felipe com apenas um golpe, um corte profundo em sua garganta. O corpo vai ao chão como se fosse um saco de batatas, causando pavor em quem assiste à cena.

A sala é preenchida pelos gritos. Antonella desmaia nos braços de Gregory ao que minha instrutora se esgueira pela sala para ficar ao lado de minha avó, que está branca como papel. Minha criada se agarra à minha saia, ajoelhada, fazendo uma oração silenciosa.

— Era você esse tempo todo? O meu primeiro-ministro? — Ouso perguntar, amedrontada.

Não posso demonstrar medo e fraqueza, porém é algo que nunca presenciei antes. Imagino tudo o que Osório deve ter feito para chegar onde chegou.

— Sim. E todo o conselho, minha querida rainha. — Um sorriso cruel se amplia em seus lábios opacos. — Calado por algumas décadas de serviço, muito bem trabalhados por sinal, eu sonhei com este dia, planejei cada ato. E o mais importante, convenci homens a lutarem ao meu lado para defender o mesmo objetivo. Foi mais fácil do que pensei.

— E que objetivo é esse? — pergunto, sentindo as lágrimas ensoparem meu rosto.

Osório passa a caminhar devagar pela sala. Os guardas ficam parados, como estátuas. Não ficarei surpresa se estiverem do seu lado. Meus próprios homens...

Como um homem como ele conquistou tanto poder?

— Assumir o trono, é claro. Afinal, eu também tenho direito a ele. A posição do seu primo atrapalhava e, depois de descobrirmos o documento de sua regência, tive que agir mais rápido. Devo avisar que a próxima a perder a vida será você, majestade.

Ele aponta o dedo para mim e gargalha com a recuada que dou.

— Como conseguiu fazer tudo isso?

Não consigo me recompor. Tenho medo e é inegável.

— Primeiro, estudei muito para estar à altura de um servo da monarquia, ainda mais se eu quisesse me tornar o primeiro-ministro. Usei da boa conversa e da *lealdade* para me tornar um grande amigo do seu avô, Louise. — Ele faz uma pausa e olha para a minha avó. — Que, por sinal, faleceu de uma terrível intoxicação. Que pena, o veneno realmente o matou.

— Ora, seu... — Vovó fica furiosa a ponto de querer se levantar e agarrá-lo.

Por sorte Dite e eu conseguimos contê-la.

— Vovó, a senhora precisa ser cautelosa. Ele acabou de matar o seu sobrinho. — Minha voz parece acalmá-la, tirando-a do transe em que entrou.

— Felipe foi mais fácil de manipular. A inexperiência que tinha para governar o fez confiar em mim de olhos fechados, levando-o a assinar qualquer documento que colocava em sua mesa. Isso o manchou, e consegui todas as provas de que precisava para condená-lo como um monarca corrupto.

— Então foi por isso que não me contou a procedência das investigações, muito menos sobre a real situação das indústrias — começo a falar, mas meu raciocínio vai além. Osório não apenas desviou dinheiro da mineração, que agora passa dificuldades com a falta de investimentos, como também levou essa fortuna para seus amigos ricos, que o encobrem. — Você deu o dinheiro para o conselho, e eles o gastaram como bem entenderam. Alguns investiram em compras de vinhos em países como o Brasil, revendendo todo o lote com um novo selo.

— Sim, minha querida. Cobrando um preço ainda mais alto. Por falar nisso... — Ele sorri para mim com certo orgulho. — Tem um paladar excelente para reconhecer vinhos. Muitas das garrafas que são comercializadas pelo país provêm da produção de seu cunhado. — *Eu sabia!* — Isso não importa mais. Agora vamos ao que interessa — continua, fazendo um sinal para os guarda. — Peguem-nos, mas deixem a rainha para mim.

A movimentação na sala é rápida e, em um instante, cada um de nós está imobilizado por um dos homens. Tenho medo do que pode acontecer a vovó, ela está tão pálida que não sei como ainda está acordada.

— Antes de eu acabar com a vida de todos vocês, acredito que queiram saber quem eu sou.

— Um traidor! — ressalto, tentando me soltar dos braços do guarda.

Osório se aproxima e segura meu rosto com força.

— Não. Sou o filho bastardo do rei Edward com uma duquesa. O filho homem que deveria ter herdado a coroa, pois nasci muito antes de sua mãe.

Meus olhos correm para vovó, que chora, inconformada.

— Isso é verdade? — pergunto, querendo confirmar a mentira.

E não é isso que consigo.

— Seu avô era um ótimo rei, Louise, mas um péssimo marido. — Ela se obriga a fitar Osório. — O que esse homem diz é verdade. O rei teve um filho fora do casamento, que eu jurava ter morrido no incêndio que acometeu a província em que a duquesa vivia. Nunca encontraram o corpo.

— Incêndio que a senhora ordenou! — ralha. — Melhore suas explicações antes que seja a próxima a perder a vida.

Osório me solta, seus passos rastejam em direção à vovó.

— Não fiz nada disso! Não pedi a morte da duquesa, ela foi minha melhor amiga.

— Mentirosa!

O primeiro-ministro volta a tomar a adaga em mãos. Está prestes a tirar a vida de vovó, porém o interrompo com um grito desesperado. Perdê-la acabaria comigo. No entanto, agora sua atenção está voltada para mim, e sei que estou perdida.

— Chegou a sua vez, Louise. Está pronta para encontrar sua mãe do outro lado? — Ele admira a lâmina da adaga cheia de sangue. — Esqueci de lhe contar. Fui eu quem planejou o acidente de carro que matou a princesa Margareth.

CAPÍTULO TRINTA

Como ele pôde fazer isso? Como pôde acabar com a vida da minha mãe?

Quantas noites passei sentindo saudade dela, imaginando como nossa vida seria se tivesse conseguido convencê-la a não viajar. Ela teria uma neta e me veria ser coroada.

Não há tempo para pensar nisso. No fundo, eu sempre soube que sua morte foi suspeita demais para parecer um mero acidente. Antes que Osório possa me tocar, a porta de ferro estoura e vai ao chão. Atrás da poeira que se alastra pela sala e sob a pouca luz que há aqui, vejo Maximiliano entrar com a espada em mãos, a roupa toda suja e o rosto suado.

Apesar de cansado, ele está pronto para qualquer coisa. Assim que se dá conta do massacre que aconteceu, fica furioso — ainda mais ao me ver sendo pega à força pelo primeiro-ministro.

— Veja só, seu salvador chegou, querida — debocha ao pé do meu ouvido antes de colocar a adaga contra minha garganta. — Pena que chegou tarde demais.

Vejo a morte diante dos meus olhos quando sinto a lâmina raspar minha pele. Ele está brincando comigo; divertindo-se com o meu desespero e o medo nos olhos de Maximiliano.

— Peguem ele — ordenou Osório aos seus homens.

Os guardas vão em peso para cima do marechal, que, para minha surpresa, abaixa a espada e fala:

— Fiquem onde estão. A partir de agora ouvirão apenas um mestre. Serão obedientes às minhas ordens.

Eles fazem o que Maximiliano exige, e, ao ver isso, Osório fica confuso.

— Como você...? Que tipo de mágica é essa?

— Solte-a.

As mãos sujas de Osório me libertam, e corro para os braços de Maximiliano, que solta a espada para me pegar. Afundo todo o meu corpo no seu e olho para cima, encontrando seus olhos fechados, aliviado por me ter a salvo.

— Você está bem? — pergunta, passando as mãos pelo meu corpo.

Assinto, quase sem ar. Estou tão tensa que não consigo pronunciar uma palavra sequer. O rosto perfeito de Maximiliano me estuda com devoção, mas seus traços se contorcem em uma expressão de dor terrível. Entre nós, vejo a lâmina de sua própria espada perfurar o seu peito. Não sou ferida por pouco.

Destroçando meu coração, vejo Osório empunhando a espada. Ele a puxa de volta, deixando um buraco enorme para trás. O corpo pesado de Maximiliano cai sobre mim, fazendo-me cambalear com um choro desesperado. Ainda assim, sou capaz de ver o tenente-coronel entrando e baleando o primeiro-ministro até ficar sem munição.

Com cuidado, coloco o marechal no chão e o observo perder a vida aos poucos. Seu rosto está tão pálido quanto uma porcelana antiga. Mal consigo vê-lo entre as lágrimas, com as quais o molho. Sei que o perderei em questão de instantes. É muito sangue em um só lugar.

— Por favor, fique comigo — peço, trêmula de medo. Ele mal consegue deixar os olhos abertos. — Max, por favor!

Mas ele não responde. Não faz nenhum movimento. Poderia dizer que ele mal respirava se já não fosse tarde demais.

— Louise. — Gaspar toca o meu ombro, tão trêmulo quanto eu.

Sua voz firme me tira do transe em que estou. Porém, quando seus olhos têm uma visão melhor de Maximiliano, ele empalidece, perdendo o ar. Por alguns segundos, fica parado, sem reação alguma.

— Venha, querida. — É Dite que envolve suas mãos ao meu redor, com dor em seu rosto. — Você precisa dar espaço para ele.

Eu me recuso a soltá-lo. Gaspar verifica a pulsação de Maximiliano, e sua expressão não se torna melhor com isso.

— Ele se *foi*. — Sua boca mal produz som. — Meu menino se foi.

— Não diga isso. — Caio em desespero, ciente de que tem razão. Não posso perdê-lo. — Max. — Acaricio seu rosto. — Não pode me deixar sozinha.

Mas é tarde demais. O ferimento grave não para de sangrar, aberto e profundo; nenhuma cirurgia poderia reverter a situação. A sensação de sua ausência me deixa inconformada. Se não poderemos passar a vida juntos, então quero partir deste mundo junto com ele.

Gaspar se afasta, inconformado. Vendo a filha desmaiada nos braços de Gregory, aproxima-se para beijar-lhe a bochecha. Agora eles estão sem um membro da família. E eu estou sem o meu amor.

Quando penso que tudo está perdido, dou-me conta de que Dite soluça ao meu lado. Seus olhos adquirem um dourado tão intenso que acho ter visto o próprio sol diante de mim. Uma aura graciosa paira ao nosso redor, e, diante dos meus olhos, minha instrutora se transforma em uma mulher extraordinariamente angelical.

E sei neste exato momento que ela sempre esteve por perto. Muito perto!

Seus cabelos loiros ficam mais longos, as ondas quase tocam o chão, e, no topo de sua cabeça, há uma coroa de joias preciosas. Uma túnica branca cobre seu corpo, e braceletes dourados firmam em seus pulsos.

Meu Deus!

É ela.

A *mãe* de Maximiliano.

Afrodite agarra um frasco preso em seu colar de ouro, abrindo-o.

— Era você, esse tempo todo — sussurro em um misto de medo e encantamento.

Afrodite, em sua nova forma — se é que posso definir assim —, deixa os traços de similaridades com Cassandra aparecerem, como a aura que sempre a rodeou.

Nunca pensei ser possível estar diante de uma deusa de verdade. E ainda mais saber que ela sempre esteve ao meu lado, como minha médica e amiga. E agora como minha instrutora.

— Meu filho é o meu bem mais precioso. — Seus olhos focam nos meus com ternura. — Quando tiver seus filhos, vai saber que tipo de amor é esse, Louise. O mais verdadeiro de todos.

Suas mãos abrem espaço pela roupa rasgada de seu filho e um líquido brilhoso e gosmento escorre do frasco para dentro da ferida. A quantidade generosa preenche toda a abertura e, curiosamente, não vaza do outro lado. Para Maximiliano ter deixado esta vida tão rápido, decerto a espada atingiu parte de seu coração.

— O que é isso? — questiono.

Seus lábios se abrem em um singelo sorriso, sem mostrar os dentes. A dor ainda é visível em seu rosto.

— Néctar dos deuses, minha querida. Só ele pode curar as feridas da prole de um deus.

— Qualquer ferida?

— Sim. Ele tem o poder de restaurar a força vital de um deus.

Ao ver o ferimento se fechar como mágica, meu choro passa a ser de alívio. Leva alguns segundos para Maximiliano suspirar e puxar o ar com força para dentro de seus pulmões, abrindo os olhos azuis no instante seguinte, surpreso com a visão de sua mãe ao meu lado.

— A senhora... — O rosto volta a ficar corado e ele se senta, segurando meu rosto com a ponta dos dedos. — Louise.

— Meu amor.

Beijo sua mão e choro em seu ombro.

Afrodite se coloca em pé, guardando o frasco dentro da túnica.

— Você nunca o deixou, não é? — Gaspar se dirige a ela.

Não há sinal de raiva nem ressentimento.

— Nem um dia sequer. — Afrodite continua a averiguar o estado do filho, para ter certeza de que o efeito surte como o esperado. — No início, procurei refúgio em uma cidade longe da vida que levava com seu irmão. Depois que o perdi e lhe entreguei Maximiliano, passei a viajar pelo mundo. Como em Gramado havia integrantes da família real, que sempre dedicou respeito à minha imagem, decidi que seria um bom lugar para recomeçar.

— Obrigado — agradece. — Obrigado por salvar o nosso garoto.

A deusa apenas assente e passa a me olhar, aguardando que eu a questione também.

— Foi minha médica... Por quê?

— Eu vivo e sobrevivo das emoções que circulam ao nosso redor, Louise. Você foi um acaso que se tornou um propósito. Depois que soube que Maximiliano iria para o Brasil e que estaria em Gramado, especialmente por você, soube que uni-los era um propósito que precisava fazer acontecer. E eu realmente acertei no palpite.

Ficamos calados ao que alguns soldados entram para nos ajudar a sair de vez desta sala sufocante, onde vivi dor e sofrimento. Maximiliano não troca palavras com sua mãe, mas a aceita por perto conforme saímos. Aliviada por tê-lo a salvo, não quero me intrometer. Sei que terão todo o tempo do mundo para conversarem assim que estivermos mais aconchegados. A morte do príncipe Felipe é algo lamentável para a monarquia, ainda que certamente não tanto quanto se perdêssemos vovó Ana. Mas ele já havia sido o rei regente e isso lhe concederia algumas regalias.

Vou verificar como vovó está, e passamos pela porta do esconderijo juntas. Preciso ter certeza de que ninguém a machucará, ela está visivelmente abalada e se negou a sair dali sem antes dar uma última olhada no corpo de Felipe. Apesar de tudo, o tempo fará o trabalho de reorganizar nossas vidas e, com sorte, aplacará o que sentimos sobre este dia.

Quando voltamos ao corredor principal, dou-me conta do estado em que o palácio se encontra. O primeiro andar foi destruído, por sorte não há danos estruturais. Heitor é encontrado morto onde duelou com meu noivo. E grande parte dos invasores foram presos, destinados ao exílio em Cagliari, assim como todos os traidores dentro do conselho real serão punidos com severidade por sua deslealdade à coroa.

As criadas e os serviçais estão bem, apesar de haver muitos feridos. Isso parte o meu coração. Os jornalistas conseguiram se esconder e, ainda que visivelmente abalados, registram alguns detalhes, suponho que para contar sua própria história ao participarem do conflito.

Estamos todos exausto, mas ainda temos de velar a morte de muita gente. Começando pelo príncipe Felipe. No fim das contas ele não era um inimigo, não traiu a coroa, apesar de querê-la a todo custo.

EPÍLOGO

— Louise, você está perfeita!

Elena enxuga uma lágrima insistente.

Sorrio para ela através do espelho ao me deparar com o galanteador vestido branco. É o modelo mais armado e cheio de pano que já desenhei. Um sonho desejado por muitas mulheres no dia de seu casamento.

Afrodite acaba de prender o longo véu no topo de minha cabeça, junto de uma coroa de safiras, que segura meus cabelos em um coque poderoso. Não sabemos por quanto tempo ela permanecerá no palácio, mas estou certa de que Maximiliano a quer conosco.

Eu me sinto linda e maravilhosa como noiva. Apesar de ter a presença das pessoas que mais amo neste dia especial, queria que mamãe pudesse me ver.

— Ela certamente está orgulhosa de você.

Afrodite parece ter lido meus pensamentos.

Assinto e é minha vez de enxugar as lágrimas.

Uma batida na porta é ouvida, e Nora surge com Olívia.

— A hora chegou... — Ela se perde em suas palavras, surpresa demais com a minha imagem. — Minha criança, vai mesmo se casar.

Caminho para longe do espelho com a ajuda de Elena e Afrodite. Saímos do quarto e vamos direto para a carruagem. Olívia saltita, guiando todas nós até as portas altas do palácio. De lá, separamo-nos; sou acomodada dentro da carruagem com Elena e minha sobrinha, ao passo que Nora e Afrodite fazem companhia uma a outra em um carro particular que está atrás de nós.

A guarda real montada em cavalos brancos nos segue até a Capela de Sassari, onde ocorrerá nosso casamento. Durante o percurso, a população não espera, cercando os dois lados da estrada. Aceno para o público e sorrio como se não houvesse amanhã. Vê-los animados dessa forma, com bandeiras da ilha, indo ao delírio, dá-me a certeza de que estamos fazendo um bom trabalho.

Ao chegar em frente à capela, desço com a ajuda de papai, que me recebe emocionado.

— Minha querida, você é a noiva mais linda em que já pus os meus olhos.

— Estou mais linda que a mamãe? — pergunto, achando graça.

Seguro seu braço, aguardando Afrodite e Nora entrarem com os casais de padrinhos. Nora o esperará lá dentro, eles se casarão em breve, e eu estou feliz por papai enfim reconhecer seu amor por minha antiga instrutora.

— Sim, querida, até mesmo mais linda que sua mãe.

Os sinos tocam e o povo às nossas costas vibra com mais fervor.

Olívia entra na catedral com um menino e logo a seguimos, sendo recebidos por uma imensa massa de convidados.

— Nossa, é muita gente — sussurro, apreensiva.

— Não se preocupe, meu bem. Estão aqui por vocês.

Papai pisca para mim, charmoso em seu traje de gala do exército.

Ele tem razão.

Umedeço os lábios, nervosa, mas endireito a postura e continuo seguindo sob a marcha nupcial. Deparo-me com a visão de Maximiliano me esperando no altar. Ele está vestido como um rei de verdade, de coroa e tudo. A roupa branca carrega vários detalhes, medalhas e a faixa vermelha tradicional. O príncipe que sempre pedi.

Seus lábios preservam um grande sorriso ao me ver. E sei, mais do que tudo, que ele é a minha escolha certa. O meu amor eterno. Dentre as pessoas da corte, os conselheiros reais e os parentes mais próximos, vovó me admira de longe. Sei que a cerimônia não será apenas o meu casamento. O destino da monarquia e do povo da Sardenha será entregue em nossas mãos, minhas e de Maximiliano. E seremos os responsáveis pelo bem maior de milhares de súditos.

FIM

Esta obra foi composta na fonte ITC Legacy Serif,
tamanho 11 pt, e impresso em papel pólen soft 70g/m².
São Paulo, julho de 2023